FOLIO JUNIOR

Tui T. et Kari Sutherland

SOS Créatures Fantastiques

1

Le secret des petits griffons

Traduit de l'anglais (États-Unis)
par Vanessa Rubio-Barreau

Gallimard Jeunesse

Titre original : *The Menagerie*

Édition publiée avec l'accord de HarperCollins Publishers
Plan p. 6-7 : Ali Solomon

À Adam, Steve, Elliot et Jonah, pour qui nous braverions vaillamment dragons, kelpies et griffons.
En revanche pour les manticores...
débrouillez-vous.

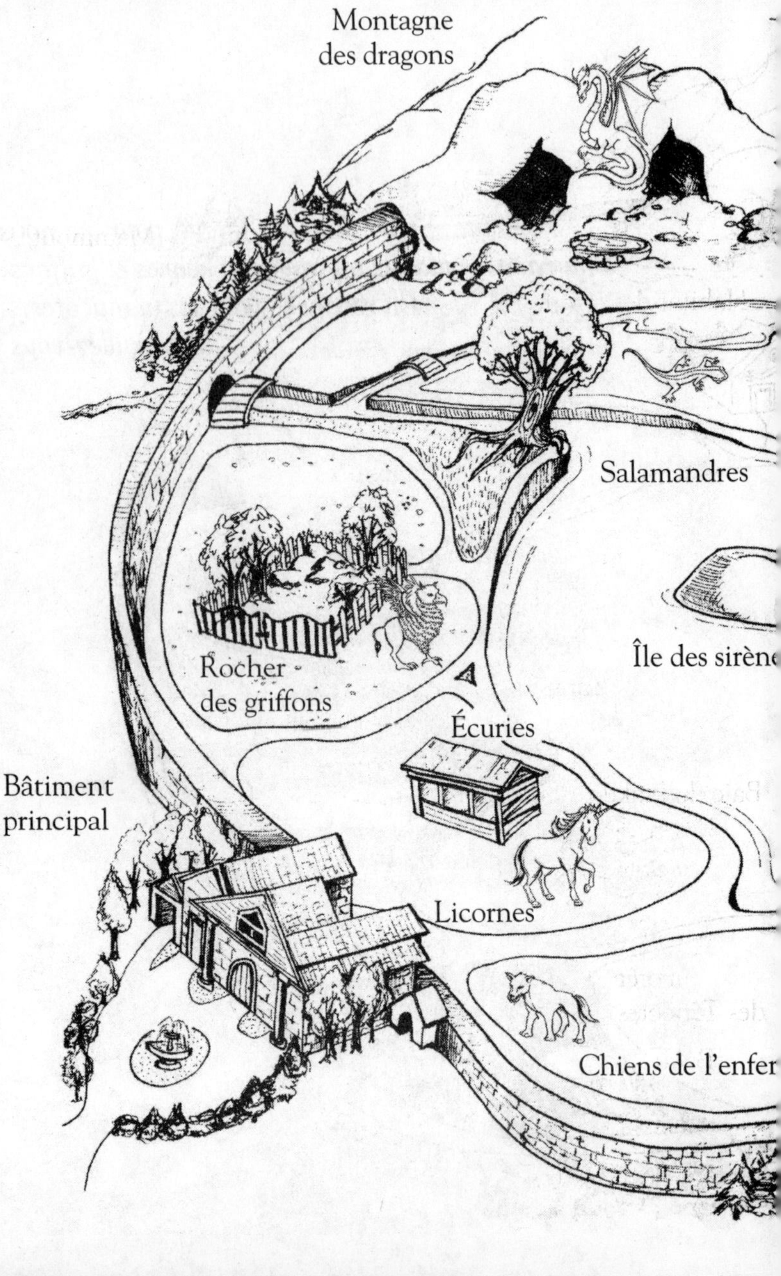
Montagne
des dragons
Salamandres
Île des sirène
Rocher
des griffons
Écuries
Bâtiment
principal
Licornes
Chiens de l'enfer

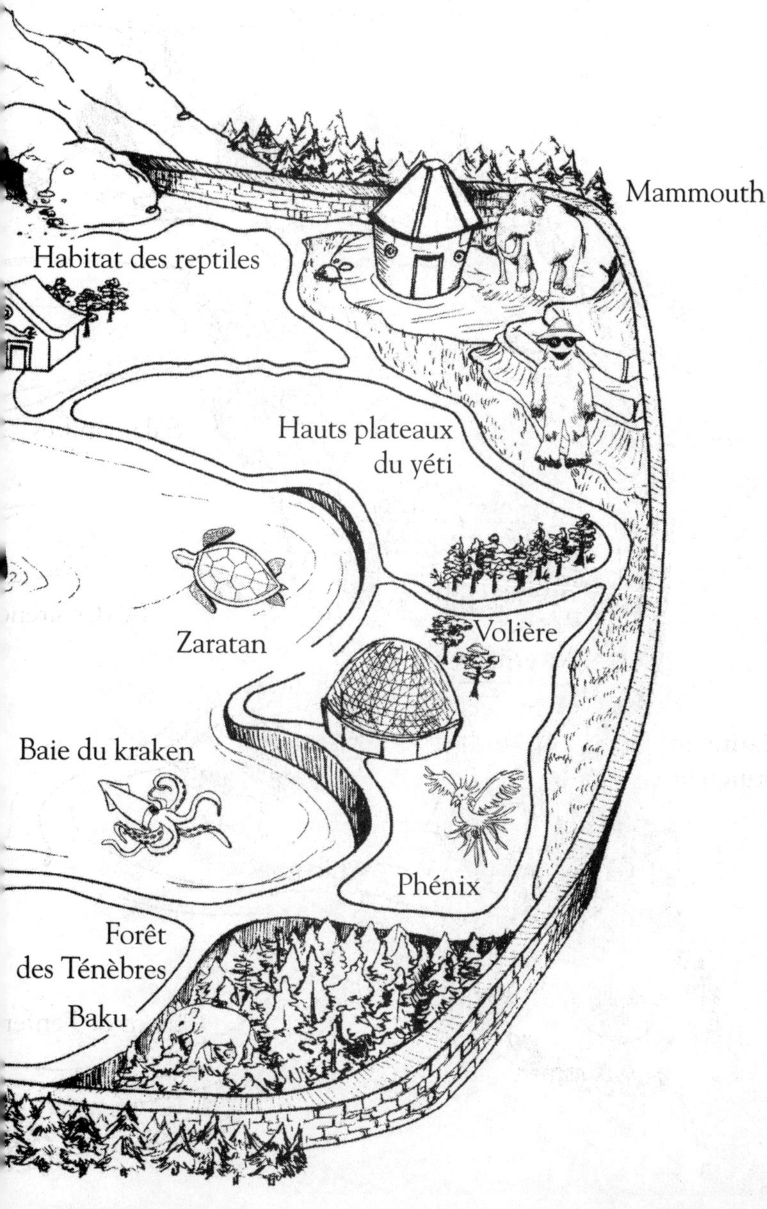
Mammouth
Habitat des reptiles
Hauts plateaux
du yéti
Zaratan
Volière
Baie du kraken
Phénix
Forêt
des Ténèbres
Baku

Chapitre 1

Logan Wilde avait à peine ouvert un œil lorsqu'il aperçut les plumes.

Cinq grandes plumes grises, gisant sur la moquette telles des feuilles mortes. Il les fixa en clignant des paupières, tout ensommeillé, tandis que son troisième réveil de secours se mettait à sonner.

Il se pencha pour en ramasser une. Elle était immense et scintillait au soleil comme si elle était couverte de poussière d'or, étincelant dans sa paume café au lait.

Il essaya de se rappeler s'il s'était passé quoi que ce soit de bizarre pendant la nuit – du genre irruption d'oiseau géant dans sa chambre. Le problème, c'est qu'il avait le sommeil très très lourd. Son père disait toujours en riant que même une alarme de voiture au creux de son oreille ne l'aurait pas réveillé.

– Hum… Persépoil ? Tu peux m'expliquer ce qui est arrivé à cet oiseau ?

Il se retourna et constata que son chat ne dormait pas en boule au pied de son lit comme d'habitude.

Un mouvement attira alors son regard sur son bureau. Warrior, son poisson combattant, allait et venait frénétiquement en agitant ses longues nageoires violettes. Juste à côté de son bocal, le terrarium semblait vide. Logan se leva pour vérifier.

En principe, ses deux souris s'approchaient de la vitre pour quémander à manger dès qu'elles le voyaient arriver. Mais aujourd'hui, M. et Mme Quenotte étaient recroquevillés dans un coin, sous un tas de copeaux de bois. Ils refusèrent d'en sortir même lorsqu'il agita leur boîte de granulés.

– Qu'est-ce qui se passe, ce matin ? se demanda Logan à voix haute.

– *Miaou*, répondit une petite voix échappée du placard.

Logan ouvrit la porte et trouva son chat gris et blanc perché sur la plus haute étagère, caché derrière une pile de pull-overs. Le poil tout hérissé, il lui jeta un regard paniqué.

– Mais qu'est-ce qui t'arrive ? T'as eu peur du gros oiseau qui est entré par la fenêtre, c'est ça ? se moqua-t-il.

– *Miiiaaaou !* grommela le félin en lui jetant un regard mauvais qui signifiait clairement : « Et qui ronflait pendant ce temps-là ? J'aurais pu me faire dévorer tout cru que tu n'aurais pas ouvert un œil ! Et je suis sûr que tu aurais pleuré comme un bébé à mon enterrement ! »

En voyant les fils verts, bleus et rouges qui pendaient de l'étagère, Logan comprit que Persépoil avait passé la nuit à détricoter nerveusement tous ses pulls à coups de griffes.

– Oh, c'est pas vrai, gémit-il. Merci, gros poilu !

– *MIIIAAAOU !* protesta le chat, outré.

Logan voulut le prendre dans ses bras, mais il coucha ses oreilles en arrière et bondit par-dessus sa tête. Le garçon se retourna juste à temps pour voir le bout de sa queue disparaître dans l'entrebâillement de la fenêtre.

Il soupira.

– Un jour, j'aurai un chien, promit-il à son poisson. Un bon gros toutou qui ne s'enfuit pas devant la moindre poussière qui vole.

Warrior agita les nageoires comme pour dire : « Désolé, mais le chat a raison sur ce coup-là ! »

Logan s'habilla, empocha le mot et l'argent que son père lui avait laissés dans la cuisine et fila à l'école en attrapant quelque chose à manger au passage.

Sans envisager une seule seconde que son visiteur nocturne se trouvait peut-être encore dans la maison.

Xanadu était une petite ville assoupie au cœur des montagnes du Wyoming. Pas vraiment le genre d'endroit où Logan avait imaginé vivre un jour. Mais il n'aurait jamais imaginé non plus que sa mère les larguerait par carte postale, ni que son père lâcherait son boulot d'avocat pour partir à sa recherche et s'installer dans l'Ouest.

– Regarde, papa ! s'était-il écrié cet été lorsque leur camion de déménagement était passé devant ce qui ressemblait à un vrai saloon, avec deux longues cornes gravées dans une enseigne en bois. Rien à voir avec Chicago ! Alors... ça veut dire que je vais pouvoir avoir un cheval ? Je parie que tout le monde en a dans le coin.

– Bien sûr, avait répliqué son père. Tu auras un cheval le jour où tu iras au collège avec un chapeau de cow-boy, des bottes et des éperons.

Et il se croyait drôle.

Logan n'aurait jamais osé porter un chapeau de cow-boy et encore moins tout le reste de l'attirail. C'était déjà assez dur d'être « le nouveau » qui débarquait en cinquième.

Mais ça aurait été sympa d'aller au collège à cheval plutôt qu'à vélo. Logan dévala la pente, en évitant les nids-de-poule. Le fumet de pizza tout juste sortie du four qui flottait dans tout leur ancien quartier lui manquait encore – mais c'était bien la seule odeur de Chicago qu'il regrettait. Ici, ça sentait le pin et la neige.

Au pied de la colline, il passa devant la banque. Plusieurs personnes en costume-cravate étaient attroupées sur les marches du perron. Il n'avait pas le temps de s'arrêter mais, du coin de l'œil, il crut apercevoir la grande porte en bois lacérée… en lambeaux… comme du gruyère râpé !

« Impossible. J'ai dû mal voir. »

Logan secoua la tête en continuant à pédaler.

Pour l'instant, il se plaisait mieux dans le Wyoming qu'à Chicago, même s'il ne s'était pas encore fait de copains. Il y avait vraiment des gens qui passaient à cheval dans la rue, parfois. Le journal de la ville était imprimé sur du papier – et non envoyé par mail – en caractères vintage comme sur les affiches WANTED pour rechercher les hors-la-loi dans les westerns.

Ici, Logan avait un petit jardin – bon, c'était plutôt une bande de pelouse qui faisait le tour de la maison. Il espérait donc un jour pouvoir avoir un chien. Et surtout, ici, son père le laissait se balader tout seul à vélo.

En plus, il ne risquait pas de tomber sur un truc qui lui rappelait sa mère à chaque coin de rue. Il ne voyait vraiment pas pourquoi son père espérait la trouver dans le coin. Xanadu était une ville bien trop « pépère » pour elle : il n'y avait même pas d'aéroport à moins de quatre-vingts kilomètres. Logan appréciait cette vie tranquille, mais sa mère aurait craqué au bout d'une semaine.

En tournant au carrefour, il faillit rentrer dans une bande d'ados en train de se disputer au beau milieu de la route.

– AAAAAAH ! hurla-t-il en s'efforçant de braquer au maximum tandis que deux d'entre eux s'écartaient vivement de son chemin.

Sa roue heurta le trottoir, il fut catapulté dans les airs, passa par-dessus le guidon et atterrit dans un tas de feuilles mortes.

– Hé, regarde où tu vas ! protesta une fille.

– Moi ? s'indigna Logan en se redressant. C'est vous qui êtes dans le passage !

Il avait mal au coude et ses paumes étaient tout égratignées. Il sentait du sang couler le long de son tibia. Il ôta son casque de vélo et se pencha pour relever sa jambe de pantalon.

La fille qui lui avait crié dessus était toujours plantée au milieu de la rue. C'était elle qui n'avait même pas essayé de s'écarter. Elle avait deux longues tresses brunes de chaque côté du visage. En fait, il l'avait déjà vue en train de hurler après une sixième, sur le terrain de foot, mais il ne connaissait pas son nom. Les deux autres étaient avec lui en cinquième.

– Waouh, souffla le garçon en contemplant son genou en sang. Désolé.

Blue Merevy était grand et blond, l'air un peu endormi. Les filles n'arrêtaient pas de lui tourner autour avec un sourire béat. Logan ne voyait pas trop pourquoi, mais ça avait sans doute un rapport avec ses yeux verts et sa voix un peu traînante.

– C'est bon, assura-t-il.

Il jeta un coup d'œil à l'autre fille – Zoé Kahn, l'élève

la plus bizarre de la classe. Ses cheveux châtain-roux au carré n'avaient pas dû voir un peigne depuis bien longtemps et elle portait une chemise écossaise verte boutonnée de travers. Elle fixait la poste, de l'autre côté de la rue, en fronçant les sourcils.

– Keiko, fit-elle comme si Logan n'était pas là, viens par là, s'te plaît. On a besoin de toi.

– Pas question, répliqua l'intéressée en rejetant ses tresses en arrière. Cette stupide bestiole risque de me mordre. C'est ton problème. Laisse-moi en dehors de tout ça.

Elle dévisagea Logan en plissant ses yeux marron doré, puis tourna les talons et se dirigea à grands pas vers le collège.

– On va être en retard, fit remarquer Blue.

– Mais il faut qu'on aille voir, supplia Zoé, au désespoir. Et s'il n'est pas réapparu à l'heure du déjeuner ?

– Ça va aller, assura Blue en baissant la voix.

Logan avait l'impression de déranger. Il se releva et allait s'éclipser lorsqu'il s'aperçut que Zoé était au bord des larmes. Même Blue avait l'air stressé, ce qui n'était pas du tout dans ses habitudes.

Logan s'en serait voulu de partir sans leur proposer un coup de main.

– Tout va bien ? demanda-t-il.

– Oui, oui, c'est rien, affirma Zoé en s'essuyant les yeux d'un revers de manche.

– Tu es sûre ? insista-t-il. Est-ce que… je… peux faire quelque chose ?

Zoé croisa son regard pour la première fois, comme si elle venait seulement de se rendre compte de sa présence.

– Merci, mais non… ça va… c'est juste mon chien qui a disparu.

– Oh, non ! s'écria Logan. C'est quoi comme chien ? Depuis combien de temps tu ne l'as pas vu ? Il s'appelle comment ? Tu as appelé la fourrière ? Il est pucé ? Ça lui est déjà arrivé de fuguer ?

Il s'interrompit. Blue et Zoé le regardaient bizarrement.

– Hum… j'aime beaucoup les chiens, c'est tout, se justifia-t-il.

– Ne t'en fais pas, dit Zoé en lui adressant un sourire las. Merci quand même.

La sonnerie du collège retentit.

– On ferait mieux d'y aller, vite, dit Zoé à Blue.

Elle traversa la rue en courant et s'engouffra dans le bureau de poste. Logan remarqua quelques plumes sur le large perron en pierre – aussi grandes que celles qu'il avait trouvées dans sa chambre, sauf que celles-ci étaient marron foncé et non dorées.

– Qu'est-ce que son chien aurait été faire là-dedans ? s'étonna-t-il.

– Euh… il adore les facteurs, balbutia Blue en haussant les épaules. C'est un chien vraiment pas ordinaire.

– Il s'appelle comment ?

Blue plissa le front, pensif.

– Euh… Six ? Non, Fix… Non, ce doit être Six. Allez, à plus.

Et il lui tourna le dos pour suivre Zoé avant que Logan ait eu le temps de poser davantage de questions, du genre : « Tu viens de tout inventer ou quoi ? »

Il soupira en voyant Blue entrer dans le bureau de poste. Voilà pourquoi il n'avait toujours pas d'amis au bout de quatre mois. Ce n'était pas seulement parce qu'il avait du mal à parler aux gens, ni parce qu'il était différent de la plupart des élèves – le seul autre Afro-Américain de la classe, Walter Barnes, était un super joueur de foot qui sortait avec une fille de quatrième.

Non, le vrai problème, c'était que tout le monde avait déjà des amis. Il n'y avait que vingt-quatre élèves dans sa classe – dix garçons et quatorze filles – qui se connaissaient déjà et avaient tous leur petite bande.

La première semaine, il s'était assis à côté de Walter le midi, mais ce dernier l'avait ignoré. Il n'adressait la parole qu'aux autres joueurs de l'équipe de foot et s'intéressait plus à ses lasagnes qu'à Logan. Visiblement, il se moquait de l'équipe des Bulls, des joueurs des Cubs, et de tous les matchs auxquels Logan avait assisté à Chicago.

La semaine suivante, Logan avait tenté sa chance à une autre table, espérant qu'il aurait plus de points communs avec les musiciens qu'avec les sportifs, vu qu'il jouait du saxo. Mais quand il avait mentionné Charlie Parker, ils l'avaient tous regardé avec des yeux ronds. Personne n'aimait les mêmes morceaux que lui. Personne ne regardait ses émissions fétiches. Quant aux poissons combattants, ça ne passionnait pas plus ses camarades que s'il avait eu une mouche dans un bocal sur son bureau.

Ils passaient le déjeuner à citer de vieux épisodes de *South Park* – un dessin animé que son père lui avait interdit de regarder. Du coup, Logan avait continué à s'asseoir à cette table, mais sans essayer de participer à la conversation.

Bref, c'était sans espoir. Mais ses amis de Chicago n'étaient pas si géniaux que ça non plus. Ils lui avaient tous sorti de petites phrases gentillettes quand sa mère était partie, puis ils n'avaient plus jamais voulu en reparler. Et à en juger par les mails de deux lignes qu'ils lui envoyaient, Logan ne regrettait pas vraiment de rater toutes les grandes histoires du collège – qui était amoureux de qui et qui avait envoyé des photos compromettantes de qui à qui.

Ici, il était invisible mais, au moins, personne n'avait dans sa boîte mail de photo de lui avec du jus de raisin qui lui sortait par les trous de nez.

Il entra dans la salle en traînant les pieds et dessina des plumes dans son agenda jusqu'à ce que ça sonne. M. Christopher venait de commencer à faire l'appel quand Zoé et Blue furent escortés dans la classe par la CPE en fusion. Mlle McCaffrey annonça :

– Ces deux-là voulaient sécher les cours…

Elle marqua une pause dramatique avant de préciser, comme si ça aggravait encore leur cas :

– … en se cachant au bureau de poste !

– Ooooh ! s'exclama Jasmine Sterling dans le fond de la classe. Zoé et Blue s'envoient des lettres d'amour, c'est troooop chou !

Blue conserva son air détaché, mais Zoé lui lança un regard assassin. Tout le monde, même Logan, était au courant que Jasmine était folle amoureuse de Blue. Alors qu'avec Zoé, il entretenait plus une relation de frère et sœur.

Le haut-parleur grésilla et le principal déclara d'une voix de robot :

– Mademoiselle McCaffrey, vous êtes attendue à la cafétéria. Nous avons un… problème.

Zoé lança un regard paniqué à Blue alors que la CPE repartait, mais le garçon secoua imperceptiblement la tête et la poussa vers sa place.

Zoé s'assit à côté de Logan et passa nerveusement la main dans ses cheveux. Elle laissa tomber son sac par terre entre leurs deux tables. Se rendait-elle compte que c'était une vraie puanteur ? Comme si une meute de chiens mouillés et une bande d'hippopotames boueux s'étaient battus pour le récupérer. En y jetant un coup d'œil discret, il remarqua une touffe de poils marron prise dans la fermeture Éclair. Ils étaient trop foncés pour appartenir à Zoé, qui avait les cheveux châtain-roux. Ce devait être à son chien, ce qui signifiait qu'il avait le poil long… et puant.

Enfin, il aurait préféré avoir un chien puant que pas de chien du tout. Logan chercha à quelle race pouvaient appartenir des poils pareils. Un saint-bernard ?

Blue était assis juste devant lui. Ses épais cheveux blonds possédaient de légers reflets verts que Logan avait remarqués parce qu'il avait sa nuque sous les yeux toute la journée. Il dégageait lui aussi une odeur bizarre – l'odeur de la mer… comme s'il passait ses après-midi à surfer alors qu'ils étaient à des milliers de kilomètres de la première plage.

M. Christopher se tourna face au tableau pour y noter l'énoncé d'un problème de maths. Une boule de papier passa sous le nez de Logan et atterrit dans le cou de Blue.

Les deux garçons se tournèrent vers Zoé dans un même mouvement.

– Il faut qu'on aille à la cafèt', chuchota-t-elle en ignorant Logan.

Blue désigna le professeur du menton.

– On est en cours, je te signale.

Zoé se tordit les mains.

– C'est plus important. Tu sais ce que fera la SPAM si on ne retrouve pas…

Elle s'interrompit, jetant un regard en biais à Logan.

– C'est quoi le rapport entre un spam et ton chien ? s'étonna-t-il.

– Hum, toussota-t-elle, non, rien. Il faut qu'on sache ce qui se passe, Blue, insista-t-elle.

– Le prof ne nous laissera pas sortir, ni toi ni moi, affirma-t-il, alors qu'on est déjà arrivés super en retard en cours.

Si ça avait été son chien, Logan aurait été aussi désespéré que Zoé. Il aurait fait n'importe quoi pour le retrouver.

– Je vais aller voir, annonça-t-il en levant la main.

Chapitre 2

– Non, attends ! objecta Zoé, mais le professeur s'était déjà retourné vers Logan.

– Monsieur Christopher, je peux aller aux toilettes, s'il vous plaît ? demanda-t-il.

Le professeur reposa sa craie en soupirant.

– Très bien, mais ne traîne pas, dit-il en lui tendant son passe.

Sur le pas de la porte, Logan jeta un regard en arrière et vit Zoé qui se mordillait nerveusement l'ongle du pouce.

– T'inquiète, lui souffla-t-il.

Il fila dans le couloir désert, longeant une rangée de casiers jaunes jusqu'au réfectoire. En approchant, il entendit des éclats de voix. Il s'arrêta juste avant la grande porte verte à double battant, sous prétexte de faire ses lacets, et tendit l'oreille.

– Comment ça, tout a disparu ? criait Mlle McCaffrey.

– Il ne reste plus rien.

C'était la voix de Buck, le cuisinier.

– Quelqu'un s'est introduit dans la chambre froide ainsi que dans le congélateur et a tout dévoré. Le chili, les tacos, le fromage, les desserts, le lait chocolaté, les tranches de tomate… tout ce qu'on devait servir au déjeuner aujourd'hui. Volatilisé !

– Sûrement un animal sauvage, supposa le principal, M. Upton, de sa voix ensommeillée. Sans doute un ours.

– Un ours très habile, alors, intervint Buck. Qui sait ouvrir les portes et les conserves.

– Les conserves ? s'étonna Mlle McCaffrey.

– Regardez ! fit le cuisinier. Les boîtes de haricots… ouvertes et nettoyées !

– L'ours s'est peut-être servi de ses griffes, suggéra M. Upton d'un ton peu convaincu.

– Il n'y a plus que la salade.

Buck avait l'air abattu.

– Et des plumes rousses partout. Il a dû rapporter un oiseau, et il l'a mangé aussi.

– Mais on ne peut pas servir que de la salade au déjeuner ! protesta Mlle McCaffrey.

– Ça, je le sais ! rugit le cuisinier.

– Ne me jetez pas ces plumes dans la figure ! hurla-t-elle.

– Monsieur Wilde ?

Logan fit un bond de trois mètres. Il avait complètement oublié qu'il était censé faire ses lacets en guettant si quelqu'un arrivait dans le couloir.

La documentaliste se pencha vers lui, l'air un peu surpris, mais plutôt sympathique.

Elle avait la peau couleur caramel et de longs cheveux bruns tirés en queue-de-cheval. Sa jupe vert vif avec de petits losanges en miroir le long de l'ourlet jurait atrocement avec son chemisier rose pétant. Il ne se rappelait plus son nom et était stupéfait qu'elle connaisse le sien.

– Oh… euh… désolé, balbutia-t-il en sautant sur ses pieds.

Elle posa un doigt sur ses lèvres.

– Ils ont coincé le coupable ? chuchota-t-elle en désignant la porte de la cafétéria du menton.

Il secoua la tête.

– Et toi ?

– Moi ? Je n'en sais rien, j'étais juste en train de faire mon lacet.

– Mmm…, murmura-t-elle en jetant un regard incrédule à ses baskets. Ils ont parlé de plumes ?

– Oui, mais ça ne peut pas être un oiseau… Les oiseaux, ça ne mange pas de chili, affirma Logan. Enfin, je crois, non ?

Perdue dans la contemplation de la cafétéria, elle ne semblait plus vraiment l'écouter.

– Bon, allez, file, reprit-elle subitement en agitant la main. Ouste !

Soulagé, il regagna vite sa salle de cours.

Quand il revint, M. Christopher était en train de parler des polynômes. Logan se faufila à sa place et déchira une page de son cahier.

Quelque chose a dévoré toutes les réserves de la cuisine. Mais ça m'étonnerait que ce soit un chien. Peut-être un ours ? Il ne se passe pas grand-chose pour le moment, juste des adultes qui braillent.

Il plia le mot et, profitant de ce que le professeur ne le regardait pas, le fit passer à Zoé.

Elle le lut, poussa un grognement étouffé et laissa tomber sa tête sur ses bras croisés. Ce n'était pas la réaction qu'il avait prévue.

Logan entreprit d'arracher les petits bouts de papier restés accrochés à la spirale de son cahier. De toute façon, il n'avait pas particulièrement envie d'être ami avec cette fille bizarre. Elle s'endormait sans cesse en classe et inventait des excuses farfelues parce qu'elle faisait rarement ses devoirs. Logan ignorait si les profs la croyaient, mais lui, non, en tout cas.

Ses vêtements étaient toujours tachés ou déchirés, mais elle avait l'air de s'en moquer. Elle marmonnait dans sa barbe, se rongeait les ongles et semblait tout le temps préoccupée. Elle n'adressait pratiquement la parole à personne, à part à Blue, qui étrangement restait avec elle alors qu'il aurait pu traîner avec n'importe qui d'autre.

Logan n'avait pas besoin d'une amie à ce point. Si ?

Ce fut un soulagement de rentrer à la maison après des heures de cours et un déjeuner d'un ennui mortel qu'il avait employés à passer en revue tous les endroits de la ville où un chien aurait pu se cacher. Il rentra son vélo dans le garage et pénétra dans la maison.

– Persé ?

– *Miaou !* répondit le chat caché sous le canapé.

– Toujours flippé ? demanda-t-il en prenant un soda dans la cuisine. On dirait que quelque chose t'a vraiment flanqué la frousse, hein ?

– *MIIIAAAOU !*

Il y avait un nouveau message de son père sur le comptoir de la cuisine.

Semaine de dingue au boulot. Désolé, je risque de ne pas être souvent là. Pizza devant le match des Bears samedi soir ? Il y a plein de restes dans le frigo si tu as faim. Appelle-moi en cas de besoin.

Logan savait que le nouveau travail de son père pour le département Faune et Flore était très prenant. Il était content qu'il lui fasse assez confiance pour le laisser se débrouiller seul. Mais il se doutait qu'il consacrait en réalité pas mal de temps à chercher sa mère. Après tout, la dernière carte postale qu'ils avaient reçue d'elle – excuses bidon et bon vent – avait été postée à Cheyenne, dans le Wyoming. Ce n'était pas une coïncidence si son père avait décidé de venir s'installer ici un mois après. Ils n'en avaient jamais parlé mais, visiblement, il espérait la retrouver et la convaincre de revenir.

Sauf que c'était impossible. Sa mère avait toujours préféré voyager plutôt que de rester à la maison. Et même quand elle était là, elle s'asseyait à peine pour dîner. Elle avait beau aimer Logan et son père, les soirées jeux de société et les promenades à vélo en famille, ce n'était pas son truc. Logan avait toujours eu l'impression qu'elle était prête à partir, son sac de voyage caché sous son lit. Il n'aurait donc pas dû être surpris ni blessé quand c'était arrivé.

Et pourtant si.

Mais qui peut bien quitter sa famille en envoyant une simple carte postale ?

À Chicago, plusieurs de ses amis vivaient avec un seul de leurs parents. Mais, généralement, c'était le père qui partait et la mère qui restait. Ou le père qui n'avait jamais fait partie du tableau. Ou le père qui était là mais aussi réactif qu'un coussin sur le canapé.

Alors, franchement, Logan pouvait s'estimer heureux d'avoir un père qui lui faisait des tacos, jouait au basket avec lui et essayait de lire les mêmes bouquins.

Il secoua la tête pour chasser ces pensées.

– OK, Persé, je vais nourrir M. et Mme Quenotte, si ça t'intéresse.

En principe, Persépoil adorait s'asseoir sur son bureau pour regarder les souris grignoter leurs granulés. Mais aujourd'hui, il refusa de sortir de sous le canapé.

Haussant les épaules, Logan monta dans sa chambre, laissa tomber son sac de cours dans un coin et s'approcha du terrarium. Les rongeurs étaient toujours recroquevillés sous leur tas de copeaux, remuant nerveusement leurs petits nez roses.

– Pauvres choux, dit Logan en prenant leur boîte de nourriture. Qu'est-ce qui vous a… ?

Il s'interrompit.

– C'est bizarre…

La boîte paraissait beaucoup plus légère que ce matin. Il ôta le couvercle… elle était complètement vide !

– Bon sang… mais qui a mangé tous vos granulés ? demanda-t-il tout haut.

« Et qui a soigneusement refermé la boîte après ? » ajouta-t-il dans sa tête.

– *SSSQQQUUUUUUOOOOORRRRRRPPPP !*

Logan se figea. C'était un bruit qu'il n'avait jamais entendu de sa vie. Et il provenait d'un coin de sa chambre.

Il se retourna lentement, le cœur battant à tout rompre.

C'est alors que, sur la moquette, il aperçut une longue queue… une longue queue poilue et dorée de lion.

Il y avait un monstre sous son lit.

Chapitre 3

« Non, impossible. Il n'y a pas de lions dans le Wyoming, pas vrai ? Des pumas peut-être, mais ça n'a pas une queue comme ça… »

Logan saisit la batte de base-ball rangée sur le côté de son placard. Il s'approcha prudemment, puis se mit à quatre pattes et regarda sous son lit.

La créature avait les yeux fermés. L'avant était celui d'un aigle géant, avec le bec, les ailes et tout… tandis que le reste du corps était couvert de poils et muni de quatre grosses pattes de lion terminées par des griffes.

La terreur le saisit… immédiatement balayée par une vague de soulagement. Ce n'était pas possible. Ça n'existait pas. Le bruit venait sans doute d'ailleurs. Et ce machin devait être une peluche bizarre que ses grands-parents lui avaient envoyée. Parfois, mamie oubliait que les ados de douze ans préféraient les tablettes, les jeux vidéo et les chiens aux jouets pour les gamins.

Il n'avait jamais vu une peluche pareille. C'était quoi comme animal, ça ? Une tête d'oiseau sur un corps de lion ?

En tout cas, il était sûr à cent dix pour cent que ça n'existait absolument pas. L'animal en question, quel qu'il soit, n'était pas réel.

Sur ce, la peluche ouvrit les yeux et lança :

– *Mork !*

Logan recula, se cogna contre la porte du placard, et lâcha sa batte de base-ball. Elle était vivante ! Oh non, il allait se faire dévorer par… un aiglion !

– *Mork !* fit à nouveau la créature en claquant du bec.

Au moins, elle n'avait pas l'air menaçante. Ses petits bruits… c'était même plutôt mignon.

– *Mork ! Mork !*

– Je dois rêver, affirma Logan. Je suis en plein cauchemar. Ou alors j'ai une hallucination.

– *Mork !* insista la bestiole sous le lit. MORK !

Il ferma les yeux.

– Logan, cet animal sort tout droit de ton imagination. Il devait y avoir un truc bizarre dans la pizza que tu as mangée ce midi. Il n'y a aucun monstre sous ton lit, marmonna-t-il.

– Looooogan !

Oh, non… maintenant il entendait des voix.

Il entrouvrit les paupières. La créature le

contemplait de ses grands yeux noirs, l'air intrigué. Ce regard… c'était celui de son futur chien, quand il l'imaginait.

– C'est toi qui m'as parlé ? demanda-t-il.

– Logan, tu m'entends ?

– Hum…

– *Mork !*

L'animal s'extirpa de sous son lit en le soulevant légèrement, et Logan put le voir en entier. Il était plus petit qu'il ne l'aurait cru – pas plus gros qu'un chiot labrador. Il déploya ses ailes dorées et planta ses griffes de lion dans la moquette pour s'ébrouer en battant de la queue. Les plumes qui couvraient sa tête et son poitrail cédaient la place à du poil sur le reste du corps. Son bec recourbé claquait doucement dans le vide, *clac clac clac*. Une couronne de plumes dorées formait comme une petite crinière autour de sa tête.

Logan se rappela alors qu'il avait déjà vu ce genre de créature sur la couverture d'un roman de Diana Wynne Jones. Oui, on aurait dit un griffon… sauf que ça n'existait pas en vrai.

L'animal s'ébroua à nouveau avant de le rejoindre d'un bond. Avant que Logan ait pu s'écarter, il avait sauté sur ses genoux. Le garçon serra les dents lorsque ses griffes s'enfoncèrent dans son jean, mais il n'avait pas l'air féroce. Il s'assit sagement, la queue enroulée autour de ses pattes. Ses grands yeux noirs dévisageaient Logan d'un regard confiant et, lorsqu'il se frotta contre sa poitrine, le garçon ne put résister à l'envie de lui caresser la tête.

– *Moooooork !* s'écria la créature, ravie, en se roulant en boule tout contre lui, exactement comme son chat.

Logan caressa sa fourrure toute douce – encore plus douce que celle de Persépoil – et effleura du bout du doigt ses ailes repliées.

Tout ça n'avait pas du tout l'air d'un rêve ni d'une hallucination due à une intoxication à la pizza périmée.

– D'où tu sors ? lui demanda-t-il. D'un laboratoire secret du gouvernement ?

Les scientifiques s'amusaient sans arrêt à combiner des plantes pour créer des fruits bizarres, comme les mûroises, mi-mûres, mi-framboises. Peut-être qu'ils avaient fabriqué des aiglions également.

La créature ouvrit le bec, mais cette fois, au lieu de dire « *mork* », elle poussa un tonitruant :

– *SQUUUUUORP !*

Logan se mit à rire.

– Je peux donc t'appeler Squorp ? demanda-t-il.

– Squorp ! fit la voix dans sa tête. Bon nom. Squorp aime Squorp ! Logan ! Écoute !

– Exact, confirma le garçon, je m'appelle Logan et toi, tu t'appelles Squorp.

– Squorp manger !

Il essaya de pincer le doigt de Logan avec son bec. Celui-ci retira sa main en protestant :

– D'accord, mais pas moi. C'est toi qui as mangé les granulés des souris, pas vrai ?

– Squorp faim, répondit la créature en le fixant avec le regard le plus triste dont un aigle était capable. Nourriture de petites bêtes dégoûtante.

Une lueur d'espoir brilla dans ses yeux.

– Manger petites bêtes à la place ?

– Non, répondit Logan d'un ton sévère.

Une chance que le couvercle de son terrarium soit verrouillé pour protéger M. et Mme Quenotte des griffes de Persépoil.

– Pas question que tu manges mes souris. Ce sont mes amies.

Squorp se serra contre lui et posa sa tête sur sa poitrine.

– Squorp ton ami.

– Aaaah, soupira Logan en lui grattouillant la tête.

– Squorp bien meilleur ami que petites bêtes. Petites bêtes trop nulles. Et délicieuses !

– NON ! gronda Logan. Je vais te faire un steak à la place, d'accord ? C'est bien meilleur, je t'assure.

Squorp se redressa brusquement et fit claquer frénétiquement son bec.

– Oh oh !

L'animal sauta sur le lit de Logan, semant ses poils dorés un peu partout.

– Quoi ? fit Logan en se relevant. Qu'est-ce qu'il y a ?

– *Mork !* couina Squorp.

Lançant un regard paniqué par la fenêtre, il s'enfouit sous les draps jusqu'à ne plus former qu'une grosse bosse sous la couette bleu marine.

Logan jeta un coup d'œil dehors, puis se baissa vivement.

Zoé et Blue étaient dans le jardin, en train de fouiller dans les haies et les massifs.

Chapitre 4

– Encore des plumes !

La voix inquiète de Zoé lui parvint du jardin :

– C'est tout ce qu'on va retrouver. Et c'est peut-être ma faute. La SPAM va ordonner la fermeture, papa va me priver de sorties pour l'éternité et tout le monde sera replacé ailleurs et je ne vous reverrai plus jamais, ni toi ni Cap'taine Moumoute ni Face-de-Lune.

– Le truc positif, c'est qu'ils renverront Keiko au Japon, intervint Blue.

– Ce n'est pas drôle, Blue !

Zoé s'interrompit.

– Bon, d'accord, ce serait bien, reconnut-elle.

– On ne sait pas si c'est ta faute, dit gentiment son ami. Et on n'en est pas là. Il n'y a pas encore d'agent de la SPAM lancé à leurs trousses, et on n'a pas non plus vu d'employé du département Faune et Flore en train d'enquêter. Il faut juste qu'on les retrouve avant dimanche.

« Les » ?

Logan jeta un coup d'œil perplexe à la bosse que formait Squorp sous sa couette.

– Comment fais-tu pour ne pas stresser ? s'étonna Zoé. Si la SPAM nous oblige à fermer, qui sait ce que deviendra ton père. Et où ils vous enverront vivre.

Elle avait encore prononcé ce mot. Était-ce la spam – bizarre au féminin… – ou peut-être l'ASPAM ?

Blue haussa les épaules.

– Je m'inquiète seulement pour ce qui est vraiment et effectivement déjà arrivé. Si je commençais à m'en faire pour tout ce qui *pourrait* arriver, alors je… je serais toi.

– Super, merci.

Zoé soupira.

– Celui-ci doit avoir filé depuis longtemps.

– Retournons voir à la maison, suggéra Blue.

– OK, fit-elle, l'air abattu. Je dois faire toutes mes corvées. Mais si l'un d'entre eux se fait repérer…

– Je sais, la coupa Blue, ce sera la fin du monde. Encore.

Logan les entendit reprendre leurs vélos et s'éloigner. Les pensées se bousculaient dans sa tête.

Squorp sortit son bec de sous la couette.

– Bébé-Stressé parti ? lui demanda-t-il par télépathie.

– Bébé-Stressé ?

– C'est encore un bébé, mais elle s'inquiète, s'inquiète, s'inquiète, elle vérifie tout et s'inquiète encore. Elle agite ses papattes sans jamais s'envoler. Elle doit perdre ses poils. Et se ronger les griffes.

Oui, c'était une bonne description de Zoé.

– Squorp ! s'écria soudain Logan. C'est toi, le chien de Zoé !

Le griffon repoussa la couette et gonfla les plumes de son jabot, l'air indigné.

– Pas du tout ! Destroy, Killer, Crocs et Médor sont des chiens ! Cap'taine Moumoute est à Zoé. Mais Squorp n'est pas à Zoé et Squorp n'est pas un chien non plus. Squorp est libre et Squorp est un GRIFFON !

– Bon, d'accord, admit Logan. Mais c'est toi qu'elle cherche, non ?

Squorp s'absorba dans la contemplation de ses griffes.

– Ouais... moi et les autres.

– Vous êtes combien ? voulut savoir Logan.

Le griffon s'agita, mal à l'aise.

– J'ai deux frères et trois sœurs.

Il tourna la tête comme s'il s'attendait à les voir surgir du placard.

– Ils me manquent ! Enfin, presque tous. Pas Clink, elle fait trop sa chef.

– Six griffons qui se baladent en liberté dans Xanadu ? Tu m'étonnes que Zoé soit en panique !

Il se pencha sur son ordinateur et tapa « ASPAM »

dans un moteur de recherche. C'était sans doute un acronyme.

– C'est encore pire que de perdre un chien. Mince, il faut que je te ramène chez toi.

– Nooooon !

Squorp disparut à nouveau sous la couette.

– *Pas ramener là-bas ! Squorp enfin libre !*

Logan hésitait. Peut-être que les griffons vivaient dans de mauvaises conditions de captivité, comme des rats de laboratoire ou des animaux dangereux. Pourtant, Zoé et Blue n'avaient pas vraiment l'air de savants fous.

Pour ASPAM, le moteur de recherche lui proposait un tout nouveau modèle d'aspirateur manuel, exceptionnellement efficace, lui promettant que « l'ASPAM, aspirateur à main, assure une hygiène irréprochable des coins les plus difficiles d'accès ». Un peu éloigné du sujet…

Il essaya « la SPAM » à la place.

– Société des Producteurs d'Agrumes du Midwest, lut-il à mi-voix en fronçant les sourcils. Bizarrement, je ne pense pas que ce soit ça non plus.

Internet n'était donc pas d'un grand secours. Il se retourna vers Squorp. Le petit griffon plaquait ses pattes sur son bec en émettant ce qu'il croyait sans doute être des bruits pitoyables.

– C'est si terrible où tu vis ? demanda Logan.

– *Affreusement affreux ! Jamais assez à manger. Tous entassés dans une minuscule grotte ! Houspillés jour et* nuit ! *Pas le moindre trésor à l'horizon. Surveillés en permanence par des dragons...*

Logan se prit la tête entre les mains.

– Des *dragons* ?

Il dut s'asseoir par terre. Des griffons, c'était une chose, mais s'il y avait également des dragons dans ce trou perdu... alors il avait vraiment mal jugé Xanadu.

Squorp sortit la tête de sous la couette et la pencha sur le côté en regardant Logan.

– *Le pire du pire, c'est jamais assez à... MANGER.*

– OK, OK, j'ai compris. Je vais te chercher de quoi grignoter.

Il hésita.

Un steak, ce n'était pas mauvais pour un griffon ? Il ne voulait surtout pas empoisonner Squorp.

Il recommença à pianoter sur son ordinateur : « Que mangent les griffons ? »

« Des humains ! » répondit gaiement le premier site.

Logan haussa un sourcil. Squorp n'avait pas franchement l'air friand de chair humaine.

D'autres sites suggéraient de la viande de cheval ou de bœuf ; au moins, ils étaient carnivores. Un steak haché ne pouvait donc pas lui faire de mal.

– *Et du trésor ?* pépia Squorp. *J'aimerais du trésor. Ce serait le plus beau jour de ma vie.*

– Désolé, je n'ai pas de trésor, Squorp.

– *Ah, bon ! Et ça ?*

Le griffon plongea sous le lit et en sortit en traînant une boîte à chaussures derrière lui.

Logan tendit la main pour la prendre.

– C'est rien.

Mais le griffon le repoussa et souleva le couvercle comme s'il s'agissait du tombeau d'un pharaon égyptien. Il en tira plusieurs cartes postales de paysages – jungles tropicales ou déserts.

– Tu vois ? C'est du trésor ! Joliii ! Qui vient de loin, pas vrai ? Et soigneusement conservé !

– Ce n'est rien d'important, affirma Logan en se levant. Range-les à leur place, s'il te plaît.

Squorp remit les cartes à leur place à contrecœur.

– Viens, je vais nous préparer à manger.

Il entendit le griffon farfouiller dans la boîte tandis qu'il se dirigeait vers la porte.

– Mais ÇA, c'est du trésor !

Squorp lui passa devant et fonça dans la cuisine en brandissant un petit objet en or.

Il glissa sur le carrelage, ses pattes se dérobèrent sous lui et il finit sa course tête la première dans un placard.

Logan se pencha pour l'aider à se relever et vit ce qu'il tenait dans son bec.

Il lui prit délicatement le bracelet. C'était le bijou préféré de sa mère : une chaîne en or ornée de petites breloques – un éléphant, un oiseau, un fourmilier, un renard, un lézard et sept autres animaux. À chaque voyage, elle rapportait un nouveau pendentif mais n'emportait jamais le bracelet avec elle pour ne pas le perdre. Logan se disait que si un jour elle revenait, ce serait pour le reprendre tant elle y tenait.

– Ouais, confirma-t-il. Ça peut être classé dans les trésors, mais je ne peux pas te le donner, Squorp, désolé.

Logan fourra le bracelet dans sa poche en s'efforçant de ne plus penser à sa mère.

Les ailes du griffon retombèrent tristement, mais il se ragaillardit aussitôt lorsque Logan sortit la viande du congélateur.

– DE LA VACHE ? s'extasia-t-il. RIEN QUE POUR MOI ? TOUTE CETTE VACHE POUR MOI ?

– Oui, confirma-t-il en la décongelant au micro-ondes.

Il n'aurait qu'à dire à son père qu'il avait eu une furieuse envie de hamburger. Il se demanda durant une seconde ce qu'il penserait de Squorp, s'il accepterait éventuellement de le garder à la maison.

Mais il se souvint alors des conversations qu'ils avaient eues sur les contraintes d'avoir un chien. Il imaginait déjà comment ça se passerait :

– Mais papa, c'est beaucoup moins contraignant qu'un schnauzer. Il va seulement faire dix fois la taille d'un terre-neuve. Franchement, un animal familier avec des griffes, des ailes et des pouvoirs de télépathie, qui dit mieux ?

Non. Ça ne marcherait pas.

Il fallait qu'il rende Squorp à Zoé.

En plus, son père travaillait pour le département

Faune et Flore du Wyoming. Sa mission était de protéger les espèces en danger, ce genre de choses. Il voudrait sûrement parler du griffon à son patron – ce qui semblait le pire des scénarios pour Zoé et Blue, et sans doute également pour Squorp.

Pendant qu'il était perdu dans ses pensées, le griffon avait réussi à se percher sur le comptoir de la cuisine en sautant sur place et en battant frénétiquement des ailes, renversant tout sur son passage. Logan ramassa la salière et rangea la louche à sa place en se retenant de rire.

Squorp donna un coup de bec dans le frigo.

– *Ça sent pas le manger*, se plaignit-il. *Sinon Squorp aurait déjà fouillé là-dedans. Tellement faim ! Toute la journée ! Avec ces petites bêtes qui me narguaient !*

Il lança un regard accusateur à Logan.

– Je doute sincèrement que M. et Mme Quenotte t'aient nargué ! répliqua le garçon. Et je suis bien content que tu n'aies pas trouvé le frigo parce que je ne vois pas comment j'aurais pu expliquer à papa qu'il soit vide.

– *Aaah*, fit le griffon d'un ton pensif, *Squorp s'y connaît en papas.*

– Raconte-moi un peu d'où tu viens, dit Logan en posant la viande juteuse dans une assiette en carton, juste sous son bec. Quel est le rapport avec Zoé et Blue ?

– *Bébé-Stressé et Garçon-Poisson ? Ils nous donnent à manger.*

Squorp engloutit un gros bout de son steak et battit des ailes avec ravissement.

– Pas des trucs bons comme ça !

Logan se mordit la lèvre. Est-ce qu'un griffon qui mangeait trop risquait l'explosion ? Et s'il ne fallait pas les nourrir avant minuit sous peine de les rendre cannibales ? Il n'y connaissait vraiment rien en griffons et vu qu'ils n'étaient pas censés exister, tout ce que racontait Internet sur le sujet n'était sûrement qu'un tissu d'âneries.

– Donc, tu t'es enfui parce que tu avais trop faim ? reprit-il.

Squorp avait presque fini le steak haché.

– Et pour trouver du trésor !

Sur tous les sites, Logan avait en effet lu que les griffons protégeaient férocement leur or. C'était drôle d'imaginer cette petite bestiole protéger férocement quoi que ce soit.

Squorp ouvrit son bec tout grand, et…

– *SQUUOOOOOOOOOOOORP !*

Une bouffée d'air parfumé à la viande ébouriffa Logan, qui agita sa main devant son nez.

– Merci, Squorp. Super élégant !

Le griffon claqua du bec d'un air satisfait.

– Écoute, j'adorerais te garder, mais il faut que tu rentres chez toi.

– NOOOON ! gémit-il.

Il se laissa tomber sur le comptoir, cachant sa tête sous ses ailes.

– NON ! Pas rentrer ! Affreux ! Affreusement affreux ! Tout le monde crie sur Squorp ! L'empêche de manger ! L'envoie au lit alors qu'il n'est même pas fatigué !

– Ouh là ! Ça a l'air vraiment terrible, convint Logan. Peut-être… peut-être que tu pourrais m'emmener là-bas pour voir…

Squorp se figea et lui lança un regard perplexe.

– T'emmener *là-bas* ?

– Oui, fit Logan d'un ton qu'il voulait dégagé alors que, en réalité, il mourait de curiosité.

Comment Zoé et Blue avaient-ils réussi à garder le secret ? Que cachait cet endroit en plus des griffons et des dragons ?

– Pour que je voie à quel point c'est affreux.

Squorp se releva d'un bond et remua la queue nerveusement, comme un chat.

– Squorp va montrer à Logan l'affreusité affreuse. Et le pas assez à manger ! Et les dragons ! Et la grotte minuscule ! Et le PAS BON MANGER !

– Ouais, OK. C'est un super plan, affirma Logan en souriant.

Le long bec incurvé du griffon esquissa également ce qui ressemblait à un sourire.

– Squorp va montrer à Logan la Ménagerie.

Chapitre 5

« Où peuvent-ils bien être ? »

Zoé se retourna, scrutant la rue déserte.

« Ils doivent bien être quelque part en ville. Mais où se cachent-ils tous ? »

Elle avait arpenté Xanadu de long en large avec Blue… Ils avaient certes ramassé beaucoup de plumes, mais sans repérer le moindre griffonnet.

« Ou alors papa a raison et ils ont déjà filé en pleine nature. »

Pourtant, elle les connaissait bien, ces petits griffons. Elle était sûre qu'ils allaient rester en ville – ne pas s'éloigner des gens, de la nourriture et de toutes les nouvelles odeurs intéressantes qu'ils découvriraient hors de la Ménagerie.

Elle était si tendue qu'elle en avait mal au cou et aux épaules. Elle tenta de faire rouler sa tête d'un côté puis de l'autre en attendant que le feu passe au vert.

Elle avait toujours eu une vie un peu compliquée, mais avec la disparition des griffons, le niveau de stress était monté de plusieurs crans… En plus, tout le monde pensait qu'ils s'étaient échappés par sa faute.

De l'autre côté de la rue, devant la bibliothèque municipale, quelque chose flottait dans les airs, porté par le vent.

– Blue ! s'écria-t-elle en lui prenant le bras. Regarde !

– Une plume !

Elle était gris-bleu – la couleur d'une des petites griffonnes.

– Celle qui aime les livres ! s'écria Zoé. Elle se couche sur mes genoux pour que je lui lise des histoires. Elle n'a pas trop accroché aux *Sorcières de Salem*, en revanche. Elle a essayé de le manger plusieurs fois.

– C'est vrai ? s'étonna Blue. Moi, ça m'a plu.

– Moi aussi, répondit-elle distraitement en scrutant les alentours. Allons voir à la bibli.

Ils accrochèrent leurs vélos à l'endroit indiqué, et Zoé fila à l'intérieur, Blue sur les talons. Les bibliothécaires étaient au bureau de prêt en train d'enregistrer des livres. Dans la section jeunesse, trois enfants feuilletaient des abécédaires. Un vieux couple consultait le catalogue informatisé, sourcils froncés.

– À première vue, tout est en ordre, remarqua Blue. Personne en train de hurler.

– Ouais, marmonna Zoé.

– Ni de prendre des photos pour les poster direct sur Internet.

– OK, waouh… je ne pensais pas que je pouvais angoisser davantage, mais grâce à toi, ça y est. Merci.

– Tu veux aller voir en haut ? proposa Blue. Personne ne va jamais tout au fond de la section documentaires. Peut-être qu'elle s'est cachée là-bas.

– Elle n'aime pas les documentaires, affirma Zoé. Elle a déjà planté son bec dans mon manuel d'histoire. Et je pense que Mme Novik ne m'a pas crue quand j'ai raconté qu'un aigle royal avait essayé de me le voler.

Elle soupira.

– Mais allons tout de même y jeter un œil.

Une autre plume gisait sur la deuxième marche de l'escalier. La griffonne était donc bien passée par là. Zoé allait filer en haut lorsqu'elle entendit quelqu'un susurrer, juste derrière elle :

– Tiens, salut, Blue !

Elle ne connaissait que trop bien cette voix.

Zoé ramassa la plume et la cacha dans son dos avant de se retourner.

Jasmine Sterling se tenait sur le seuil de la section ados avec trois livres sur la hanche. Son petit pull angora d'un blanc immaculé contrastait avec ses cheveux bruns longs jusqu'à la taille.

Comme d'habitude, elle ne jeta même pas un regard à Zoé.

– Salut, Jasmine, répondit Blue. Tu lis quoi ?

– *Hunger Games*. C'est Jonathan qui me l'a conseillé.

Zoé avait adoré *Hunger Games*. Il y avait encore six mois, Jasmine et elle l'auraient lu en même temps avant de passer des nuits à parler du film pour savoir qui était le plus mignon – Peeta ou Gale.

Mais c'était elle qui avait repoussé Jasmine, elle était donc mal placée pour se lamenter sur tout ce qu'elles ne pouvaient plus faire ensemble.

Soudain, elle sentit l'escalier trembler sous ses baskets. Elle se plaqua contre le mur tandis que le père de Jasmine dévalait les marches, un grand sourire aux lèvres comme sur les affiches de sa campagne électorale de maire.

Avait-il remarqué la plume dans son dos ?

Il s'arrêta sur la marche juste au-dessus de la sienne.

– Zoé Kahn, fit-il en pointant l'index sur elle comme un revolver.

Au moins, il ne s'était pas écrié : « Bah dis donc, ça fait longtemps que je ne t'ai pas vue ! » comme chaque fois qu'elle l'avait croisé ces derniers mois.

– Comment va ta sœur ? demanda-t-il à la place, ce qui était presque aussi gênant. Ça lui plaît, la fac ?

Il n'attendit pas sa réponse.

– Jonathan adore. On arrive à peine à le joindre, entre les entraînements d'aviron et les répétitions de la chorale… Heureusement, il finit toujours par ne plus avoir de linge propre, du coup il est obligé de revenir passer un week-end à la maison.

Zoé n'avait jamais trop su quoi dire aux parents de Jasmine, elle s'en tint donc à sa réponse habituelle :

– C'est génial, monsieur Sterling.

– Papa, tu es lourd, intervint Jasmine.

– Bonjour, Blue, enchaîna-t-il malgré tout. Content de te voir également.

Il jaugea le garçon comme s'il s'agissait d'une nouvelle centrale thermique qu'il envisageait d'acheter. M. Sterling possédait la moitié des terres des environs. Et il en aurait eu encore plus si les grands-parents de Zoé n'avaient pas acheté autrefois celles qui entouraient la Ménagerie.

Zoé se demanda s'il était au courant que Jasmine était amoureuse de Blue et si c'était pour ça qu'il le regardait toujours bizarrement. De toute façon, il n'avait pas à s'en faire. Après la désastreuse affaire Ruby-Jonathan, Zoé et Blue avaient interdiction de sortir avec quiconque.

– Vous montez ? proposa M. Sterling. Vous pouvez venir vous asseoir à notre table, si vous voulez.

Jasmine leva les yeux au ciel, l'air de dire : « Pourquoi les parents sont-ils toujours aussi relou ? »

– Euh... non, merci, s'empressa de répondre Zoé.

Impossible de poursuivre leurs recherches avec Jasmine et son père sur le dos. Et s'ils dénichaient la griffonnette, hein ? Ils la tireraient de sa cachette à grands cris devant tout le monde ?

Il fallait trouver un meilleur plan. Et se débarrasser des Sterling au plus vite.

– Vous êtes sûrs ? insista-t-il. J'ai trouvé une plume vraiment étrange là-haut. J'ai pris un livre sur les oiseaux sauvages du Wyoming pour chercher d'où elle vient.

– PAPA ! gémit Jasmine. TU NOUS SOÛLES !

Zoé ne savait plus où se mettre. Par chance, son téléphone vibra. Ravie de la distraction, elle s'accroupit, fourra la plume dans son sac à dos et fouilla dans le fond pour dénicher le vieux portable de Ruby – qui avait eu un iPhone pour aller à la fac.

Elle lut le premier message :

Arrête de paniquer.

Zoé prit une profonde inspiration et jeta un coup d'œil à Blue, qui avait déjà discrètement rangé son téléphone dans sa poche. L'air parfaitement innocent, il écoutait Jasmine lui raconter que Marco Jimenez avait mangé un épi de maïs pour le déjeuner et que c'était vraiment trop dingue parce que, franchement, qui préfère le maïs à la pizza ?

Zoé avait également un message plus ancien de son frère :

Rentre vite à la maison. Apparemment, je ne sais pas nourrir un phénix avec le respect qui lui est dû.

Zoé s'empressa de l'effacer en fronçant les sourcils. Matthew n'était pas assez prudent. Et si elle se faisait voler son téléphone, hein ? Elle faudrait qu'elle pense à effacer aussi le message envoyé du portable de son frère, car il n'y penserait sûrement pas alors qu'elle le lui avait répété un million de fois.

– Il faut qu'on y aille, Blue, annonça-t-elle. Mais merci, monsieur Sterling.

– Bonne chance pour l'identification de l'oiseau, lança Blue.

Zoé aurait tellement aimé être aussi cool que lui.

Il donna un petit coup de coude à Jasmine.

– Tu me diras s'ils sont bien, les livres.

– Promis, répondit-elle avec un sourire radieux, comme s'il l'avait invitée au bal.

– Et dites bien à vos parents d'aller voter en novembre, leur lança M. Sterling. Hé, je crois que j'ai des pin's de campagne sur moi.

Il fouilla dans les poches de sa veste.

– PAPAAAAAAA ! Si tu veux ma mort, achève-moi tout de suite au lieu de me faire mourir de honte devant mes amis !

Jasmine poussa son père devant elle et agita la main à l'intention de Blue.

« La pauvre ! » pensa Zoé en quittant la bibliothèque.

Ça faisait une éternité que Jasmine était amoureuse de Blue, mais il était sympa avec toutes les filles du collège, elles n'étaient à ses yeux rien de plus que de bonnes copines.

Zoé s'arrêta près de son vélo en se mâchouillant l'ongle du pouce.

– On y retourne ou pas ? demanda-t-elle. Je ne voulais pas qu'ils nous voient en train de chercher la griffonne, mais imagine qu'ils tombent dessus ? Ou qu'elle file avant qu'on revienne ?

– On verra à ce moment-là, répondit Blue. Essaie de maintenir ton niveau de stress en dessous de huit. Je ne voudrais pas que ma meilleure amie ait des cheveux blancs avant ses quatorze ans.

Il lui donna une tape dans l'épaule et se pencha pour détacher son vélo.

En relevant les yeux, Zoé vit Jasmine et son père qui les regardaient par la fenêtre du premier étage, sans savoir ce qui se cachait dans la bibliothèque… mais si jamais quelqu'un s'en apercevait…

Sa migraine était revenue… encore pire qu'avant.

« Si quelqu'un m'écoute là-haut, supplia-t-elle, je vous en prie, aidez-nous à retrouver ces bébés griffons. »

Chapitre 6

Logan se doutait que la maison de Zoé devait être grande car elle était en limite de la ville, mais il fut tout de même surpris par sa taille en arrivant à vélo. À sa connaissance, il n'y avait pas plus grand à Xanadu – à part évidemment la propriété des Sterling, entourée de panneaux « Votez Sterling » dans un rayon de cinq cents mètres. Chaque fois qu'il passait devant, Logan se demandait quelle vie menaient les gens aussi riches.

Mais, bizarrement, il n'avait jamais remarqué l'immense demeure biscornue de Zoé ni le gigantesque mur d'enceinte qui l'entourait, tous deux en pierre grise. Ils étaient cachés de la rue par un gros bosquet d'arbres. Ce n'est qu'en s'engageant dans l'allée que Logan découvrit ce mur qui s'étendait à perte de vue dans les deux directions.

Il avait eu du mal à faire rentrer Squorp dans son

sac à dos pour le trajet. Et le griffon lui flanquait une peur bleue chaque fois qu'il sortait sa tête pour regarder le paysage. Logan s'imaginait bien en train d'expliquer à un agent de police que non, il n'avait pas un aigle à tête blanche dans son sac – pas une espèce menacée, juste une créature fantastique, un griffon –, circulez, y a rien à voir.

Il descendit de son vélo et le poussa sous les arbres pour qu'il ne soit pas visible de l'allée. Squorp glissa à nouveau son bec hors du sac, Logan ôta les bretelles pour le faire sortir.

– Tu crois qu'on devrait sonner ? demanda-t-il.

– Non, non, non !

Squorp s'affala en vrac par terre. Logan dut se retenir de sourire.

Avec un grognement réprobateur, le griffon s'ébroua pour ôter la poussière de ses ailes.

– La maison, c'est là que vivent Bébé-Stressé, Danger-sur-pattes, Trésor-plein-les-poches, et les autres. Squorp t'emmène d'abord voir sa grotte minable.

La propriété semblait encore plus étendue que Logan ne l'avait cru.

« Ils ne veulent visiblement pas que les voisins viennent fourrer leur nez dans leurs affaires. »

Il jeta un regard au griffon.

« Je crois que je devine pourquoi. »

– Comment veux-tu que j'entre là-dedans, Squorp ? demanda-t-il. Tu peux peut-être franchir le mur en volant, mais pas moi.

– *Trop jeune pour voler. SOI-DISANT. Squorp va te montrer l'entrée super secrète. De l'autre côté...*

Le griffon gonfla les plumes de son jabot et se mit en route.

Au bout d'un quart d'heure à enjamber les troncs et à éviter tant bien que mal les ronces, Logan ne voyait toujours pas de porte ni de passage dans la muraille. Il commençait à être inquiet. Et très impressionné. Les Kahn possédaient vraiment beaucoup de terrain.

« Assez pour héberger un sacré paquet de griffons et de dragons », pensa-t-il.

Il s'efforçait de garder son calme. Peut-être que Squorp avait exagéré en parlant des dragons.

– Elle est encore loin ton entrée super secrète, Squorp ? Je commence à me demander si c'est pas un peu comme la chasse au dahut, ton truc…

– *Non, pas du tout. Pas de dahut ici, dans d'autres ménageries, sûrement. Très fatigant à chasser, avec ses pattes plus courtes d'un côté, il file dans la montagne.*

Squorp s'engouffra dans un buisson aux feuilles jaunies. Logan préféra le contourner. Cinq minutes plus tard, le griffon s'arrêta devant la muraille, qui semblait toujours aussi grise et infranchissable.

En s'approchant, Logan constata qu'un petit ruisseau coulait au pied du mur, à travers une grille. Or, quelqu'un en avait écarté les barreaux de manière à créer un espace suffisant pour s'y faufiler.

Squorp se retourna en claquant du bec.

– *Tu vois ? Pas voler ! Nager !*

– C'est comme ça que tu es sorti ? s'étonna Logan.

Il se pencha vers la grille.

– Tu peux faire ça avec tes griffes ?

– Aucune idée.

Squorp les examina d'un œil perplexe comme si elles allaient lui exposer de quoi elles étaient capables.

– Je ne sais pas. C'était comme ça quand on est arrivés.

Le griffon se laissa glisser au bord du ruisseau et atterrit dans l'eau avec un *Gloups !* surpris.

– Froid ! *Brrrr !* J'avais oublié ! Vite, dans le trou ! Logan va voir cette affreusité et Logan emmènera Squorp loin d'ici. Pas bon manger. Pas de trésor. Affreux, affreux.

Logan hésitait. Il n'aimait pas vraiment nager. Et il n'avait pas prévu de se mouiller. Mais il n'aurait pas tous les jours l'occasion de voir des dragons.

Il descendit dans le fossé en se tenant au mur d'une main. Le contact de l'eau glacée le fit frissonner. Il serra les dents et entra dedans. Elle était bien plus profonde qu'il ne l'imaginait. Il nagea à contre-courant jusqu'à la grille et se faufila entre les barreaux à la suite de Squorp.

– Logan pas une créature aquatique ?

Dans la pénombre, le griffon sourit en claquant du bec.

– Pas vraiment, répondit-il. J'espère qu'on ne doit pas nager trop longtemps.

– Non. Pas loin. Par ici !

Logan le suivit dans un tunnel sombre. Gardant

toujours une main contre le mur, il tourna à gauche, guidé par le raffut du griffon qui pataugeait.

Il avait l'impression qu'ils longeaient le mur d'enceinte de la Ménagerie.

– Waouh ! Il fait noir comme dans un four là-dedans, souffla-t-il.

– Pas pour Squorp ! Attention au tuyau !

Logan tendit le bras et sentit un tuyau métallique accroché au plafond du tunnel.

– Merci.

Il aperçut alors de la lumière un peu plus loin sur la droite… et la silhouette de Squorp qui l'attendait. Quand ils débouchèrent dehors, Logan examina le fossé, avec ses parois en ciment… un peu comme ceux qui entourent l'enclos des animaux dangereux dans les zoos.

À quelques mètres du mur d'enceinte, il y avait un embranchement dans le canal, qui se divisait en deux.

– Par ici ! Par ici !

Squorp s'engagea vers la droite et Logan le suivit. Plus loin, le ruisseau se déversait dans un grand lac, mais avant, il repéra un endroit où la rive était plus basse, avec un arbre juste au bord. Le griffon s'agrippa aux racines pour se hisser hors de l'eau. Logan l'imita. Puis il essora son T-shirt et regarda autour de lui.

Ils se trouvaient au milieu d'une prairie constellée de fleurs jaunes, bordant un enclos.

La clôture en planches de sapin couverte de volubilis faisait au moins deux fois la taille de Squorp. Logan était tout juste assez grand pour apercevoir les rochers empilés de l'autre côté. La plupart étaient assez grands et plats pour accueillir un lion adulte allongé. La lumière du soleil couchant faisait scintiller des éclats brillants dans la roche grise.

Au fond de l'enclos s'ouvrait une grotte entourée de poiriers.

Logan plissa les yeux, il avait l'impression que quelque chose remuait dans la pénombre, à l'intérieur.

– Y a quoi, dedans ? demanda-t-il.

– Baisse-toi !

Squorp s'agrippa si violemment à son pantalon mouillé que le garçon tomba dans l'herbe.

– Pourquoi on se cache ? chuchota-t-il en se mettant accroupi. Y a un dragon à l'intérieur ?

– Pire, fit Squorp d'un ton lugubre. Des parents.

Chapitre 7

– Tu veux dire *tes* parents ? s'étonna Logan. C'est là que tu vis ?

Squorp poussa un profond soupir, les ailes parcourues d'un frisson.

– On a emménagé la semaine dernière. Affreux, pas vrai ?

En fait, d'après ce que Logan avait pu en voir, l'enclos semblait plutôt agréable. Il était spacieux, ensoleillé et propre. Le garçon s'approcha de la clôture pour jeter un nouveau coup d'œil à l'intérieur.

Et là, il étouffa un cri.

Un grand griffon noir – bien plus grand que Squorp – surgit de la grotte, fouettant l'air de sa queue. Puis il se dirigea vers l'un des rochers. Logan en aperçut alors un second, énorme, étendu au soleil. Son poil était blanc et ses plumes, blanches également, avaient des reflets dorés.

Squorp tira à nouveau sur le pantalon de Logan.

– Tu vois quoi ?

– Deux griffons adultes. Ton père et ta mère, j'imagine, chuchota-t-il.

– Ils ont l'air affreux, pas vrai ? Ils sont tout le temps sur notre dos.

– Bah… normal pour des parents, répondit Logan. C'est leur rôle d'être sur ton dos. Au moins, ils s'occupent de toi.

Squorp donna un coup de griffes dans la terre.

– Mais c'est obligé qu'ils s'occupent de Squorp. Ça sert à ça, les parents.

– Oui, mais ce n'est pas toujours le cas, affirma Logan. Il y a des parents qui sont trop débordés ou qui ont plus important à faire.

Le petit griffon était outré.

– Plus important que SQUORP ?

– Je ne dis pas qu'ils ont raison, précisa Logan. Je dis juste que tes parents ne sont peut-être pas si mal que ça.

– Mais ils devraient nous donner des trésors ! Et apprendre à voler à Squorp ! Pas trop petit ! Affreux !

Il émit une sorte de grognement et arracha quelques touffes d'herbe.

Logan préféra changer de sujet :

– Alors… où sont ces horribles dragons qui ne veulent pas partager leur trésor ?

– Ah, oui… juste derrière toi.

Logan se retourna d'un bond, mais il n'y avait aucun dragon en vue. Il regarda de l'autre côté du fossé et distingua alors quelques carrés d'herbe brûlée. Petit à petit, la prairie cédait la place aux rochers jusqu'à une falaise, au loin, où s'ouvraient plusieurs grottes. Il ne repéra cependant pas la moindre écaille ni la moindre volute de fumée... Peut-être les dragons dormaient-ils le jour ? Logan se retourna vers le griffon qui pencha la tête sur le côté.

– On va faire le tour pour voir le plus petit dragon. Dragon juste à côté, parce que le gros il est très très grincheux.

Logan réprima un frisson. Il avait vraiment envie de voir des dragons, mais peut-être pas un spécimen trop grincheux.

Squorp s'éloigna de l'enclos des griffons en suivant le fossé. Devant eux, une route goudronnée faisait le tour du lac et bifurquait vers la maison. De l'autre côté se dressait un grand dôme blanc : un toit grillagé surmonté d'une structure en acier.

– Y a quoi là-dedans ? demanda Logan.

– Des oiseaux. Des oiseaux bruyants qui cassent les oreilles. Et on peut même pas les manger. Squorp a jamais le droit de manger les trucs bons.

COIN ! COIN ! COIN !

Des caquètements stridents montèrent du dôme. Squorp adressa un regard entendu à Logan.

– Tu vois ce que je disais. Toujours à brailler.

Soudain, ils entendirent un vrombissement de moteur.

– Vite ! cria Squorp. Dans les buissons. Vite, vite !

Ils se cachèrent sous une haie. Logan aperçut une voiturette de golf qui fonçait vers le lac, avec deux adultes à son bord. La femme blonde portait un chignon et un tailleur gris à rayures. L'homme qui conduisait avait une tignasse brune frisée et une barbe, et correspondait à l'image que Logan se faisait d'un soigneur de zoo avec sa chemise kaki et son jean déchiré. Son air préoccupé lui fit beaucoup penser à Zoé.

– Je sais, mais ça n'a aucun sens, disait le barbu. Ça ne ressemble pas du tout à Zoé de faire ce genre de bêtise.

– Retourne vérifier la clôture si tu veux, répliqua la dame blonde. Mais quelqu'un a laissé le portail ouvert et ta fille était la dernière sur les lieux.

– Elle travaille trop ! soupira le père de Zoé.

– Comme nous tous, rétorqua la femme.

Elle avait un ton pincé, net et poli, comme les perles de ses boucles d'oreilles.

– Sauf Cobalt et sa bande. Si tu me laissais gérer leur programme...

– Tu sais que c'est impossible, Mélissa. Il n'accepterait jamais. Ils ont assez à faire avec le kraken, le zaratan et le kelpie. En plus, comme Cobalt ne manque de me le rappeler à la moindre occasion, selon leur arrangement avec la SPAM, ils sont ici plus en tant qu'invités d'honneur qu'employés.

– Ha ! s'esclaffa Mélissa. Il voulait aussi être traité comme un « invité d'honneur » à l'époque où on était mariés, mais je...

Logan n'entendit pas la suite car la voiturette de golf était trop loin, désormais.

« Pauvre Zoé », pensa-t-il.

Il savait qu'il se serait senti affreusement coupable s'il avait fait une telle bêtise.

Il se tourna vers Squorp.

– Au fait, c'est quoi la SPAM ?

– *Des fouineurs. Ils nous ont réveillés pour examiner tous les coins et recoins de notre nouvel enclos, et tout ça pour rien. Les humains étaient tout stressés.*

– INTRUSION ! INTRUSION ! INTRUSION ! INTRUSION !

Logan plaqua ses mains sur ses oreilles. La voix était tellement forte qu'il ne comprit pas tout de suite.

– C'est quoi, ça ? cria-t-il à Squorp.

Le griffon battit des ailes, paniqué.

– *Oh, non ! C'est l'alarme ! Les gardiens de la Ménagerie ont repéré une intrusion !*

Logan regarda autour de lui.

– Quelqu'un essaie d'entrer par effraction ?

– *Quelqu'un EST ENTRÉ par effraction ! TOI !*

– INTRUSION ! INTRUSION ! INTRUSION !

Le cœur de Logan cognait à tout rompre dans sa poitrine.

– On est mal ! Squorp, qu'est-ce qu'on fait ?

– *Vite !*

Le griffon le poussa vers le bâtiment le plus proche : une cabane en bois de guingois, au bord du lac.

– *À l'abri !*

Chapitre 8

Logan suivit le griffon en courant. Jetant un regard par-dessus son épaule, il vit quatre silhouettes sombres surgir du bâtiment principal. Ça ne pouvait pas être des chiens… c'était bien trop gros. À moins que la Ménagerie ne soit gardée par des rhinocéros féroces ?

Squorp ouvrit la porte avec ses griffes et ils pénétrèrent dans la remise.

Qui n'était en fait pas une remise, constata Logan alors que la porte se refermait derrière eux. C'était une écurie, avec trois boxes le long de chaque mur et un sol recouvert de paille fraîche. Les lucarnes du toit laissaient pénétrer le soleil. Ça sentait le bois fraîchement scié et Logan distinguait des rais de lumière entre les planches, comme si l'ensemble avait été construit à la hâte, récemment.

– À l'abri, ici, haleta Squorp en s'éventant avec ses ailes. Charlie et Cléo pas nous dénoncer. Ils parlent pas *beaucoup aux humains. Trop supérieurs et parfaitement parfaits.*

Logan fixait la seule porte, mal à l'aise. Si quelqu'un – ou quelque chose, disons quelque chose de la taille d'un rhinocéros – faisait irruption par là, il n'y avait aucun moyen de lui échapper.

Squorp remonta l'allée entre les boxes et se dirigea vers un seau rempli de pommes rouges, suspendu près de la stalle du milieu. Sur la porte, une plaque d'argent gravée indiquait « Cléopâtre ».

Sur celle d'en face, on lisait « Charlemagne ».

Apercevant deux croupes d'un blanc immaculé au-dessus de chaque porte, Logan fut immensément déçu : Charlie et Cléo n'étaient que des chevaux.

Squorp sautillait sur place en battant des ailes comme un fou pour tenter d'attraper une pomme, qu'il réussit à embrocher sur une de ses griffes. Avec un petit cri de joie, il s'assit par terre pour la déguster.

– Tu es sérieux ? s'étonna Logan. Tu crois que c'est le moment de casser la croûte ?

L'alarme continuait à hurler dans tout le domaine, à peine étouffée par les cloisons de bois de l'écurie.

– *C'est toujours le moment de casser la croûte*, répliqua le griffon d'un air détaché.

Il planta son bec dans la peau rouge et brillante avec un gros *scrunch* !

Dans son box, Cléopâtre poussa un hennissement agacé et se retourna vivement.

Logan étouffa un cri. Sur son front, entre ses yeux violet foncé, se dressait une corne en spirale.

Cléo et Charlie n'étaient pas de simples chevaux.

C'était des licornes.

Cléo passa la tête par-dessus la porte du box et pointa sa corne sur Squorp comme une épée.

– Lâche ça tout de suite, gronda-t-elle.

Logan frissonna.

La voix de la licorne était rauque et menaçante, et pourtant mélodieuse, comme un carillon cauchemardesque.

Squorp se figea, recula d'un pas, serrant la pomme plus fort entre ses griffes.

– Cléo aime pas les rouges croquantes. Elle en a encore plein son seau !

Le griffon jeta un regard suppliant à son nouvel ami humain.

– Tu aurais au moins pu demander la permission, Squorp, lui fit remarquer Logan. C'est la moindre des choses quand on est poli.

– Oui, cela va sans dire, confirma la licorne d'un ton hautain. Mais les griffons sont connus pour leur grossièreté.

– Et les licornes pour leur mauvais caractère ! Si Squorp avait demandé, elle aurait dit non.

– Nous sommes extrêmement navrés, mademoiselle Cléopâtre, dit Logan.

Il se demandait quel était le protocole pour demander l'autorisation de toucher sa corne nacrée comme l'intérieur d'un coquillage. Mais au fond, il se doutait qu'elle ne le laisserait pas approcher.

– Nous avions besoin de… d'un endroit pour nous abriter un instant…

Il laissa sa phrase en suspens, décontenancé par le regard perçant de la licorne. Elle eut un reniflement méprisant.

– Charlemagne ? fit-elle sans quitter Logan des yeux. Je regrette de te déranger pendant ton incontournable-et-pourtant-parfaitement-inutile sieste, mais tourne-toi, veux-tu. Voilà un nouveau domestique qui me semble étrangement familier, pourtant son nom m'échappe, je l'ai sur le bout de la corne.

– Rien de plus normal, il est de notoriété publique que les licornes femelles possèdent des capacités intellectuelles limitées.

Charlemagne pouffa un instant avant de se retourner lentement pour dévisager Logan.

Ses yeux étaient d'un gris froid, tel un ciel matinal, et il avait une sorte de bouc sous le menton.

Crunch crunch.

Squorp avait profité de leur discussion pour dévorer la pomme en deux bouchées. Cléo souffla en pointant sa corne sur lui. Logan s'interposa pour prendre le griffonnet dans ses bras et s'écarta vivement. La chaleur de Squorp contre sa poitrine l'aida à se détendre malgré le regard inquisiteur de Charlemagne.

– Ah ! fit ce dernier d'un ton entendu, en hochant la tête. Évidemment.

– Quoi ? fit sa compagne.

– Forcément, reprit-il. C'est logique.

– Espèce de poney à corne, je ne sais pas ce qui me retient de défoncer la porte pour venir te crever les yeux. Si tu continues, je…

– Très bien ! s'exclama Charlemagne. Il te rappelle les adorables soigneurs que l'on avait dans cette oasis du Sahara… Ils nous passaient de la musique tous les soirs, tu te souviens ?

– Pas du tout ! protesta Cléopâtre en tapant du sabot. Il n'a pas la même couleur de peau. Et tu as vu ses yeux ?

– Calme-toi. Je vais mieux regarder.

Charlemagne s'avança dans son box et sortit la tête pour renifler Logan à grand bruit.

Le garçon était mal à l'aise. Il avait presque envie de ressortir affronter les rhinocéros pour éviter l'inspection des licornes.

– Oh oh, fit Charlemagne en reculant. Je vois ! Il se sent comme la traqueuse qui a rapporté l'alicanto et la boule de poils de la gamine. C'est bien ça, non ?

– Mmmm… Non, ça n'a aucun sens, affirma Cléopâtre.

Elle se tourna vers Logan.

– Misère ! Ne reste donc pas planté là à bayer aux corneilles. Qu'est-ce qui t'amène chez nous ? Si tu n'as rien à faire dans notre écurie, je te suggère de prendre la porte avec cette misérable bestiole avant qu'elle ne vole encore dans mes réserves.

Charlemagne pencha la tête sur le côté.

– Attends une minute… Je pense que tout le tohu-bohu qui règne dehors pourrait bien être lié à la présence de ce domestique.

Logan pâlit. Oh, non ! Les licornes allaient donner l'alarme et les rhinocéros féroces rappliquer à fond de train.

– Euh… je… je ne voulais pas vous déranger…

Mais avant que les licornes aient pu faire quoi que ce soit, la porte des écuries s'ouvrit à la volée. Une énorme bête se tenait sur le seuil. Avec un cri de panique, Squorp sauta des bras de Logan pour se cacher dans le box le plus proche. Le garçon aurait aimé l'imiter mais il était pétrifié.

Ce n'était pas un rhinocéros en fin de compte. C'était un chien… un chien de la taille d'un rhinocéros. Et Logan avait beau adorer les chiens, celui-ci ne correspondait pas vraiment à l'idée qu'il se faisait d'un copain canin.

La bête était couverte d'un poil noir et dru de la tête à la queue avec des yeux rouges étincelants, comme sur une photo prise avec le flash. Et justement, ces yeux fixaient Logan. Elle lança un aboiement triomphal qui résonna dans la cabane en bois.

Puis elle s'approcha lentement de Logan.

– Euh… Squorp, ce ne serait pas un ami à toi, par hasard ? demanda le garçon en reculant vers le mur du fond.

– Squorp a pas le droit de jouer avec Killer, Crocs

ou Destroy. Maman dit qu'ils aboient plus fort qu'ils ne mordent, mais quand même.

– Qu'est-ce qu'il y a, Destroy ? demanda une voix au-dehors. Encore une fausse alerte ?

« J'espère de tout cœur que "Destroy", c'est du second degré », pensa Logan alors que la bête approchait. Elle s'arrêta et s'assit juste devant lui, comme pour lui interdire de bouger. Sa truffe n'était qu'à quelques centimètres de sa gorge. Son poil dégageait une odeur de soufre. Logan décida de baisser les yeux pour ne pas la défier.

– Toi !

Il releva la tête et, derrière le monstrueux canidé, il aperçut Zoé Kahn, qui se tenait sur le seuil, stupéfaite. Son regard alla du chien géant aux licornes comme si elle avait encore espoir de pouvoir les cacher avant qu'il ne les voie.

– Qu'est-ce… qu'est-ce que tu fais là ?

– Oh, NOOOOOOOOOON ! gémit Squorp. On est fichus !

– Désolé, répondit Logan, je ne voulais pas te causer d'ennuis, mais il m'a parlé de dragons et j'ai pensé qu'il valait mieux le ramener chez lui et…

– Stop ! fit-elle en agitant les mains. Qui ? Qui as-tu ramené ici ?

Logan se pencha par-dessus la porte du box pour en sortir le griffon.

– Regarde, j'ai retrouvé ton chien.

Chapitre 9

Zoé regarda le nouveau... Il lui semblait qu'il s'appelait Logan. Il ne lui avait jamais adressé la parole avant ce matin et voilà qu'elle se retrouvait face à lui, dans sa Ménagerie. Avec une créature fantastique dans les bras comme s'il n'y avait rien de plus normal.

– Je plaisante. Je sais bien que c'est un griffon.

Squorp fixa Zoé de ses grands yeux innocents en battant des cils. Elle n'en revenait pas. C'était bien l'un des petits griffons, là, dans les bras de Logan. La surprise et la panique le disputaient au soulagement, et le soulagement l'emporta.

– Tu as réussi ! Tu l'as retrouvé !

Zoé contourna le chien de l'enfer pour lui prendre le griffon des mains, évitant habilement ses griffes en repliant ses ailes contre son dos. Elle était tellement contente de l'avoir récupéré qu'elle oublia un instant la contrariété qu'un étranger se soit introduit dans la Ménagerie.

– Ça va, mon bébé ? dit-elle en le caressant, vérifiant dans le même temps qu'il n'était pas blessé.

– Il m'a l'air en pleine forme, affirma Logan. Il a mangé une tonne de steak haché à la maison. Et des granulés pour souris. J'espère que ce n'est pas mauvais pour lui.

– Ne t'en fais pas, le rassura-t-elle. Les griffons peuvent avaler n'importe quoi.

Les plus jeunes surtout étaient les créatures les moins difficiles de toute la Ménagerie. Elle serra le griffon doré contre son cœur.

Il se débattit avec de petits gargouillis de protestation, pour réclamer qu'elle le repose. Il semblait effectivement en parfaite santé, mais elle n'avait aucune intention de le lâcher.

– Où l'as-tu trouvé ? Et comment as-tu su qu'il venait d'ici ?

– Il était dans ma chambre quand je suis rentré du collège. C'est lui qui m'a dit qu'il vivait ici, avec des dragons, alors je lui ai demandé de me montrer le chemin…

– Il te l'a dit ? Impossible. Les griffons ne parlent pas humain avant leur premier anniversaire.

Zoé souleva une aile de Squorp pour lui montrer les plumes plus épaisses qui poussaient en dessous.

– Cette portée n'a que quatre mois. C'est pour ça qu'ils sèment leur duvet un peu partout, au fur et à mesure que leurs plumes d'adultes le remplacent. Regarde la couleur de son bec, ça fonce avec le temps. Et il va grandir, même s'ils ont chacun leur rythme de croissance. J'étais là quand il est sorti de l'œuf, alors je sais quel âge il a. Enfin bref, impossible qu'il t'ait dit quoi que ce soit.

– Mais je ne mens pas ! se défendit Logan, un peu vexé. Il était sous mon lit. Et il me parle.

Il s'interrompit, penchant la tête sur le côté.

– Il m'a chargé de t'annoncer qu'il a un nom, désormais. Il veut que tu l'appelles Squorp, comme je le fais déjà.

– On ne peut pas l'appeler Squorp ! protesta Zoé. C'est le bruit que font les griffons quand ils rotent !

– *Mork !* s'écria Squorp avec véhémence.

– Eh bien, ça lui plaît.

Logan s'interrompit à nouveau.

– Il me dit de te dire qu'il trouve ça bien mieux que Léo.

– Mais Léo, ça fait plus chic, plus noble, protesta-t-elle. Alors que Squorp… c'est… c'est…

– Plus drôle ? suggéra Logan. Et mignon ?

Elle baissa les yeux vers le petit griffon qui lui adressa son étrange sourire d'aigle.

– Mmm…

Était-ce possible ? Elle n'avait jamais entendu parler de griffonnets qui dialoguaient avec des humains. Et si c'était le cas, pourquoi ne s'adressaient-ils pas à elle, alors ? Elle qui leur lisait des histoires, leur donnait des friandises et leur séchait les plumes quand il pleuvait !

– C'est dingue, quand même, fit Logan. On est là, à côté d'un couple de licornes, en train de discuter du sort d'un bébé griffon ! Un griffon, Zoé !

Elle se retint de rire car un intrus dans la Ménagerie, c'était une affaire sérieuse. Qui pouvait pousser la SPAM à réclamer la fermeture des lieux. Elle avait donc l'interdiction formelle de se réjouir d'avoir un nouvel ami à qui parler de tout ça.

En même temps, que pouvait-elle faire ? L'ignorer ?

– C'est simplement ma vie de tous les jours, dit-elle d'un ton penaud.

– Eh bien, elle est TROP COOL !

Cela faisait longtemps que Zoé ne s'étonnait plus de la Ménagerie.

– Je t'assure que ça devient un peu moins cool quand tu dois ôter les tiques des petits griffons en évitant les coups de bec.

Elle montra l'énorme chien dans son dos.

– Et je ne te parle même pas de ramasser les crottes de ces bestioles…

– Zoé ! s'exclama Logan avec véhémence comme pour la tirer du sommeil.

Il désigna Charlie.

– Des licornes ! De vraies licornes en chair et en os !

Dans son box, Cléo souffla par les naseaux.

– Je ne peux qu'approuver votre ébahissement, jeune homme. Si tout le monde pouvait apprendre à faire la révérence en entrant, nous serions sur la bonne voie.

Zoé pivota vers la licorne.

– Ah… vous nous adressez à nouveau la parole ?

Les licornes avaient tendance à faire des scènes pour tout et n'importe quoi, comme de vraies stars, si bien qu'elle n'avait pas entendu leurs voix depuis un mois.

Cléo redressa la tête d'un mouvement impérieux et piétina dans son box jusqu'à ce que sa croupe se retrouve face à la jeune fille.

Voilà qui répondait à la question.

– Allez ! soupira-t-elle. Qu'est-ce qu'on a encore fait ? Vous voulez bien nous le dire au moins ?

Un silence glacial accueillit sa requête.

Charlie s'adressa alors à Logan :

– Jeune homme, pouvez-vous informer la fille que nous acceptons de vous parler car vous ne nous avez pas encore mortellement offensés, mais qu'en aucun cas nous ne lui adresserons la parole à elle ni à aucun des domestiques prétentieux qui traînent dans les parages ?

Logan se racla la gorge :

– Hum… Charlemagne dit que…

– J'ai entendu, le coupa Zoé. Tout le monde entend les licornes, hélas.

– Ah oui, VRAIMENT ! s'exclama Cléo d'une voix outrée. Figurez-vous qu'on pourrait en douter vu la façon dont nous sommes TRAITÉS !

Zoé soupira en se massant les tempes. Discutailler sans fin avec les licornes ne figurait pas sur sa liste de corvées du jour. Elle avait déjà assez de soucis comme ça.

Ils avaient encore cinq petits griffons à récupérer. Alors seulement, on arrêterait de l'accuser et la vie reprendrait son cours.

– Allons voir mon père, dit-elle en serrant le griffon contre son cœur. Il va être content de te revoir !

– *Gurk !* protesta-t-il.

Elle n'arrivait pas à se résoudre à l'appeler Squorp.

– Hum, toussota Logan en désignant le chien de l'enfer qui le fixait toujours de ses yeux rougeoyants.

– Oh, t'inquiète ! Elle n'est pas aussi dangereuse qu'elle en a l'air. Destroy, couchée.

L'énorme bête se détendit instantanément, laissant pendre sa grosse langue baveuse. Elle battit même de la queue en regardant Logan, ce qui ne plut pas du tout à Zoé. Les chiens de l'enfer n'étaient pas censés se montrer familiers avec les étrangers.

Elle tira une barre protéinée de la pochette à récompenses qu'elle portait sur la hanche et la jeta à la chienne. Le griffon tenta de l'intercepter au passage, mais un grognement de Destroy suffit à le faire battre en retraite.

– Des barres protéinées ? s'étonna Logan en voyant la chienne l'avaler tout rond, avec l'emballage.

– Ouais, selon ma mère, si on ne leur fait pas goûter la chair humaine, ils ne seront jamais tentés d'essayer.

Logan cligna des yeux, éberlué.
– Parce que normalement… ils…
– La plupart des chiens de l'enfer mangent des humains, confirma Zoé. Tu n'es pas très calé en créatures fantastiques à ce que je vois.
– Tout ce que je sais, c'est que ça n'existe pas pour de vrai, affirma Logan.
Il regarda Squorp en souriant avant de reprendre :
– Donc effectivement, non, je n'y connais rien.
Il la suivit hors de l'écurie.
– C'est quoi, cet endroit ?
Zoé se mordit la lèvre. On lui avait mille fois répété de ne surtout rien dire à personne. Jamais elle n'avait parlé de la Ménagerie à quiconque. Pas une seule fois en douze ans, elle n'avait pu dire la vérité au sujet de sa vie. Mais Logan en avait déjà trop vu…
– C'est… la Ménagerie, répondit-elle en savourant chaque syllabe.
Ça faisait vraiment bizarre de le dire tout haut.
– Ma famille s'en occupe depuis des générations. Mais c'est absolument complètement terriblement top secret.
– Je ne le répéterai à personne, promit Logan.
C'était trop mignon : il s'imaginait qu'ils allaient le croire sur parole !
Il tendit la main vers Destroy comme s'il envisageait de la caresser, puis finalement se ravisa.
– Est-ce que… je pourrais voir un dragon avant que tu me mettes dehors ?

« Bien sûr. On fait visiter notre zoo secret toutes les heures ! » pensa Zoé, sarcastique.

Bon, c'est vrai, les dragons étaient sacrément cool. Et elle avait toujours rêvé de faire visiter la Ménagerie à quelqu'un, tant elle en était fière. C'était la seule chose dans la vie pour laquelle elle était douée, car c'était la seule chose à laquelle elle avait le temps de se consacrer.

Elle se demanda ce que ses parents penseraient de Logan. Ça, elle allait assez vite le savoir, mais ils n'étaient peut-être pas obligés d'y aller tout de suite. Elle pouvait lui faire faire un tout petit tour avant… ou pas.

– On verra, dit-elle. Allons d'abord prévenir mon père.

Chapitre 10

« Bon, ça aurait pu plus mal se passer... », pensa Logan en suivant Zoé hors de l'écurie.

Elle avait paru surprise de le trouver là, mais elle n'avait visiblement pas l'intention de le jeter en pâture aux dragons.

Le garçon s'arrêta net en voyant les trois chiens de l'enfer assis devant la porte. Ils bavaient tellement que l'herbe autour d'eux était trempée. À leur côté se tenait un garçon, menu et sec, qui devait être au lycée. Il avait les mêmes cheveux châtain-roux que Zoé et une petite cicatrice blanche en forme de croissant de lune près du sourcil gauche. En plein mois d'octobre, il portait un T-shirt à manches courtes couleur avocat qui laissait paraître les nombreuses autres marques striant son bras gauche.

– Waouh ! s'exclama-t-il. Alors il y avait vraiment un intrus. Et voilà l'un des griffons ! Cool !

Un chien grogna.

– Ouais, tu as raison, Crocs. Il a franchement l'air menaçant.

– C'est vraiment ce qu'il a dit ? s'inquiéta Logan.

Zoé soupira.

– Les chiens de l'enfer sont des chiens comme les autres. Ils ne parlent pas du tout. Matthew essayait de faire de l'humour sauf qu'il n'est pas drôle. C'est mon frère, mais ça aussi, c'est top secret.

– Pourquoi ? s'étonna Logan. C'est un agent secret spécialisé dans les créatures fantastiques ou un truc du genre ?

– Non, juste parce qu'il est pénible.

Zoé jeta des barres protéinées aux trois chiens de l'enfer, qui se couchèrent tous instantanément pour les mâchonner.

Logan remarqua que l'un d'entre eux battait de la queue en adressant une sorte dc sourire plein de dents à ses compagnons, qui l'ignoraient royalement.

– Oui, un jour, je deviendrai agent secret spécialisé dans les créatures fantastiques, affirma Matthew.

Il prit Squorp des bras de Zoé.

– On les appelle des traqueurs, mais c'est à peu près la même chose. Hé, boule de poils ! T'étais passé où ? Ton père a carrément flippé !

Logan l'entendit grommeler dans sa tête :

– Bah... Il est TOUT LE TEMPS flippé.

Et il se mit à glousser car Matthew lui chatouillait les plumes du menton.

– Et toi, tu es qui, en fait ? demanda-t-il à Logan.

– Il est dans ma classe, intervint Zoé. Et il entend parler le bébé griffon. Tu savais que c'était possible, toi ? Il lui a même dit qu'il voulait qu'on l'appelle Squorp. C'est le seul joueur de saxo de l'orchestre du collège, il est au club de lecture et les licornes l'adorent, va savoir pourquoi.

– Et je m'appelle Logan, compléta l'intéressé.

– Oh, murmura Matthew, intrigué. Je vois…

Il détacha un talkie-walkie de sa ceinture pour annoncer :

– Maman, dis aux dragons de ne pas s'inquiéter. On a trouvé l'intrus. La Ménagerie n'est pas en danger.

L'alarme stridente se tut enfin.

– Où est papa ? voulut savoir Zoé.

– À la volière.

Matthew désigna le dôme blanc.

– L'alarme a fait paniquer les oiseaux. Ils sont déjà un peu contrariés par les travaux… Papa doit être en train de leur expliquer, pour la énième fois, que c'est pour leur bien qu'on rénove le système de chauffage de leur habitat.

Zoé prit la direction de la volière avec Squorp et Matthew sur les talons. Logan contourna prudemment les chiens de l'enfer qui, par chance, ne réagirent pas.

– Vous avez combien d'animaux en tout ? demanda-t-il.

Le frère et la sœur échangèrent un regard, puis Matthew haussa les épaules en répondant :

– Une trentaine, si on parle des créatures fantastiques. Trois dragons, huit griffons, deux licornes, un kraken, un kelpie, quatre chiens de l'enfer et quelques autres. Ça dépend si on compte les salamandres…

Ils arrivèrent au bord du lac, où des vaguelettes roulaient en chuchotant sur le sable. Il y avait deux petites îles au milieu, l'une pleine de gros rochers gris abrupts et l'autre au contraire toute ronde, verte et luxuriante.

– Des salamandres ? s'étonna Logan.

Ça ne paraissait pas tellement fantastique ni original.

– Des mangeuses-de-feu, précisa Matthew d'un air entendu.

– D'ailleurs, est-ce que maman a fini d'installer les extincteurs supplémentaires et tout le système de sécurité ? demanda Zoé. Les inspecteurs de la SPAM ont beaucoup insisté là-dessus. Ils n'arrêtaient pas de répéter qu'elles risquaient de réduire notre reptilarium en cendres.

– Ils sont particulièrement tatillons avec nous à cause de l'affaire Jonathan.

Matthew lui tapota le crâne.

– Ne t'en fais pas. Tout sera prêt dimanche.

– Et tu crois qu'on aura récupéré tous les petits griffons ?

Elle se tordait les mains d'angoisse.

– Je ne vois pas comment. Tout va mal. Une vraie malédiction.

– Je peux vous aider, proposa Logan. Je veux dire… je n'ai rien de spécial à faire, ce week-end.

Zoé ne répondit pas mais elle l'observa, la tête penchée sur le côté, comme si elle y réfléchissait sérieusement. Logan croisait les doigts ; ce serait tellement cool de s'occuper des animaux de ce zoo fantastique.

– Bon… et que deviendront les bébés griffons quand ils seront grands ? demanda-t-il. Vous devrez leur trouver de nouveaux foyers ?

Zoé éclata de rire. Pourtant, une minute plus tôt, elle avait l'air au bord des larmes.

– Désolée, mais tu ne peux pas en adopter un. Il y a tout un règlement, une formation à suivre, il faut avoir les locaux adéquats et une autorisation de détention.

Logan sursauta. Quelque chose venait de surgir du lac. Il n'était pas sûr, mais il avait cru voir un gigantesque tentacule violet foncé.

– Hein… mais attends, comment vous avez eu votre autorisation ?

– Ma famille les a toutes obtenues il y a très longtemps, expliqua Zoé. Mais il faut sans arrêt les faire renouveler. Nous sommes en quelque sorte les descendants de Kubilaï Khan, qui fut le premier à posséder ce genre de ménagerie.

– C'est vrai ? Comme le fondateur de l'Empire mongol, Gengis Khan ? Vous êtes de la même famille ?

Matthew pouffa.

– Oui, lui aussi. Tu n'aurais aucun mal à le croire si tu voyais Zoé au saut du lit.

Sa sœur lui donna une tape.

– On n'a pas tous la chance de dormir d'un sommeil de plomb. Tu serais aussi de mauvais poil si Firabella te réveillait en chantant aux aurores presque tous les matins.

– Il existe des zoos de ce genre depuis fort longtemps, expliqua Matthew à Logan. Il y en avait quelques-uns sous l'Empire ottoman, les Aztèques en possédaient également un ou deux, Louis XIV en avait installé un à Versailles. Mais à partir du XVIIe siècle, la Société Royale pour la Protection des Espèces a tenu à rendre tout cela secret. Pour le bien des animaux. De nombreuses espèces ordinaires frôlent déjà l'extinction, car les humains les chassent pour leurs prétendues propriétés magiques. Alors, imagine ce dont ils seraient capables s'ils étaient au courant de l'existence de créatures fantastiques !

Logan n'avait aucun mal à imaginer, en effet. En particulier pour les licornes.

– Combien d'autres ménageries y a-t-il dans le monde, actuellement ?

– Une cinquantaine, mais nous sommes l'une des plus grandes.

Zoé désigna le lac du menton.

– Et la seule d'Amérique du Nord à abriter un kraken.

Logan observait la surface de l'eau.

– Un kraken ? L'espèce de monstre marin qui dévore les bateaux dans *Pirates des Caraïbes* ?

Matthew émit un reniflement méprisant.

– Les films, c'est toujours du grand n'importe quoi. Ils devraient m'engager en tant que spécialiste ès créatures fantastiques. Ce serait génial, non ? Du style « En fait, monsieur Spielberg – je peux vous appeler Steven ? Cool –, les krakens sont herbivores. Et les licornes ont super mauvais caractère. Genre lamas mégalos doués de parole. »

– Notre kraken n'est pas aussi gros que celui du film, corrigea Zoé en ignorant l'intervention de son frère. Et il hiberne quand il fait trop froid… donc la majeure partie de l'année par ici.

Logan jeta un nouveau coup d'œil vers le lac lorsqu'ils arrivèrent devant la volière. Franchement, ce tentacule n'avait pas l'air d'hiberner.

Il se figea. L'île verdoyante… elle n'était pas aussi près de l'autre, tout à l'heure. Pourtant, elle ne pouvait pas avoir bougé. Il la surveilla un instant pendant que Matthew déverrouillait les portes de la volière. Mais elle resta parfaitement immobile, comme une île normale. Mmm…

Logan se retourna pour suivre les Kahn. La première porte s'ouvrait sur un escalier menant à une sorte de sas, puis une seconde porte, grillagée cette fois, donnait dans la volière. Une nuée de papillons bleu irisé s'éparpilla sur leur passage. Pépiements, trilles et autres chants d'oiseaux résonnaient de tous côtés. Des formes aux couleurs vives se faufilaient entre les feuilles.

Logan dut pencher la tête en arrière pour apercevoir la coupole. Tout là-haut, d'énormes ventilateurs tournaient à plein régime et quelques volatiles profitaient gaiement du courant d'air. Néanmoins, il faisait beaucoup plus chaud qu'à l'extérieur.

Zoé et Matthew s'étaient déjà engouffrés sous une voûte de lianes luxuriantes, Logan pressa le pas pour les rattraper. Ses baskets crissaient sur le sol en bois et il avait l'impression que les oiseaux l'espionnaient, cachés derrière de grandes feuilles en forme de cœur.

Il repéra un minuscule oiseau qui tournoyait autour de Zoé, les plumes couleur framboise de son jabot scintillant comme des joyaux.

– Waouh ! C'est quoi, ça ? Un colibri magique ? Il fait quoi de spécial ?

– Le vrombissement de ses ailes prédit l'avenir, affirma Zoé d'une voix mystérieuse. Écoute bien !

Logan se concentra mais il n'entendait que le glouglou du ruisseau et un concert de piaillements. Le colibri se posa sur un hibiscus blanc.

– *Bébé-Stressé se moque de toi*, l'informa Squorp.

– Oh… attends, c'était une blague ? fit Logan.

– Oui, confirma Zoé en gloussant. C'est un simple colibri.

– C'est pas sympa ! protesta-t-il. Comment

voulez-vous que je sache quelle créature est fantastique ou pas ? Pourquoi vous avez des colibris ordinaires, alors ?

– Pour tenir compagnie aux autres, expliqua Matthew. La plupart d'entre eux aiment fréquenter des oiseaux moins fantastiques. Sauf certains qui se croient vraiment supérieurs.

– En parlant de ça…, murmura Zoé.

Elle souleva un rideau de lianes aux fleurs orange coucher de soleil pour révéler un nid posé sur une plateforme basse.

Et quel nid ! Il faisait la taille d'une roulette de casino ! Entièrement tressé de joncs et de brins de paille, entremêlés de rubans précieux de velours et de soie dans les tons bleu-violet. Au centre, une énorme oie, aussi grande que Zoé, était en train de se lisser les plumes avec son bec orange métallisé. Elle ne se donna même pas la peine de lever la tête pour regarder les visiteurs avant d'avoir fini sa toilette.

– Bonjour, Pelly ! lança Zoé. Comment allez-vous, aujourd'hui ?

– Installe-toi confortablement, conseilla Squorp à Logan.

L'oie soupira et étendit son long cou avant de répondre. D'une voix lente, nasillarde et pincée, elle s'écria :

– Oh, comme c'est gentil de t'en inquiéter. J'apprécie que certains d'entre vous s'intéressent un minimum à ma personne. Je ne voudrais surtout pas abuser, mais parfois il me semble qu'une petite couverture en poil de yéti supplémentaire rendrait ma couche un peu moins inconfortable. Enfin… ce n'est pas très grave. Je n'aurais même pas abordé le sujet si je ne dormais pas aussi mal. Il est tout à fait possible que, étant un peu moins éreintée, j'arrive à pondre davantage d'œufs d'or. Cependant, j'imagine que cela vous importe peu étant donné la santé financière de cet établissement. Même si je suis en vérité votre seule source de revenus… J'adore évidemment mon travail et je suis ravie d'apporter ma contribution. Cependant, mon bonheur serait complet avec une petite couverture en poil de yéti… mais c'est sans doute trop demander. Oubliez ce que j'ai dit.

Logan la fixa, les yeux écarquillés. Une oie aux œufs d'or ! Il aurait bien aimé en avoir une dans son jardin.

– Non, non, répondit Zoé d'une voix lasse. Nous ne voulons que votre bonheur, Pelly. Je vais demander à Face-de-Lune de me fournir un peu de poil ce soir, mais ça risque de prendre un moment, d'accord ?

L'oie soupira à nouveau et Zoé s'empressa d'enchaîner :

– Bref, on cherche mon père. C'est urgent. Vous ne l'auriez pas vu ?

– Eh bien…, commença l'oie, mais une nouvelle voix la coupa.

– Je sais où il est ! Pourquoi personne ne me demande jamais rien ? Je pourrais pourtant me rendre utile si quelqu'un se souciait de mon existence !

– OK ! fit Zoé, les mains sur les hanches. Néro, où est papa ?

Un magnifique oiseau aux plumes flamboyantes, rouge et or, sortit des buissons. Il était de la taille d'un faisan, avec de somptueuses aigrettes ébouriffées. L'oie lui jeta un regard mauvais.

– Pas la peine de jouer la comédie ! fit l'oiseau rouge et doré. Je sens très bien que je ne suis pas désiré.

Le long plumage de sa queue effleura le nid géant.

– Ne t'approche pas de mon nid ! siffla l'oie. Je ne te pardonnerai jamais pour l'accident de l'autre jour.

– Vous voyez ! gémit Néro. Je suis mal aimé ! Incompris !

– Ne sois pas bête, intervint Matthew. On t'aime et on te comprend !

– BÊTE ? Alors maintenant je suis BÊTE !

L'oiseau rouge déploya théâtralement ses ailes. L'oie tendit le cou pour le pincer et le rata de peu. Il s'écarta légèrement du nid, sans interrompre son numéro.

– C'est bien ce que je disais ! Tout le monde s'en fiche ! Je pourrais MOURIR que personne ne le remarquerait !

– Néro, arrête ! cria Zoé.

– Trop tard, gémit Squorp.

Et le bel oiseau rouge s'enflamma.

Chapitre 11

– NON ! hurla Logan.

Ôtant son sweat à capuche, il le jeta sur l'oiseau pour tenter d'étouffer les flammes avec. Mais celui-ci flamba de plus belle, et il dut reculer.

– Qu'est-ce qu'on fait ? paniqua-t-il.

Zoé semblait pétrifiée. Logan ramassa alors une grande feuille de palmier pour essayer de contenir le feu. Une fois, dans leur appartement de Chicago, peu après le départ de sa mère, un bout de tartine était resté coincé dans le grille-pain et des flammes avaient jailli de l'appareil. Il avait réussi à les éteindre… sauf que, cette fois, il n'avait pas d'extincteur sous la main !

Et soudain, sans prévenir, les flammes perdirent de leur intensité et le feu mourut en quelques secondes. Il ne restait plus qu'un tas de cendres noires.

– Oh, non, hoqueta Logan en s'accroupissant, lâchant sa feuille de palmier. Ce bel oiseau…

– On aurait dû te filmer, dit Matthew. Néro n'avait pas eu un tel succès depuis au moins deux cents ans. Il aurait été tellement heureux de te voir réagir comme ça !

– Quelle ignoble créature, commenta Pelly d'un ton méprisant. Vous avez vu ? Il a essayé de mettre le feu à mon nid !

– Je n'en reviens pas que tu aies…

Zoé agita les mains en direction de Logan.

– Je veux dire… ton sweat…

– C'est pas grave, affirma le garçon.

Il sentait la chaleur qui montait des cendres. La fumée dégageait une odeur sucrée de vanille et de dattes.

– Moi, je n'en reviens pas qu'un si bel oiseau soit mort sous nos yeux. C'était une espèce en voie de disparition ?

– Eh bien, disons plutôt que Néro est le seul spécimen au monde, annonça le père de Zoé en franchissant le rideau de lianes. Mais tout va bien, jeune homme. C'est un phénix. Il renaîtra de ses cendres.

Stupéfait, Logan le regarda s'accroupir pour remuer les cendres avec un bâton.

– Tu vois ? Il y a un œuf là-dessous.

La coquille d'un blanc doré scintillait sous les cendres grises.

– Néro va renaître d'ici…

M. Kahn consulta sa montre.

– … environ une demi-heure.

– Alors si tu pouvais rester près de l'œuf à sangloter pendant ce temps, pour qu'il te voie dès l'éclosion, ça lui remonterait le moral, suggéra Matthew.

– Je ne pleurais pas ! protesta Logan, furieux.

Quelqu'un aurait quand même pu lui dire que c'était un oiseau magique autorégénérant avant qu'il jette son sweat au feu. Son père n'allait sûrement pas être ravi.

– Autrefois, cela arrivait seulement tous les cinq cents ans, expliqua M. Kahn. Mais au fil du temps, Néro a découvert comment enclencher le processus. Et maintenant il s'enflamme à la moindre contrariété.

– C'est-à-dire trois à quatre fois par jour, précisa Zoé. Minimum.

Logan se sentit rougir. Pas étonnant que personne n'ait réagi.

– Désolé, marmonna-t-il.

– Bah, tu ne pouvais pas savoir, fit le père de Zoé en l'aidant à se relever. Mais c'est très courageux de ta part d'avoir voulu le sauver. Et donc… à qui ai-je l'honneur ?

Zoé et Matthew se mirent à parler en même temps. Squorp en profita pour s'échapper des bras du garçon et sauter dans ceux de Logan. La chaleur du griffon et la douceur de ses plumes le réconfortèrent un peu. Il le chatouilla sous le menton comme le faisait Matthew.

– *Mork!* fit le bébé griffon en se blottissant contre lui.

Tout à coup, Logan sentit qu'on tirait sur sa chemise. Il baissa les yeux et vit les boutons disparaître un à un dans le bec de Squorp.

– Hé ! Arrête ou je ne vais plus rien avoir sur le dos !

– Ce n'est pas ma faute, papa, je te jure, se justifiait Zoé. Je ne l'ai pas amené ici. Je ne sais même pas comment il est entré. Je ne lui ai pratiquement jamais adressé la parole !

– Ça arrive, soupira M. Kahn. Ce n'est pas le premier civil qui se retrouve ici. On va arranger ça selon le protocole habituel. Mais je dois avouer que j'ignorais que les petits griffons pouvaient parler si tôt.

Il se caressa pensivement la barbe en dévisageant le garçon comme s'il possédait un talent extraordinaire.

– Tu t'appelles comment, déjà ?

– Logan Wilde.

– D'accord. Et tes parents font quoi dans la vie ?

– Rien d'intéressant.

Il ne voulait surtout pas avouer que son père travaillait pour le département Faune et Flore, de peur de les effrayer.

– Je vis seul avec mon père, maintenant.

M. Kahn secoua la tête en regardant Squorp.

– C'est très inhabituel, la relation que tu as établie avec ce griffon. Qu'est-ce qu'il raconte, là ?

– Que mes boutons de chemise sont délicieux. Ça suffit, Squorp !

– Hé, p'tit gars, reprit le père de Zoé en se baissant pour regarder l'animal dans les yeux, qu'est-ce que tu faisais dehors ?

– Très bon manger dehors ! Mais pas beaucoup de trésor. Je voudrais PLUS DE TRÉSOR ! Clink m'avait promis du TRÉSOR !

Comme Logan souriait, M. Kahn releva la tête.

– Qu'est-ce qu'il dit ?

– Qu'il a bien mangé mais qu'il n'a pas trouvé autant de trésor qu'il aurait voulu. Apparemment, une certaine Clink lui avait promis du trésor.

– Intéressant... Qui est Clink, p'tit gars ?

– Grosse grosse boule de poils qui se prend pour la CHEF ! C'était son idée, l'évasion. Et une fois dehors, BYE BYE, elle nous a abandonnés. Elle voulait sûrement garder tout le trésor pour elle. Elle fait trop SA CHEF !

Logan répéta dans les grandes lignes aux Kahn ce que venait de dire le griffon. Zoé claqua des doigts.

– Il veut parler de sa sœur, la plus grande, la noire. Elle bouscule sans arrêt les autres et décide qui mange quoi et à quoi ils vont jouer.

– TROP SA CHEF ! grommela Squorp.

– Ils sont à la recherche d'un trésor, nota M. Kahn. C'est bon à savoir.

Il fronça les sourcils.

– Tu as peut-être raison, finalement, Zoé. Si ça se trouve, ils sont tous en ville et non dans la nature, là où on les cherchait.

– Oui, je pense, papa, confirma-t-elle. On a repéré

au moins quatre sortes de plumes entre le collège, la bibliothèque et la poste.

Son père soupira.

– Ça complique les choses. Bon, on va commencer par te ramener à tes parents, dit-il au bébé griffon.

– NOOOOOOOOOOOOOOOOON ! gémit Squorp en enfouissant sa tête dans le cou de Logan.

Son bec lui rentra dans la clavicule, mais il ne protesta pas.

– Ça va aller, le rassura-t-il en caressant son poil doré. Je pourrais peut-être venir te voir de temps en temps. Et t'apporter des steaks hachés, si c'est possible.

En relevant les yeux, il vit Matthew qui secouait la tête. Ce n'était pas bon signe. Pourtant, maintenant qu'il connaissait l'existence de la Ménagerie, pourquoi lui en refuseraient-ils l'accès ?

– De la vache, miam ! fit Squorp avec envie.

Il passa ses ailes autour des épaules de Logan.

M. Kahn écarta soigneusement les feuilles de palmier du tas de cendres.

– Pelly, quand Néro éclora, dites-lui qu'on espère qu'il va bien et qu'on passera le voir plus tard.

L'oie se tenait volontairement le plus loin possible des cendres.

– Oh, évidemment, c'est moi qui dois transmettre les messages, puisque c'est uniquement grâce à moi que cette ménagerie survit. C'est logique qu'on m'en demande *encore plus*. Et qu'on me contraigne à adresser la parole à un pyromane récidiviste qui n'a aucun égard pour mes plumes et mon nid douillet ! Je dois rester assise là, dans les fumées toxiques, en attendant qu'il sorte de son œuf sans la moindre excuse.

Elle se força à tousser.

Logan regarda la petite volute de fumée qui montait des flammes. Mais Zoé secoua la tête, l'air de dire : « Ne réponds pas, c'est n'est pas la peine. »

Squorp resta cramponné au cou de Logan tandis qu'ils suivaient M. Kahn hors de la volière, puis le long du lac jusqu'à l'enclos des griffons. Le soleil était bas dans le ciel, teintant les nuages de nuances cerise et clémentine.

Une nouvelle voiturette de golf dévalait le sentier de la maison. À l'arrière, une caisse remplie de matériel de jardinage – énormes cisailles, râteau, pelles, pots en terre –, et à l'avant… l'Abominable homme des neiges était au volant.

Logan écarta les plumes de Squorp de son visage pour mieux voir. Le conducteur mesurait au moins trois mètres, il était couvert de longs poils blancs parsemés de brins d'herbe et de terre, surtout au niveau des genoux et des pattes. Il portait d'énormes lunettes noires et un chapeau de soleil style safari. Il avait une grande bouche au milieu de sa face poilue, comme une marionnette du *Muppet Show*.

– Salut, Face-de-Lune ! lança M. Kahn. Comment vont les rosiers ?

– *BLAAAARRGH !* répondit la créature.

En arrivant sur la route qui faisait le tour du lac, il tourna sans même ralentir.

– Tu as vu le trou devant de la porte de la cave ? Je crois que Crocs a tenté d'enterrer ses barres protéinées. Il faut qu'on le rebouche avant le retour de la SPAM.

– *BLAAAAAARRRRGH !*

La voiturette s'éloigna le long du lac.

– Et n'oublie pas la séance de gym de Cap'taine ! cria Zoé. Sa balle est dans ta yourte.

– *BLAAAAAAARRRRRRGH !*

Une grosse patte blanche émergea de la voiturette pour lui faire signe. Puis le véhicule poursuivit son chemin en cahotant et disparut au loin.

En voyant la tête que faisait Logan, M. Kahn sourit.

– Notre agent d'entretien est un yéti peu bavard, expliqua-t-il.

– Alors que d'habitude, ce sont de vraies pipelettes, intervint Matthew (ce qui devait être ironique, supposa Logan). Je vais nourrir les chiens de l'enfer et je vous rejoins après.

Il siffla les quatre bêtes, qui étaient toujours couchées devant l'écurie des licornes. Elles se mirent sur leurs pattes et détalèrent vers la maison.

L'enclos des griffons était fermé par un portail en métal noir orné de silhouettes de licornes dorées qui se faisaient face, avec des poignées en forme d'éclairs menaçants. Logan remarqua que Zoé et son père échangeaient un regard inquiet.

Les battants s'ouvraient vers l'intérieur, frôlant le gros rocher plat où la griffonne blanche profitait des derniers rayons de soleil. Elle entrouvrit un œil pour fixer Squorp.

Et Logan l'entendit soupirer :

– Ah ! Génial.

Le griffon noir, en revanche, traversa l'enclos au galop, agitant follement ses ailes tels des drapeaux en pleine tempête.

– FISTON ! TU ES EN VIE !

Il freina juste devant Logan, lui arracha le petit des bras et le serra à l'étouffer contre son jabot noir.

– *Mmmrrrk !* protesta Squorp en se débattant. Salut, p'pa !

Logan avait l'impression de s'être pris un train en pleine face. Il fourra ses mains dans ses poches pour les empêcher de trembler. Les griffes du griffon noir étaient aussi longues et tranchantes que des couteaux de chasse et il dépassait M. Kahn de deux têtes.

Hum… et Squorp allait devenir comme ça ?

– NIRA ! tonna le griffon noir.

Voyant Zoé et son père grimacer, Logan devina qu'ils entendaient les griffons adultes dans leur tête.

– REGARDE ! L'un de nos magnifiques petits est revenu ! IL EST EN VIIIIE !

La griffonne blanche répondit nonchalamment :

– Ça ne m'étonne pas.

Elle ferma les yeux et écarta les ailes pour que les

plumes du dessous puissent profiter de la chaleur du soleil.

– Viens célébrer nos retrouvailles ! ordonna le père de Squorp.

– Plus tard, murmura-t-elle.

– J'AI FAIM ! annonça Squorp.

– Ça ne m'étonne pas non plus, soupira la griffonne.

Son époux enchaîna :

– Ta mère est ravie que tu sois rentré à la maison, fiston. Elle s'est fait un sang d'encre.

– Oui, confirma la griffonne sans ouvrir les yeux. C'est moi qui passais mes journées à m'arracher les plumes.

Logan jeta un regard autour de lui. De grandes plumes noires jonchaient les rochers.

– Logan, voici Riff, dit le père de Zoé en désignant le griffon noir. Et Nira.

– D'habitude, elle est un peu plus… dynamique, remarqua Zoé.

Elle considéra la femelle assoupie en penchant la tête sur le côté.

– Ça va, Nira ?

– C'est toute cette angoisse, affirma Riff. Ça l'a épuisée.

L'intéressée ne se donna même pas la peine de répondre.

– Et les autres ? s'inquiéta Riff. Où sont mes autres précieux petits ?

Logan, qui n'avait aucune envie de quitter ce

monde merveilleux pour rentrer chez lui dans sa maison déserte, sauta sur l'occasion et proposa :

– Je pourrais vous aider à chercher les griffonnets restants.

– J'ai quelques questions pour commencer, annonça M. Kahn. Logan, pourrais-tu demander au petit comment ils ont fait pour sortir ?

Le garçon sentit Zoé se raidir.

– Clink a trouvé la porte ouverte, affirma Squorp.

– Il dit que la porte n'était pas fermée, les informa Logan. Ensuite, ils ont nagé dans le fossé. C'est comme ça qu'il m'a fait entrer. Il y a un passage entre les barreaux de la grille au niveau du mur d'enceinte.

– Oh, bon sang ! fit Zoé en se laissant tomber sur un rocher comme si elle avait pris un coup d'aile de griffon sur la tête. Alors c'est bien ma faute ! Pourtant je n'oublie jamais de verrouiller la porte. Je suis *sûre* qu'elle était bien fermée quand je suis partie, hier soir.

– Ne tirons pas de conclusions hâtives, tempéra gentiment son père. Je demanderai à Cobalt de réparer ça.

– Mais pourquoi as-tu voulu nous quitter ? vociféra Riff en le serrant encore plus fort entre ses ailes tout en fouettant l'air de sa queue de lion. Alors qu'on T'ADORE !

Logan apercevait juste un petit bout de Squorp qui gigotait, mal à l'aise.

– On voulait juste du trésor, dit-il. Clink avait promis du trésor ! Les griffons doivent avoir un gros trésor !

– Oh ! s'écria soudain Logan. La banque… en allant au collège ce matin, j'ai vu un truc bizarre… comme des marques de griffes sur la porte… Peut-être que l'un des petits griffonnets a voulu entrer pour trouver son trésor.

– On a intérêt à filer là-bas immédiatement, dit le père de Zoé.

Il regarda l'heure.

– Le brossage de dents des dragons devra attendre demain.

– Et la bibli ? renchérit Zoé.

Elle ramassa une brindille qu'elle cassa en petits morceaux.

– On peut y passer, ça ferme à sept heures. Et euh… il faudrait peut-être qu'on offre à Logan… euh… quelque chose à boire ?

– Moi ? Non, ça va, affirma-t-il.

– Ça aussi, ça attendra plus tard, dit M. Kahn.

Et bizarrement, sa réponse parut ravir Zoé.

– Matthew, ta mère et moi, nous allons à la banque. Blue, Logan et toi, filez à la bibliothèque. Peut-être que Logan entendra un des griffons dans le coin. Avec un peu de chance, on aura encore récupéré deux bébés d'ici le dîner.

Squorp passa la tête sous l'aile de son père.

– Dîner ? Poisson ! Moi, j'veux du poisson !

Nira ouvrit subitement les yeux et soupira :

– Pour l'amour du ciel ! C'est la première fois depuis des mois que j'essaie de faire une vraie sieste. Vous pouvez aller discuter ailleurs ? Surtout vous deux.

Elle fit claquer son bec en direction de son mari et de son fils.

– Allons te pêcher un petit poisson, décréta Riff en s'éloignant dignement en compagnie de Squorp.

Le bébé griffon se tordit le cou pour regarder Logan.

– Bonne chance pour retrouver mes frères et sœurs ! Reviens vite m'apporter de la vache !

M. Kahn tourna les talons et sortit de l'enclos, laissant Logan et Zoé face à face.

– Il a bien parlé de brosser les dents des dragons ? répéta le garçon, incrédule.

– Ça craint, hein ?

Zoé jeta les restes du bout de bois et s'épousseta les mains.

– Les agents de la SPAM nous ont reproché de négliger l'hygiène dentaire des dragons. Nulle part dans toute l'histoire de la Ménagerie Kahn il n'y a trace d'un quelconque brossage de dents de dragons. Ce sont des animaux sauvages ! En plus, ils se nettoient les dents en mâchant des roches volcaniques. Si ça se trouve, les agents de la SPAM espéraient juste qu'ils nous arracheraient la tête !

– C'est quoi au juste, la SPAM ? demanda Logan en la suivant jusqu'au portail.

– La Société de Protection des Animaux Magiques, expliqua Zoé. Une organisation gouvernementale top secrète qui gère toutes les ménageries. On a eu une inspection surprise dimanche dernier et ils nous ont donné une liste interminable de choses à réparer avant la contre-visite, dimanche prochain. Donc ça tombe super mal qu'on doive en plus chercher les griffonnets partout.

– On va les retrouver, assura Logan. Je vous aiderai, ne t'inquiète pas.

Retrouver cinq bébés griffons dans une petite ville comme Xanadu, ce n'était pas la mer à boire…

Chapitre 12

Zoé aurait aimé que Cap'taine Moumoute soit dans le coin pour lui faire un gros câlin. Ça la réconfortait toujours, hélas c'était l'heure de sa séance de gym avec le yéti.

Avait-elle vraiment oublié de fermer le portail à clé ? Est-ce que tout ça était de sa faute ?

Elle jeta un regard à Logan. D'un côté, elle était contente de lui faire visiter les lieux. C'était amusant de le voir paniquer pour un rien. Néanmoins, elle restait consciente que le simple fait de connaître l'existence de la Ménagerie le mettait en danger. Et elle était surprise que son père estime que la disparition des bébés griffons était un problème plus urgent à régler.

– Et Blue, alors, où habite-t-il ? demanda Logan tandis qu'ils sortaient de l'enclos des griffons. Tu peux prendre mon portable pour l'appeler, si tu veux.

Il tâta sa poche et s'écria :

– Oh, désolé, je l'ai laissé dans la sacoche de mon vélo.

– Je n'ai pas besoin de téléphone pour appeler Blue, affirma Zoé.

Elle sortit un sifflet en fanon de baleine de sa pochette et souffla dedans.

Logan grimaça en se bouchant les oreilles.

– Tu l'appelles avec un sifflet pour chien ?

– Non, sinon tu ne pourrais pas l'entendre.

Elle traversa la route qui faisait le tour du lac et se posta au bord de l'eau. Ses baskets s'enfoncèrent dans le sol sablonneux.

– Et ne dis pas ce genre de choses. Si la famille de Blue l'apprenait, ils pourraient essayer de te noyer.

– Tu blagues, c'est ça ?

Il croisa nerveusement les bras.

– Parce qu'ils font partie de la mafia ou un truc comme ça ? La mafia est en relation avec les griffons et les licornes ?

Il s'interrompit.

– T'imagines ? Ce serait pas mal comme scénario de film, non ?

Zoé remarqua qu'il avait la chair de poule. Il devait avoir froid sans son sweat.

– Non, ils ne font pas partie de la mafia. En tout cas pas la mafia sicilienne, mais… c'est un peu comme une mafia quand même. Tu vas voir.

C'est alors qu'une tête blonde surgit de l'eau juste

devant eux… et Logan manqua de tomber à la renverse. Ça aurait pu être drôle, si Zoé n'avait pas su que cette somptueuse chevelure cachait un cerveau de peste. Jasmine aussi jouait les pestes, mais elle n'arrivait pas à la cheville – enfin, façon de parler – de Saphir. Et puis Jasmine était trop digne pour porter un haut de maillot de bain aussi riquiqui.

– On cherche Blue, annonça Zoé.

– C'est son week-end chez son père, lui rappela Saphir d'un ton condescendant.

Elle rejeta ses longs cheveux en arrière et regarda Logan en battant des cils.

– C'est très important, insista Zoé.

– Oh, fit Saphir d'un ton faussement apitoyé, tu t'ennuies ? Tu t'es enfin rendu compte que c'était ton seul ami ? Ou bien tu te sens mal parce que tu es la première Kahn de toute l'histoire de la Ménagerie à avoir perdu une créature fantastique ? Attends, non, pas une… six ! C'est bien ça ?

Zoé resta sans voix. Saphir avait le don d'appuyer là où ça faisait mal. Elle devinait même quand Jasmine lui manquait ou quand elle regrettait de ne pas pouvoir passer les sélections de l'équipe de foot ou qu'elle avait peur de ne pas être à la hauteur (contrairement à Matthew et à Ruby).

Zoé savait pertinemment que les sirènes ne lisaient pas dans les pensées, pourtant parfois, avec Saphir, elle aurait pu en douter…

– Va juste chercher Blue, ordonna Logan qui avait enfin retrouvé sa voix.

Saphir lui lança un regard glacial.

– Hum… s'il te plaît ? ajouta-t-il.

En plongeant, la sirène donna un grand coup de queue dans l'eau et les aspergea tous les deux.

– C'est une sirène, souffla Logan. Enfin, une sirène vraiment pas sympa.

– Ils sont tous plus ou moins comme ça. À part Blue.

– Blue est…

– Ne le traite pas de sirène, lui conseilla Zoé. Fais-moi confiance, il vaut mieux éviter. Mais il n'aime pas non plus « triton ». « Homme-poisson », c'est trop nul. Et « garçon-poisson » encore pire. Contente-toi de l'appeler Blue.

– C'était sa sœur ?

– Non, non, non, fit Zoé en secouant la tête. Blue est fils unique. Ce doit être une de ses cousines, j'ai un peu de mal avec l'arbre généalogique de la famille sirène.

– C'est carrément…

Logan laissa sa phrase en suspens en voyant Blue sortir du lac. On distinguait encore des écailles bleu foncé qui se fondirent rapidement avec sa peau au niveau de la taille. Logan se cacha vite les yeux.

– T'en fais pas, dit Zoé en se retenant de rire, il met un short de bain avant de sortir. Notre règlement est très strict sur la question de la nudité des sirènes.

« Et ça les rend dingues », pensa-t-elle.

– Ah, ouf ! soupira Logan en laissant retomber sa main.

– Salut, Log ! lança Blue d'un ton décontracté, pas du tout surpris de voir le « nouveau » traîner avec Zoé à l'intérieur de la Ménagerie.

Il prit une serviette dans une sorte de cabanon au bord de l'eau pour se sécher les cheveux.

Zoé vit le visage de Logan s'éclairer. Il croyait sans doute que Blue ne se rappelait pas son nom. C'était plutôt triste, en fait.

– Salut, Blue, répondit-il du même ton détaché.

– On file à la bibli, annonça Zoé. Je t'expliquerai en chemin.

– Cool, répondit Blue. T'as l'air congelé, mec. Tu veux que je te prête une veste ?

– Nan, c'est bon, affirma Logan en se redressant de toute sa taille.

Forcément, Blue était planté devant lui, tout trempé, en short de bain. Ah, les garçons, toujours à jouer les machos.

– Si, on va lui passer un truc. Il a jeté son sweat au feu en voulant sauver Néro. Mais faut se dépêcher, la bibli ferme dans une demi-heure.

Blue courut jusqu'à la maison et, quand il ressortit, habillé de pied en cap, il tendit à Logan un sweat à capuche vert bouteille.

– Merci.

Il l'enfila pendant que Zoé et Blue prenaient leurs

vélos dans le garage. Il aperçut alors les combinaisons ignifugées accrochées au mur entre les voiturettes de golf et les harnais à dragon… c'était dingue, il n'y avait pas d'autre terme.

Après avoir repris son vélo caché entre les arbres de l'autre côté du mur d'enceinte, il demanda à Blue :

– Alors… tu vis dans le lac ?

– Pas tout le temps. J'alterne entre mon père qui vit sous l'eau et ma mère qui vit dans la maison.

– Oh… ils sont…

– Ouais, divorcés, confirma Blue. Ça craint, enfin bref…

Il haussa les épaules.

– Du coup, ils sont tous là à répéter que les sirènes ne doivent pas épouser des humains, expliqua Zoé, que les mariages mixtes, c'est une erreur…

Logan pencha la tête sur le côté, perplexe. Elle comprit ce qu'il devait être en train de penser et s'exclama :

– Ils ne parlent pas de nous, andouille ! Blue, c'est comme mon frère. Beurk ! J'ai envie de l'étrangler, environ cinquante fois par jour.

En plus, elle ne pourrait pas faire ça à Jasmine, même si elles ne se parlaient plus.

– Mais si on te pose la question au collège, tout le monde croit que Blue et sa mère nous louent un appartement.

Pour aller à la bibliothèque, ça descendait presque tout le temps. D'habitude, Zoé adorait dévaler la colline à vélo, cheveux au vent, mais aujourd'hui, elle était trop contrariée par l'histoire des petits griffons.

Ça ne pouvait pas être de sa faute. Elle avait fermé ce portail. Elle en était sûre.

Mais alors… qui l'avait rouvert ?

Chapitre 13

Blue ne parut pas plus impressionné que ça en apprenant que Logan pouvait entendre les griffonnets.

– Cool, commenta-t-il.

Ils étaient arrivés à la bibliothèque. Le soleil était presque couché et il commençait à faire noir et froid. Ils attendaient juste que Zoé leur expose son plan.

– Squorp ne parle presque que de nourriture, expliqua Logan à Blue. On n'a pas des conversations très profondes…

– Enfin, c'est pratique tout de même, affirma-t-il. Ils s'énervent tellement lorsqu'on n'arrive pas à les comprendre.

Il tendit le bras pour lui montrer le gros bleu qu'il avait sur le poignet.

– La petite noire m'a mordu l'autre jour quand je lui ai donné du poisson pour qu'elle arrête de brailler. Je ne sais pas ce qu'elle voulait.

– Sans doute un trésor ! plaisanta Logan.

– Ouais, peut-être, fit Blue, pensif.

– Et leurs parents, ils ne peuvent pas vous dire ce qu'ils veulent ?

– Non, Nira est trop occupée et Riff trop stressé.

– Six petits, c'est lourd à gérer. C'est leur première portée, expliqua Zoé, toute fière. La Ménagerie Kahn a le meilleur taux de reproduction des griffons du monde. Papa et maman ont élevé la portée de Riff et ont échangé un de ses frères contre Nira avec une autre ménagerie. On savait qu'ils seraient heureux ensemble.

Logan n'en était pas si convaincu, vu la mine déconfite de la griffonne blanche. Mais qui était-il pour remettre en question le meilleur taux mondial de reproduction des griffons !

– Bon, alors qu'est-ce qu'on fait ? demanda-t-il en désignant la bibliothèque du menton.

– On laisse nos vélos près de la pizzeria, annonça Zoé. Pour éviter que les bibliothécaires les voient en partant. Puis on se cache à l'intérieur jusqu'à la fermeture.

Elle consulta sa montre.

– Plus que dix minutes. Vite !

La pizzeria occupait le pâté de maisons suivant. Tandis qu'ils garaient leurs vélos dans la ruelle, Logan remarqua qu'elle était fermée – bizarre pour un vendredi soir. Il essaya de jeter un coup d'œil à travers la vitrine, mais ne vit rien. À part, peut-être… une flaque de sauce tomate par terre ?

– Allez, venez !

Zoé tira Blue par la manche.

Les garçons la suivirent. Mais Blue n'aimait pas se dépêcher, et Logan se cala sur son pas nonchalant tandis que Zoé filait devant.

– Une minute ! fit Blue en s'arrêtant devant le panneau d'affichage.

Logan y jeta un regard lui aussi : des éleveurs organisaient une réunion à la suite de la disparition de plusieurs moutons dans la région.

– Qu'est-ce… ?

– C'est bon, lança Blue.

Logan vit alors que la bibliothécaire de l'accueil s'était baissée pour vider la boîte des retours. Ainsi, ils pouvaient entrer sans être vus. Logan sourit. Astucieux…

Blue monta l'escalier quatre à quatre avec ses longues jambes. Arrivé en haut, il pivota lentement, scannant les rangées d'étagères, les tables en bois et les banquettes en cuir dans les coins. Logan l'imita. Mais il ne vit que Zoé qui arpentait nerveusement les allées. Les quelques visiteurs restants rangeaient leurs affaires avant de gagner la sortie.

– La bibliothèque fermera ses portes dans cinq minutes, annoncèrent les haut-parleurs. Merci d'apporter vos documents au comptoir de prêt afin de les enregistrer.

– Oh, tiens ! Bonjour !

La documentaliste du collège fit irruption au détour

d'une allée, une pile de livres dans les bras. Sa jupe vert vif choquait un peu moins ici, en dehors de l'établissement. Elle leur sourit.

– Ça fait plaisir de croiser des élèves à la bibliothèque un vendredi soir.

– Bonsoir, mademoiselle Sameera, vous avez besoin d'aide ? proposa Blue en repoussant sa mèche en arrière.

Il tendit la main vers ses livres, mais elle s'empressa de reculer.

– Non, non, merci. Rien d'intéressant. Des recherches personnelles.

Elle laissa échapper un petit rire gêné.

Logan avait l'impression qu'elle serrait les livres contre elle exprès pour qu'ils ne puissent pas lire les titres.

« Hum, ça doit être un truc gênant », pensa-t-il.

– À lundi ! lança-t-elle d'une voix chantante avant de s'engouffrer dans l'escalier.

Sa jupe ornée de miroirs tintait et scintillait à chaque marche.

Intrigué, Logan se pencha pour la suivre des yeux. Il n'arrivait pas à lire les titres des ouvrages de si loin, mais il distingua une licorne qui ruait sur l'une des couvertures, et un serpent de mer sur une autre.

Bizarre.

– Viens, on va se cacher, lui souffla Blue. Visiblement, Zoé a déjà trouvé un petit coin.

Il conduisit Logan jusqu'à un couloir où il aperçut

deux portes en bois. Sur la première, on lisait « Hemingway », sur la seconde « Brontë ».

– Je ne comprends pas, avoua Logan en regardant les panneaux.

– Je n'ai pas capté tout de suite non plus. Il a fallu que Zoé m'explique. Voilà les toilettes des hommes, comme Ernest Hemingway. Et là, ce sont les toilettes des femmes, comme les sœurs Brontë. Humour de bibliothécaire.

Mouais, ça n'aurait pas été très drôle s'il était entré par erreur dans les toilettes des filles parce qu'il n'avait jamais entendu parler des sœurs Brontë.

Ils poussèrent la porte « Hemingway » et s'enfermèrent chacun dans une cabine. Par chance, les portes descendaient jusqu'au sol, ils n'étaient donc pas obligés de se percher sur la cuvette des toilettes.

– On se croirait dans ce bouquin où des gamins se cachent dans les toilettes pour passer la nuit au Metropolitan Museum, tu l'as lu ? Après, chaque fois que j'allais dans un musée, je regardais où je pourrais me cacher pour passer la nuit.

Il s'interrompit. Sa mère avait adoré ce livre, elle aussi. Elle avait délaissé son portable chéri pour le lire.

– Ils ont divorcé quand, tes parents ? demanda-t-il pour changer de sujet.

– Peu après ma naissance, répondit Blue de l'autre côté de la cloison. Ils ne s'entendaient pas très bien.

La porte des toilettes s'ouvrit et Logan retint sa

respiration. « Par pitié, ne regardez pas dans les cabines », supplia-t-il intérieurement.

– Y a quelqu'un ?

Il reconnut la voix d'un des bibliothécaires, qui avait un léger accent du Midwest. Les lumières clignotèrent un instant avant de s'éteindre. Quand la porte se referma, ils furent plongés dans l'obscurité.

Logan souffla.

– Maintenant, on patiente cinq minutes, annonça Blue.

Logan avait des millions de questions à lui poser au sujet de la Ménagerie, mais il n'osait pas. Il attendit donc en silence que Blue sorte de sa cabine et ouvre la porte.

Dans la pénombre, la bibliothèque avait une allure complètement différente. Au clair de lune, tout apparaissait en nuances de violet et d'argent. Les étagères jetaient de longues ombres, comme si des monstres nocturnes s'étaient répandus en flaques sur la moquette.

– Je vais par là, décida Blue en tendant le bras, et toi, par là. On se retrouve de l'autre côté quand on aura fait le tour, OK ?

– On ne cherche pas Zoé, d'abord ?

– T'en fais pas, elle va nous trouver, assura Blue.

Logan suivit le mur du fond, celui qui n'avait pas de fenêtres. L'obscurité s'épaississait à mesure qu'il avançait. Il se cogna dans une poignée sur la droite, mais la porte était fermée à clé. Sans doute des bureaux.

Il scrutait chaque allée avec attention, cependant il n'était pas sûr d'arriver à distinguer un griffonnet dans le noir, car il n'avait pas de torche. Il décida donc de vérifier chaque rangée.

Enfin, il arriva au mur du fond, où de grandes baies vitrées s'ouvraient sur la façade de la bibliothèque. Ici, le clair de lune dissipait la pénombre. Pas un bruit ne montait de la rue. Logan jeta un coup d'œil vers le trottoir, en contrebas.

Un frisson le parcourut. Il lui semblait apercevoir quelque chose… ou quelqu'un dans l'ombre des arbres.

Il s'écarta lentement des fenêtres. On ne pouvait sans doute pas le voir de l'extérieur, mais il avait la désagréable impression qu'une personne était en train d'espionner la bibliothèque.

Chapitre 14

« On trouve le bébé et on file », se répétait Logan, mal à l'aise.

Ce n'était pas comme ça qu'il fallait s'y prendre. Si la petite griffonne avait été visible depuis l'allée, elle aurait été repérée depuis longtemps.

« Où je me cacherais si j'étais de la taille d'un gros chiot ? »

– Zoé ? souffla-t-il.

– Par ici.

Il la rejoignit derrière le bureau d'information du premier étage, en train de fouiller dans les placards.

– Qu'est-ce qu'elle viendrait faire là ? s'étonna-t-il. Pourquoi s'imaginerait-elle qu'elle va trouver des trésors dans une bibliothèque ?

– Elle adore que je lui fasse la lecture, expliqua Zoé. Les livres sont peut-être des trésors à ses yeux.

– Aaah ! s'exclama Logan. C'est la bonne élève de la portée alors…

– J'avoue que c'est un peu ma chouchoute, dit Zoé en glissant une mèche derrière son oreille.

Elle ouvrit le dernier placard et soupira.

– Elle a un livre préféré ? demanda Logan. C'est quoi ?

– Bien sûr ! Et c'est *Harry Potter*, évidemment.

– Logique, convint-il. Je vais voir dans la section jeunesse, alors.

Il redescendit au rez-de-chaussée. Il n'avait jamais mis les pieds dans l'espace réservé aux enfants, mais il le repéra facilement grâce à l'immense fresque où la chenille qui fait des trous côtoyait les Maximonstres et Pierre Lapin.

Ici, les fenêtres étaient plus grandes, les étagères plus basses et des présentoirs proposaient la « sélection des bibliothécaires ». Des affiches des plus grands succès de la littérature jeunesse couvraient les murs. Et il y avait également quelques tables avec des puzzles ou des jeux en bois. Un aquarium glougloutait paisiblement, éclairant le comptoir de prêt d'une lueur bleutée.

Hélas, aucune trace de la petite griffonne. Mais en passant dans l'allée des *R*… Logan remarqua qu'il manquait tous les romans de J. K. Rowling.

Il regarda autour de lui et aperçut une porte vitrée dans le fond. Un panneau indiquait « Heure du conte » avec une liste de jours et d'horaires. Visiblement, il n'y avait pas d'heure du conte le vendredi.

À travers la vitre, il découvrit une petite pièce gaie

et colorée, au sol recouvert d'un tapis ABC aux lettres arc-en-ciel, avec des bacs pleins d'albums et d'instruments de musique dans un coin et, dans l'autre, une cabane en bois de la taille de Logan.

Il essaya d'ouvrir, mais la porte de la petite salle était fermée à clé.

« Donc elle ne peut pas être à l'intérieur… à moins que… »

Logan retourna au comptoir de prêt et se glissa derrière. Au milieu des crayons, des feuilles, des marque-pages, il vit quelque chose scintiller au clair de lune. Deux clés étaient suspendues à un crochet. Il s'en saisit avec un pincement de culpabilité et retourna devant la salle. En effet, l'une des clés lui permit de l'ouvrir.

Lorsqu'il pénétra à l'intérieur, il entendit du bruit monter de la cabane.

– Petite griffonne ? chuchota-t-il. Ne t'en fais pas, je suis là pour t'aider.

Après un long silence, un bec et deux yeux ronds apparurent à la fenêtre de la cabane.

– C'est vrai ? demanda la griffonne dans sa tête.

– Promis. Je m'appelle Logan. Je suis venu avec Blue et Zoé.

Elle surgit alors de la cabane et fonça sur lui comme un boulet de canon. Elle courait tellement vite qu'il eut peur qu'elle s'enfuie à nouveau, mais elle s'arrêta tout net et lui sauta dans les bras.

Elle passa ses ailes gris foncé autour de ses épaules et enfouit sa tête dans son cou.

– Trop peur ! Flurp a trouvé beau joli trésor, merveilleux trésor, mais les dames sont arrivées et Flurp a filé vite vite avec beau trésor dans bonne cachette. Mais quand Flurp est ressortie, PORTE FERMÉE ! Flurp coincée ! Flurp prise au piège. Beau trésor inutile si Flurp PRISONNIÈRE ! Une bonne leçon pour Flurp !

Elle releva la tête et le dévisagea pensivement.

– Alors tu es prête à rentrer à la maison ?

Flurp posa les pattes sur son torse et sa queue sur un de ses bras.

– Flurp prête à écrire ses fabuleuses aventures ! Flurp prête à être l'auteure la plus célèbre de tous les temps ! Dans sa grotte bien à l'abri et bien au chaud avec plein de poissons.

Elle claqua du bec.

– Ici rien à manger à part des LIVRES !

– Tu n'as quand même pas... ?

Logan jeta un coup d'œil par la fenêtre de la cabane. Le sol était couvert de livres de *Harry Potter*, comme si Flurp s'en était fait un nid.

– Manger des livres ? JAMAIS ! Flurp préfère mourir de faim !

La petite griffonne laissa échapper un rot qui sentait les crayons de couleur.

– Beurk ! fit Logan. On va te trouver de la vraie nourriture.

Zoé et Blue descendaient les escaliers au moment où il sortit de la section jeunesse. En voyant la griffonne dans ses bras, la jeune fille étouffa un cri et courut les rejoindre.

– Bien joué, Logan ! le félicita Blue.

– Merci, fit-il avec un sourire victorieux qu'il avait du mal à cacher.

Zoé caressa la petite collerette de plumes toutes douces de Flurp.

– Ça va ? lui demanda-t-elle. Je me suis tellement inquiétée pour toi.

Flurp appuya sa tête contre sa main et lui adressa un de ces étranges sourires de griffon.

– Ça va mieux, maintenant. TROP CONTENTE de rentrer. Bébé-Stressé pas précisé qu'on n'a pas le droit de manger à la bibliothèque.

– Elle dit que ça va mieux, répéta Logan à Zoé. Et au fait, elle s'appelle Flurp.

Zoé poussa un grognement.

– Flurp ? Tu n'aimais pas Hermione ? Je pensais pourtant que ça te plaisait.

Logan écouta la réponse de la petite griffonne.

– Elle dit qu'Hermione, c'est très joli, mais que Flurp, c'est beaucoup plus original. Unique.

En soupirant, Zoé lui caressa les ailes.

– Bon, c'est toujours mieux que Squorp, dit-elle.

Flurp gloussa.

Tout à coup, Blue poussa Logan et Zoé sous les escaliers. Comme Flurp protestait, indignée, Blue lui ferma le bec d'une main. Il désigna la porte d'entrée vitrée de la bibliothèque.

Une lueur jaune dansait à l'extérieur. Petite, ronde, comme le faisceau d'une torche.

Logan retint son souffle et sentit que Zoé faisait de même à côté de lui. Flurp se figea elle aussi, parfaitement immobile, comme les souris de Logan quand elles apercevaient Persépoil.

La lueur se rapprocha tandis que la silhouette noire qui l'accompagnait gravissait les marches du perron. Ce devait être la personne que Logan avait repérée cachée sous les arbres. Mais pourquoi venir rôder autour d'une bibliothèque à cette heure-ci ?

Le faisceau de la torche éclaira le hall d'entrée. Il voyagea sur la moquette, le long de l'accueil, du panneau d'affichage, de la porte de l'ascenseur et de la sélection de livres de Halloween. Le rond de lumière passa à quelques centimètres des baskets de Logan.

Finalement, la silhouette sombre recula pour braquer sa torche sur le deuxième étage. Au bout d'un moment, il ou elle redescendit le perron, mais au lieu de s'éloigner, la lueur de la torche fit le tour du bâtiment.

– C'était qui ? murmura Logan.

Son pouls battait à ses oreilles, à toute allure.

– Aucune idée, répondit Blue. Tu crois que c'est pour nous ?

– Nous ou les griffons ? renchérit Zoé. Et si c'est un exterminateur ? Et si la SPAM est au courant qu'ils se sont échappés ?

Logan serra la petite griffonne plus fort contre lui en répétant :

– Un exterminateur ?

Flurp cacha sa tête dans son blouson, toute tremblante.

– Ça n'existe pas, affirma Blue. C'est une légende urbaine que Matthew a entendue à son stage de traqueur.

– On n'en sait rien, c'est peut-être vrai, insista Zoé. Matthew dit que certains traqueurs choisissent une autre voie. Ils pistent les créatures qui se sont échappées pour les tuer au lieu de les capturer. Si elles sont trop dangereuses ou que la SPAM pense que ça ne vaut pas la peine de les garder.

– Même si les exterminateurs existaient, ce dont je doute fortement, ils ne toucheraient pas aux bébés griffons, affirma Blue.

Zoé se rongeait les ongles, les yeux rivés sur la porte d'entrée. Logan avait l'impression que les ombres s'épaississaient autour d'eux. Pour la première fois, il comprit pourquoi l'existence de la Ménagerie stressait Zoé à ce point. En fait, ça ne se réduisait pas à posséder un tas d'animaux trop cool.

– Comment on sort de là ? demanda Logan.

– En courant, répondit Zoé. Surtout toi, parce que tu as euh… Flurp. Si l'espion nous repère, Blue et moi, on le distraira le temps que tu t'enfuies.

Elle sortit un grand morceau de tissu de son sac à dos. Quand elle le déplia, Logan vit qu'il s'agissait d'une sorte d'écharpe porte-bébé. Elle la lui passa autour des épaules.

– Attends, fit-il en lui saisissant le poignet. Tu devrais prendre Flurp. Il vaut mieux que ce soit toi. S'ils m'attrapent, je ne suis qu'un gamin ordinaire qui s'est introduit dans la bibli. Alors que si c'est toi, on peut faire le rapprochement avec la Ménagerie.

Blue acquiesça.

– OK.

Zoé ne discuta pas. Les garçons installèrent l'écharpe autour de ses épaules et y nichèrent le bébé griffon.

Logan jeta un coup d'œil hors de leur cachette. Un couloir menait du comptoir d'accueil à la machine à café et à la porte de derrière. Il vit la lueur de la torche se refléter par les fenêtres du fond.

– Allons-y, chuchota Zoé.

Ils se faufilèrent jusqu'à la porte d'entrée, mais lorsque Logan actionna la poignée, rien ne bougea.

– C'est pas vrai, fit Blue en essayant à son tour.

Zoé jeta un regard inquiet vers la porte de derrière. La torche explorait maintenant le coin des distributeurs de boissons et de friandises.

– On casse une vitre ? suggéra-t-elle sans conviction.

Logan préférait encore passer la nuit dans la bibliothèque que casser un carreau.

Il fouilla dans sa poche et sortit les clés qu'il avait prises en haut. Il avait oublié de les reposer.

– Essaie ça, dit-il en les tendant à Blue.

– Oh, fit Zoé d'un ton agacé, évidemment, tu as les clés de la bibli dans ta poche et tu n'as pas pensé à nous le dire avant !

– Je viens de les trouver, se justifia-t-il.

La serrure cliqueta. Blue poussa la porte, ils se ruèrent dehors et dévalèrent le perron. Logan reprit les clés et les glissa dans la boîte à livres, sur le trottoir.

Ils entendirent alors des pas crisser sur les feuilles mortes. L'espion avait dû les entendre et il rappliquait.

Il ne fallait pas qu'il les coince avec la griffonnette !

Chapitre 15

Logan, Blue et Zoé détalèrent dans la rue.

Zoé serrait la petite griffonne contre sa poitrine sans oser regarder derrière elle. Elle avait l'impression de vivre un cauchemar qu'elle avait fait mille fois. Elle finissait toujours par jeter un regard en arrière et ils lui tombaient dessus – ce qui sonnait la fin de la Ménagerie, de tous les animaux, et tout était fichu à jamais.

Sauf que cette fois, c'était la réalité.

Elle se rua sur son vélo, laissant son casque accroché au guidon, et démarra en trombe, manquant presque renverser Blue et Logan. Flurp poussa un grognement de protestation, mais Zoé était déterminée à ne pas s'arrêter avant d'être en sécurité à la maison.

Elle prit un chemin détourné au cas où la personne qui les pourchassait aurait une voiture, même si elle n'avait pas entendu de moteur. Elle s'enfonça dans une ruelle étroite, fit un détour en traversant un terrain de jeu, puis contourna l'école élémentaire. Les griffes de Flurp s'enfonçaient dans sa poitrine, mais Zoé serra les dents et continua à pédaler.

Enfin, il ne lui restait plus qu'à gravir la dernière côte menant à la maison. C'est seulement à ce moment-là qu'elle osa jeter un coup d'œil par-dessus son épaule. Les réverbères éclairaient la rue déserte de leur lueur orangée.

Elle avait l'impression que les arbres bordant l'allée l'accueillaient à bras ouverts, en écartant leurs branches. La porte du garage était ouverte. Quand elle rentra à vélo à l'intérieur, Matthew, qui était penché sur une voiturette de golf, releva la tête et s'essuya les mains sur un chiffon.

– Salut ! Tu n'as pas mis ton casque, je vais le dire aux parents.

Il la dévisagea en plissant les yeux.

– Misère ! Tu as une de ces mines !

– Ça fait toujours plaisir, répliqua-t-elle.

Elle lâcha son vélo et écarta l'écharpe pour laisser passer la tête de Flurp.

– Regarde qui j'ai trouvé à la bibli.

– Génial !

Matthew se précipita pour l'aider à sortir la petite griffonne. Il passa ses mains expertes sur son crâne, son corps et ses ailes pour s'assurer que tout allait bien. Une fois de plus, Zoé se demanda comment il s'y était pris pour énerver un griffon au point qu'il lui ait griffé le bras. Matthew avait un don avec les animaux, et toutes les qualités requises pour faire un excellent traqueur. Elle ne comprenait pas qu'il soit revenu de son stage avec de telles cicatrices.

– Bravo ! la félicita-t-il en lui ébouriffant les cheveux. Bientôt c'est toi qui dirigeras la boîte !

Zoé ne répondit rien. Elle adorait la plupart des animaux, mais elle n'était pas du tout sûre de vouloir prendre la tête de la Ménagerie. Elle était déjà tellement stressée maintenant, elle n'imaginait même pas ce que ce serait si un jour elle était responsable de tout. Car si elle en héritait – si Ruby réalisait son rêve de devenir actrice et Matthew, traqueur –, jamais elle ne pourrait mener une vie normale, pas un seul instant.

Alors qu'elle était la plus jeune, ce n'était pas juste…

– Elle a faim, annonça-t-elle en désignant Flurp qui mâchouillait la fermeture Éclair du sweat de son frère. Elle n'a pas mangé de la journée.

– Je vais la ramener à ses chers parents. Ils vont être ravis, affirma Matthew. Enfin, l'un d'eux sera ravi, l'autre peut-être moins.

Il sortit par la porte de derrière en emportant Flurp, juste au moment où Logan et Blue remontaient l'allée à vélo.

– Vous n'avez pas été suivis ? s'inquiéta Zoé.

Elle scruta la route sombre. Pas de phares, pas de silhouette furtive. Cependant, l'angoisse lui collait au corps comme une toile d'araignée.

– J'en doute, dit Blue. On a été rapides.

Il leva la main et, l'air surpris, Logan répondit à son check.

– Mieux vaut rentrer et fermer, dit Zoé en tendant le doigt vers le bouton de la porte du garage.

Mais, soudain, un vrombissement de moteur se fit entendre et deux phares brillèrent dans la nuit, au bout de l'allée.

Logan jeta un regard autour de lui, cherchant de quoi se défendre. Zoé lui prit le bras.

– T'en fais pas, c'est les parents.

Une fois que la vieille camionnette gris-bleu des Kahn fut entrée dans le garage, elle appuya sur le bouton et ferma la porte. Le bruit du volet roulant cognant contre le sol en béton la réconforta immédiatement. Au moins, il y avait maintenant un obstacle entre elle et les gens qui voulaient détruire la Ménagerie.

Sa mère coupa le moteur, mais la camionnette continuait à vibrer. Ils entendaient des piaillements étouffés s'échapper de l'intérieur.

Logan plaqua ses mains sur ses oreilles.

– Oh, là là ! Elle est vraiment furax.

Il laissa retomber ses mains, l'air penaud.

– Bon, ça ne sert à rien de faire ça, évidemment.

« Il y a au moins un avantage à ne pas être capable d'entendre les petits griffons dans sa tête », pensa Zoé, mais ça ne lui remonta pas le moral.

Son père sortit du côté passager, tout sourire.

– On en a retrouvé une !

– Nous aussi, renchérit Zoé.

Elle apprécia l'expression de son père – fier d'elle mais pas surpris, comme s'il était parfaitement convaincu qu'elle allait revenir avec un petit griffon.

– Matthew l'a ramenée à l'enclos. Mais... au fait, il n'était pas censé vous accompagner à la banque ?

– On ne l'a pas trouvé au moment de partir, et on était pressés. C'est la plus grosse, au fait.

Il prit un petit harnais à dragon pendu à un clou et régla les sangles pour le réduire au maximum.

– On est vraiment obligés de lui mettre ça ? demanda Zoé.

– *COUAC COUAC COUAC COUAAAAACCCC !* braillait la griffonnette.

Vu le vacarme, elle devait cogner sa cage contre les parois de la camionnette.

– Je crois que ça veut dire oui, intervint Blue.

– Je ne comprends pas, fit la mère de Zoé en sortant de l'autre côté. Elle devrait être contente de rentrer pourtant. On est tous gentils avec elle, ici.

Elle était tout ébouriffée et sa chemise à fleurs avait un accroc comme si elle avait tenté de prendre la petite griffonne dans ses bras, mais que celle-ci s'était débattue.

Logan se tenait la tête des deux mains, l'air éprouvé.

– En fait, l'évasion, c'était son idée, expliqua-t-il. Elle hurle : « *MON TRÉSOR ! MON BEAU TRÉSOR !* »

Ainsi que quelques menaces assez imagées sur ce qu'elle fera quand elle…

Il se tut, surpris par le silence soudain.

Tous les regards étaient fixés sur la camionnette.

– C'est bon, non ? fit la mère de Zoé, pleine d'espoir. Elle s'est calmée…

SCRITCH. *Scritch scratch*…

Le crissement des griffes contre le métal… contre les parois de la camionnette !

Ce qui voulait dire que la griffonne n'était plus dans sa cage !

Scritch scratch scratch SCRIIITCH !

– Oh oh, fit le père de Zoé.

La griffonnette noire surgit hors de la camionnette avec une telle force qu'elle arracha les portières arrière. Elles tombèrent par terre avec un fracas assourdissant.

C'était la plus grosse de la portée, elle faisait déjà la taille d'un petit poney.

Et là, lâchée dans le garage en pleine furie, on aurait dit le diable de Tasmanie dans un dessin animé des Looney Tunes.

Zoé se plaqua au sol, les mains sur la tête. Ses parents et Blue l'imitèrent pour se protéger de la griffonne déchaînée qui sautait d'un mur à l'autre en hurlant de rage. Elle arracha tous les harnais de dragon de leurs crochets. L'une de ses ailes faucha Logan et le fit tomber à la renverse. D'un bond, elle sauta sur l'armoire à outils. Les tiroirs s'ouvrirent et se renversèrent, déclenchant une pluie d'écrous, de vis et autres articles de quincaillerie.

– *COUAC COUAC COUAAAAACCC !* vociféra-t-elle en sautant sur le toit de la camionnette.

Elle atterrit avec un bruit sourd et un crissement métallique. Ses ailes effleurèrent le plafond, manquant décrocher l'ampoule qui éclairait le garage.

Elle ne leur voulait sûrement pas de mal, pensa Zoé, mais dans un si petit espace, un accident était vite arrivé. Ils avaient besoin de Matthew, et de ses mains expertes. Ou d'un fusil à fléchettes tranquillisantes. Elle releva la tête pour localiser l'arme qui se trouvait à l'autre bout de la pièce. Si seulement elle arrivait à l'atteindre…

Elle entreprit de ramper par terre, façon commando, le long du mur.

– *COUAC COUAC COUAC COUAAAAA ARRGGG RRRRR !* rugit soudain la griffonnette.

Zoé se figea et leva la tête. Deux yeux noirs brillants la fixaient. La griffonne déploya ses ailes et se percha au bord du toit, prête à bondir.

– CLINK ! hurla Logan. MAINTENANT, ÇA SUFFIT !

Chapitre 16

La griffonnette tourna la tête, stupéfaite, et dévisagea Logan.

– Tu t'appelles bien Clink, n'est-ce pas ?

– *Tu as dit ça au hasard ?* s'étonna-t-elle.

– Non, je t'entends penser, expliqua Logan en se relevant. Dans ma tête. Très clairement.

La voix de Clink résonnait comme des épées s'entrechoquant sous son crâne.

– *Tu m'entends ?*

Clink battit des ailes.

– *Alors DONNE-MOI UN TRÉSOR ! JE VEUX UN TRÉSOR ! Trésor ! Trésor ! TRÉSOR !*

Elle ouvrit le bec et siffla en regardant les Kahn. Elle sortit ses griffes d'un air menaçant – ses pattes ressemblaient beaucoup plus à des pattes de lion que celles de Squorp ou de Flurp.

Logan n'avait aucune envie de voir ces griffes se

planter dans le dos de Zoé ou ce bec arracher les yeux de Blue. Et pour éviter ça, il ne voyait qu'une seule solution.

Il ravala la grosse boule qu'il avait dans la gorge et fouilla dans sa poche.

– Tiens !

Il lui tendit le bracelet de sa mère.

– J'ai un très beau trésor pour toi. Très très précieux. Il faut y faire bien attention… et surtout ne pas le perdre…

Il s'interrompit et déglutit.

Il n'arrivait pas à croire qu'il était en train de donner le bracelet de sa mère à une petite griffonne mal embouchée de quatre mois à peine !

Clink pencha la tête pour l'examiner. Les douze breloques dansaient en tintant sur la chaîne en or étincelant. Celle qui ressemblait à un oiseau avec de gros yeux toisait Logan d'un regard accusateur : « Ta mère t'a confié ce bijou. Elle t'a demandé d'en prendre soin pendant son absence. Et si elle revenait le chercher ? »

« Elle ne reviendra pas », pensa Logan en se remémorant la carte postale.

La petite griffonne sauta à terre, atterrissant sans bruit sur ses pattes tel un félin. Elle s'assit et prit le bracelet des mains de Logan, le levant au bout d'une griffe. La breloque en forme d'éléphant scintilla, contrastant avec son poil sombre, tandis qu'elle faisait tourner le bracelet avec précaution.

– *Beau trésor,* chuchota-t-elle. *Très délicat. Très précieux. Chargé de symboles. Quelqu'un y tient beaucoup.*

Quand elle releva la tête vers Logan, son regard était chaleureux et intense à la fois.

– *Je promets de le garder avec toute la bravoure de mes ancêtres.*

Logan ne se sentait plus du tout coupable. Il savait qu'elle était sincère. Elle en prendrait soin. Le bracelet de sa mère était plus en sécurité entre ses griffes que nulle part ailleurs.

– Je peux le voir ? demanda M. Kahn.

Clink claqua du bec en cachant le bracelet entre ses pattes avant.

– C'est bon, il a le droit, précisa Logan.

– *On touche avec les yeux,* recommanda la griffonne.

M. Kahn hocha la tête et elle lui montra fièrement le bracelet en or.

– Où l'as-tu trouvé, mon garçon ?

De la part d'un autre adulte, cette question aurait pu paraître soupçonneuse, mais le père de Zoé semblait simplement intrigué.

Logan voulait expliquer que ça ne le dérangeait pas de confier son bracelet à Clink, mais sans pour autant leur laisser supposer qu'il n'avait aucune valeur ou aucune importance à ses yeux.

– Il appartient à ma mère. Elle ne vit plus avec nous, alors il me faut quelqu'un de très courageux pour le garder. Quelqu'un qui comprenne que c'est un bijou spécial.

– Comme moi ! s'exclama Clink en se redressant de toute sa taille comme une statue grecque, les plumes du jabot fièrement gonflées.

M. Kahn s'inclina respectueusement devant elle.

– Nous savons que tu en prendras grand soin jusqu'à ce que la mère de Logan revienne, Clink.

Le garçon baissa les yeux, fixant le bout de ses baskets, en pensant : « Ce qui n'arrivera jamais. »

– Tu veux rester dîner avec nous, Logan ? proposa M. Kahn en lui posant la main sur l'épaule. On mange juste des spaghettis, mais je pense que tu les as bien mérités.

– Comment ça, *juste des spaghettis* ? protesta sa femme. Pour ta gouverne, je vous ai également décongelé des boulettes de viande, bande d'ingrats !

Clink se redressa et tourna la tête vers elle, en alerte.

– Oui, on te donnera une boulette de viande, confirma Mme Kahn en souriant, mais seulement si tu retournes dans ton enclos sans faire d'histoires.

– Plus d'histoires ! promit-elle. Clink est une gardienne de trésor, maintenant.

Elle enroula délicatement le bracelet autour de son aile et sortit du garage d'un pas majestueux, sans quitter son trésor des yeux.

– Je vais mettre le dîner en route, annonça Mme Kahn. Oh, et je vais dire aux dragons d'ajouter Logan à la liste des visiteurs accrédités pour éviter qu'on ait une alerte intrusion au beau milieu du repas.

Et sur ces mots, elle fila.

– Il faut juste que j'appelle mon père, mais il devrait être d'accord, dit Logan à M. Kahn.

Il était content qu'ils n'aient pas encore décidé de le jeter dehors. Même s'il avait eu la frousse à la sortie de la bibliothèque et qu'il venait de donner le bracelet de sa mère, c'était sa meilleure journée depuis son arrivée à Xanadu. Et même, depuis que sa mère était partie.

Une porte donnait directement du garage dans la cuisine. C'était une pièce immense et accueillante, avec des casseroles en cuivre suspendues au plafond, une montagne d'ustensiles mystérieux empilés sur l'égouttoir près de l'évier, et des plats qui mijotaient sur le feu.

Une jardinière était installée devant la fenêtre. Les herbes aromatiques et les tomates-cerises faisaient comme un rideau de verdure. Ça sentait le pain à l'ail et la sauce bolognaise.

Logan faillit trébucher sur l'un des chiens de l'enfer qui était étalé sur le sol de pierre grise, d'où émanait une douce chaleur. La grosse bête battit une fois de la queue et ne leva même pas la tête. Zoé fronça les sourcils.

– Tu pourrais au moins faire semblant d'être un terrifiant chien de garde, Médor !

L'intéressé haleta gaiement, sortant sa grosse langue rose en la regardant.

– Tu n'as qu'à aller appeler ton père par là, Logan, lui dit Blue en désignant une porte sur la gauche.

Juste à côté s'ouvrait un passe-plat donnant dans la pièce voisine, où Blue posa les assiettes et les couverts que Zoé lui tendait.

Logan entra dans une pièce spacieuse. La partie la plus proche de la cuisine était une salle à manger. Son énorme table en bois avait dû être un arbre très longtemps avant d'entamer cette nouvelle carrière. On voyait encore les rainures et les veines du bois à sa surface.

Il fallait descendre deux marches pour arriver dans le salon qui s'étendait jusqu'au mur du fond, occupant pratiquement tout le rez-de-chaussée de la maison. Il était couvert de tapis et de tapisseries représentant des créatures fantastiques, avec de gros canapés moelleux et des coussins de sol dans tous les coins. Mais, surtout, il y avait des centaines et des centaines de livres – dans des bibliothèques, empilés sur des tables basses ou posés sur les fauteuils.

Pas de télé en vue, mais devant les grandes portes-fenêtres, Logan remarqua deux objets qui lui rappelèrent les télescopes de l'observatoire de la Sears Tower, le plus haut gratte-ciel de Chicago. Les fenêtres donnaient toutes sur la Ménagerie, de ses collines verdoyantes à son lac scintillant au clair de lune.

Logan s'assit sur l'une des chaises en bois autour de la table, brusquement épuisé. Il sortit son portable et appela son père.

Comme chaque fois, celui-ci répondit dès la première sonnerie.

– Salut, Logan. Désolé de ne pas être encore rentré.

– C'est bon, le rassura-t-il. Moi non plus, je ne suis pas à la maison. Il y a…

Il s'interrompit. Pouvait-il dire que Blue et Zoé étaient ses amis ? Pas encore. Des copains peut-être ?

– Y a un gars de ma classe qui m'a invité à dîner. Tu es d'accord ?

– Bien sûr, acquiesça son père, soulagé. Pas de problème. Il s'appelle comment ?

– Blue, répondit Logan.

Ça semblait plus simple que de parler de Zoé et de sa famille. Et puis, si son père s'imaginait qu'il sortait avec une fille, il allait en entendre parler pendant des semaines.

Son père eut un petit rire.

– Un nom original ! Je n'en ai jamais rencontré jusque-là. Il est cool ?

– Forcément, puisqu'il traîne avec moi, répliqua Logan qui jeta un coup d'œil à travers le passe-plat en souriant.

Blue y posa un pichet de thé glacé et lui rendit son sourire.

– D'accord, amuse-toi bien. Je rentrerai tard et je dois repartir très tôt demain matin. Mais dimanche soir, on se regarde le match des Bears, toi et moi ?

– OK ! Je serai sûrement pas mal occupé demain, moi aussi.

– Avec Blue ?

– Oui, sûrement.

Il espérait repartir à la chasse aux griffons. En fait, même si on ne le lui proposait pas, ça ne l'arrêterait pas. Il pouvait chercher les petits griffons tout seul, après tout.

– Très bien. Alors sois sage et amuse-toi bien. Je passerai te voir en rentrant ce soir.

– Ne travaille pas trop, fit Logan.

Il disait tout le temps ça, mais depuis que sa mère était partie, ça avait pris un autre sens. Comme s'il le pensait vraiment, désormais.

Il raccrocha et contempla la Ménagerie. L'une des licornes sortit en trottinant de l'écurie et s'arrêta au bord du lac, agitant sa tête pour faire danser sa crinière argentée. Logan se leva et contourna la table pour s'approcher de la fenêtre.

C'est alors qu'il s'arrêta net, le souffle coupé.

En entrant, il avait remarqué un gros truc en fourrure marron, qu'il avait pris pour un tapis à poils longs. Maintenant, il voyait bien qu'il s'était trompé.

Au beau milieu de la pièce, confortablement installé sur l'un des gros coussins orange, était couché un mammouth laineux.

Chapitre 17

Zoé s'appuya contre le comptoir de la cuisine et ferma un instant les yeux. Ils avaient récupéré la moitié des griffons… pourtant son stress n'avait pas diminué de moitié !

« Soit j'ai laissé le portail ouvert par mégarde, soit quelqu'un s'est faufilé jusqu'à l'enclos plus tard et l'a déverrouillé exprès. »

Elle ne savait même pas quelle hypothèse elle préférait.

– ZOÉ ! cria Keiko du premier étage. Je sais que tu es là. Ta saleté de Skype DÉLIRE complètement. Viens m'éteindre ça !

– Ce doit être Ruby, dit leur père en levant les yeux de la planche à découper. Passe-lui le bonjour et dis-lui que ce n'est pas grave qu'elle ne nous donne pas la moindre nouvelle, mais qu'on a hâte de recevoir son prochain appel quand elle aura besoin d'argent pour acheter tous ces bouquins qu'elle ne lit jamais.

– Je suis obligée de lui parler ? soupira Zoé. La dernière fois, elle a passé vingt minutes à m'expliquer pourquoi même un basilic sénile apprécierait que je porte des talons de temps en temps.

– Je finis de mettre le couvert, annonça Blue avec son grand sourire style « je suis bien content d'être fils unique ».

Zoé grimpa les marches quatre à quatre. Elle entendait l'étrange *tong-ting-tong bloup-bloup* de Skype s'échapper de son ordinateur portable. Dans leur chambre, Keiko était affalée sur son lit, plongée dans un devoir de maths. Elle avait enroulé ses deux longues nattes de chaque côté de sa tête, ce qui lui faisait deux petites oreilles d'ours.

– Éteins-moi ce truc, cingla-t-elle.

– Oui, j'ai passé une bonne journée, merci, répondit Zoé. Et toi ?

– Oh, vas-y, fais ta maline. Très original… comme tes goûts vestimentaires.

Elle ferma son livre de maths et quitta la pièce à grands pas.

« Merci de m'avoir collé DEUX sœurs insupportables. »

Zoé s'assit à son bureau et prit l'appel vidéo.

Instantanément, le visage de Ruby apparut à l'écran, penché vers la caméra. Elle fixait le coin inférieur gauche de son écran, où elle pouvait se voir, et n'arrêtait pas d'ajuster sa pose.

– Salut, Ruby, fit Zoé d'un ton détaché. Hé, tu es redevenue blonde !

Sa sœur avait un carré asymétrique. Les rubis en forme de cœur qui pendaient à ses oreilles étaient assortis à celui qu'elle avait dans le nez. Zoé savait que Jonathan lui avait offert ces boucles d'oreilles pour ses dix-huit ans. La fin tragique de leur relation n'avait visiblement pas dissuadé sa sœur de les porter.

– Zoé… mais qu'est-ce que tu as FAIT ? la questionna-t-elle.

Elle plissa les yeux.

– Oh, non ! Encore une chemise écossaise ? Je croyais qu'on en avait déjà discuté !

– Ruby, on va passer à table, donc…

– Arrête ! Comment pouvez-vous penser à avaler quoi que ce soit alors que les petits griffons sont perdus dans la nature ?

Zoé inspira calmement, ce qui ne la calma hélas pas du tout. Il n'y avait qu'une seule personne qui avait pu prévenir Ruby de leur disparition !

« Matthew, pourquoi tu m'as fait ça ? »

– C'est bon, on en a déjà retrouvé trois.

– Ah, oui ?

Ruby ouvrit la bouche pour vérifier ses dents et gratta une petite tache de rouge à lèvres sur une incisive.

– Et où étaient-ils passés ?

– À la bibli, à la banque et…

Zoé ne réussit pas à inventer un mensonge assez vite.

– Chez Logan.

– Qui ça ? s'étonna sa sœur. Logan ? Il n'a rien vu, hein ?

– C'est un garçon de ma classe, expliqua Zoé. Et… il nous donne un coup de main. Il entend les petits griffons dans sa tête, Ruby. C'est carrément impressionnant.

– Non, non, non ! fit-elle en pointant un doigt accusateur sur l'écran. Tu connais la règle, Zoé. Qu'il soit mignon ou pas, c'est pareil. Tu ne veux pas avoir le cœur brisé comme moi, hein ?

Zoé en avait plus qu'assez de l'entendre parler de son cœur brisé.

– Je n'ai jamais dit qu'il était mignon ! protesta-t-elle. Ça n'a rien à voir. Je le connais à peine. Il nous a aidés, c'est tout.

– Mais vous n'allez pas le laisser repartir avec tout ce qu'il sait au sujet de la Ménagerie, hein ?

« Et c'est elle qui me dit ça ? pensa amèrement Zoé. Quelle ironie du sort. »

– Ruby, on m'appelle pour dîner, déclara-t-elle en s'apprêtant à fermer la fenêtre.

– ZOÉ ! hurla sa sœur. Tu sais ce qui est en jeu ? Tu sais ce qui arrivera si la SPAM découvre que ces petits se sont échappés ?

– Évidemment que je le sais. Ils fermeront la Ménagerie. Et, évidemment, ce n'est pas ce que je souhaite, Ruby.

Elle était sincère. Même si parfois, elle aurait aimé

mener une vie normale, elle n'aurait pour rien au monde mis en danger la Ménagerie.

– Il n'y a pas que ça, affirma Ruby d'un ton triomphant. Papa et maman n'ont pas voulu te le dire, mais je pense que tu dois savoir. Depuis ce qui est arrivé en Amazonie l'an dernier, le protocole de la SPAM est d'éliminer toutes les créatures en fuite.

Zoé se figea, la main sur la souris. Elle avait le souffle coupé.

– Tu veux dire qu'ils envoient des exterminateurs ? C'est donc vrai ?

– Je sais juste que c'est leur nouveau protocole. S'ils trouvent un petit griffon en dehors de nos murs, ils le tueront. Ils risquent même de tuer ceux que vous avez récupérés pour qu'ils ne causent plus de problèmes.

– Ça n'a aucun sens ! s'indigna Zoé. Il s'agit d'un organisme de protection. C'est même dans leur nom.

– Protéger le secret de toutes les créatures fantastiques est plus important que la vie d'un ou deux individus, affirma Ruby en hochant la tête, faisant scintiller ses boucles d'oreilles. Et s'ils apprennent pour ton petit ami, ce sera encore pire. Qui sait ce qu'ils pourraient lui faire ? Je comprends ce que tu ressens, Zoé, mais tu dois être forte. Comme je l'ai été.

– Ça n'a rien à voir avec Jonathan, répliqua Zoé, agacée. Logan est juste un copain, pas mon petit ami.

« Et ce n'est pas non plus un sale menteur ni un voleur. »

– Tu peux te confier à moi, Zoé, insista Ruby.

Elle pencha la tête avec son air compatissant de sœur aînée.

– Je suis mieux placée que quiconque pour te comprendre.

– Alors là, vraiment, mais vraiment pas, répliqua Zoé.

– Bon, d'accord, reprit sa sœur. Je n'ai jamais perdu aucun animal de la Ménagerie, donc ça, ça m'échappe… Mais je sais ce que c'est de devoir renoncer à l'amour.

Elle poussa un soupir théâtral.

– SALUT, RUBY.

Zoé coupa la communication avant que sa sœur puisse en rajouter et l'enfoncer encore plus, puis elle éteignit l'ordinateur pour éviter qu'elle rappelle.

Alors, c'était vrai ? La SPAM tuerait les petits griffons si ses agents découvraient qu'ils s'étaient échappés ?

Zoé se massa les tempes, tentant vainement de soulager son mal de tête. Et que feraient-ils s'ils apprenaient, pour Logan ? Et si en rentrant chez lui ce soir, il parlait des griffons à quelqu'un – même s'il avait promis de garder le secret ? Elle ne le connaissait pas du tout. Pouvaient-ils se fier à lui pour quelque chose d'aussi important ?

Elle descendit lentement, observant son père d'en haut. Elle avait été surprise qu'il réagisse aussi calmement en apprenant l'évasion des griffons. Il faut dire que ses parents étaient tellement préoccupés par les réparations à faire avant le retour de la SPAM… Mais elle constatait que ses cheveux étaient de plus en plus ébouriffés – c'était mauvais signe. Et il ne sifflotait pas en préparant la salade, contrairement à son habitude.

Elle jeta un regard à Logan qui était en train de discuter avec Blue dans le salon.

« Je l'aime bien, mais c'est une menace. Comme Jonathan. Tant qu'il sait pour la Ménagerie, nous sommes en danger. D'accord, je n'ai pas pu récupérer tous les petits griffons aujourd'hui, mais il y a quelque chose que je peux faire pour tous nous protéger. »

Chapitre 18

– Je sais ce que tu te dis, affirma Blue en rejoignant Logan. Un truc du genre : « Non, mais attends, un mammouth, c'est pas une créature fantastique ! »

– Ouh là, c'est bien trop élaboré. Non, mon cerveau a juste bugué sur : « Hé, y a un mammouth couché par terre ! »

Il en avait la chair de poule.

– Je devrais vous demander la liste de tous vos pensionnaires, pour ne pas tomber à la renverse à chaque fois.

Blue éclata de rire.

Le mammouth grogna et roula sur le côté, avec la trompe qui dépassait du coussin. Il avait deux petites défenses couleur miel et deux grosses touffes de poils bruns au-dessus des yeux.

– Ouais, t'as raison, confirma Logan. Un mammouth,

c'est pas une créature fantastique. Ça a vraiment existé, il y a une éternité. Non ?

– Oui. L'une de nos meilleures traqueuses l'a trouvé dans un genre de laboratoire de clonage alors qu'il n'avait qu'un mois ou deux. Il n'était pas en sécurité dans ce labo, mais, franchement, où voulais-tu qu'il aille ? Elle s'est dit que la Ménagerie était l'endroit rêvé pour lui.

– Il n'a pas encore sa taille adulte, si ? demanda Logan.

L'animal couché à ses pieds était plus grand qu'un cheval, mais pas aussi énorme qu'il l'aurait imaginé.

– Nan, Cap'taine a deux ans seulement, répondit Blue. Il n'a pas encore la taille d'un éléphant. Ça ne va pas être marrant, le jour où on devra lui expliquer que non, il ne peut plus dormir dans la maison.

Zoé arriva avec les verres et commença à les disposer autour de la table.

– Il adore Zoé, ajouta Blue.

L'expression de la jeune fille se détendit tandis qu'elle contemplait le gros tas de poils en souriant.

– C'est l'animal le plus chouette de toute la Ménagerie.

Sitôt le dernier verre posé, elle vint s'agenouiller près du mammouth. Il se blottit contre elle, sommeillant toujours, tandis qu'elle lui caressait vigoureusement le flanc. En quelques secondes, son jean fut couvert de longs poils bruns.

– Ah ! D'accord ! s'exclama Logan.

Il reconnaissait maintenant l'odeur qui se mêlait aux délicieux fumets de la cuisine.

– C'est de là que…

Il s'interrompit.

Sans doute valait-il mieux éviter de dire à Zoé que son sac à dos sentait mauvais.

Elle s'épousseta d'un air penaud.

– Je sais, je suis tout le temps cracra. J'ai beau passer la brosse à poils sur mes vêtements dix fois par jour…

Elle haussa les épaules et serra le mammouth dans ses bras.

– Tant pis ! Cap'taine Moumoute le vaut bien !

Logan la comprenait. Lui aussi, il se serait moqué de l'odeur ou des poils s'il avait eu un animal pareil à la maison.

Cap'taine Moumoute leva la tête et la secoua à la manière d'un chien, faisant voler ses oreilles. Il ouvrit ses grands yeux marron et toucha le visage de Zoé avec sa trompe. Puis il la dressa et la fit pivoter à la manière d'un télescope, tout en remuant l'extrémité comme si elle flairait les environs. Le mammouth la tourna vers les garçons. Son regard s'arrêta sur Logan. L'énorme animal se leva d'un bond, repoussant brusquement Zoé. Il le toisa un instant et, soudain, se mit à charger.

– Moumoute ! Arrête ! hurla Zoé.

Logan eut juste le temps de voir les petites défenses foncer sur lui et de se dire qu'il allait être la première personne tuée par un mammouth laineux depuis des millénaires.

Une seconde plus tard, la trompe poilue s'enroula autour de sa taille et le souleva du sol. Logan eut l'impression que la pièce tournait comme un manège autour de lui. Et il se retrouva les yeux dans les yeux avec Cap'taine Moumoute.

Toute son angoisse s'évanouit d'un coup. Le mammouth était visiblement ravi.

– Moumoute ! Repose-le avant que je te mette dehors ! Ce n'est pas une manière de traiter les invités.

Un nouveau tour de manège et le mammouth le reposa par terre. Il le tâta avec sa trompe, comme pour vérifier qu'il ne lui avait pas fait mal. Il s'arrêta au niveau de sa main, qu'il poussa délicatement.

En riant, Logan tendit le poing et ils firent un check.

– Tiens ! s'exclama M. Kahn qui arrivait de la cuisine. Je ne l'ai vu faire ça qu'une seule fois. D'habitude, Moumoute est très timide avec les étrangers. Il faut croire que, en plus de murmurer à l'oreille des griffons, tu as aussi un lien particulier avec les mammouths.

– Cool ! s'exclama le garçon en levant le bras pour caresser Cap'taine entre les deux yeux.

Il devait faire à peu près un mètre quatre-vingts, comme son père et sa mère. Moumoute émit un grondement satisfait et tapota le front de Logan avec sa trompe.

– Cool ! commenta Zoé. Maintenant, il ne te reste plus qu'à aller faire la causette avec le kelpie. S'il a la bonté de ne pas te dévorer, je fais mes bagages et je pars m'installer à New York.

– C'est quoi, un kelpie ? demanda Logan, un peu gêné.

– Tu préfères ne pas savoir, affirma Blue. Et ne jamais le croiser. Il est encore plus odieux que les licornes.

– Et carrément plus meurtrier, renchérit Zoé en contournant le mammouth pour s'asseoir à table. Mais c'est dans la nature des kelpies…

– Ridicule ! affirma sa mère qui avait surpris la fin de la conversation en rentrant du jardin par la porte-fenêtre. Il faut juste continuer l'éducation positive, renforcer les bons comportements par la récompense, voilà tout.

Les étranges bruits nocturnes montant de la Ménagerie se turent lorsqu'elle referma la baie coulissante derrière elle.

Zoé leva les yeux au ciel.

– Logan, assieds-toi là, dit-elle en désignant la chaise en face d'elle.

Le garçon obéit et le mammouth se laissa lourdement tomber à ses côtés, ébranlant toute la maison.

Le verre de Logan était déjà rempli de thé glacé à la myrtille. Il allait le prendre quand Blue lui tendit une assiette de pain à l'ail. Et il y avait aussi une salade et deux grands plats de pâtes, l'un avec boulettes de viande, l'autre sans.

– Keiko ! cria la mère de Zoé. À table !

– J'ai pas faim ! répondit-elle d'en haut.

Logan se rappelait parfaitement la fille désagréable qui accompagnait Zoé et Blue le matin même.

– Keiko habite aussi ici ? s'étonna-t-il.

– Ouais, confirma Zoé, on l'a adoptée l'an dernier.

– Zoé ! fit son père d'un ton de reproche.

– Quoi ? Qu'est-ce que j'ai dit ?

– Il y a des boulettes de dinde, ajouta Mme Kahn d'une voix enjôleuse.

– J'ai horreur de ça ! répliqua Keiko.

Mme Kahn soupira. Blue se mordit les lèvres pour ne pas rire.

– Elle mangera quand elle aura faim, assura son mari d'un ton posé. Contrairement à Mélissa qui se laisserait mourir de faim, sans même s'en rendre compte, le nez sur sa calculatrice.

Il détacha un talkie-walkie de sa ceinture et parla dans le micro :

– Mélissa, pose ce formulaire B75004 et viens dîner.

Le talkie-walkie grésilla et une voix affolée demanda :

– Le formulaire B75004 ? Pourquoi ? Qui a été mangé par un grindylow[1] et comment se fait-il que je ne sois pas au courant ?

– Je plaisantais, Mélissa, répondit le père de Zoé. Le dîner est prêt.

---

1. Créature du folklore anglais qui attrape les enfants avec ses longs bras et les attire au fond des étangs. (*Note de la traductrice*.)

– Ah, mais ce n'est pas drôle du tout. On ne plaisante pas avec ce genre de choses. Le formulaire B75004 est extrêmement complexe et comprend d'innombrables cases à remplir.

Blue et Zoé échangèrent un regard amusé. Logan sursauta lorsqu'une porte s'ouvrit à l'autre bout du salon. La femme en tailleur et collier de perles entra, toujours aussi chic et bien mise que plus tôt dans la journée. Elle traversa la pièce sur ses hauts talons, sans cesser de parcourir la feuille qu'elle avait à la main, et faillit percuter Matthew qui rentrait par la porte-fenêtre.

– Les licornes ont quitté leurs royales écuries pour leur galop au clair de lune, annonça-t-il. Et Néro a retrouvé la forme… et toute son énergie pour se lamenter sur son sort. Il veut vous montrer son nouveau look, je l'ai donc laissé sortir un instant.

Il désigna la fenêtre.

Le phénix paradait devant la vitre, tête haute, l'air extrêmement satisfait de sa personne.

Logan en resta bouche bée : il portait un minuscule sweat-shirt à capuche bleu marine qui ressemblait étrangement au sien, mis à part qu'il était à sa taille.

Matthew et Blue éclatèrent de rire.

– Alors là, jamais je n'aurais imaginé ! C'est dingue ! Et il l'adore, si ça peut te consoler, Logan.

« Oui, plus ou moins », devait-il reconnaître. Le phénix retourna à la volière en se pavanant.

Matthew s'assit à côté de sa sœur et vida dans son assiette la moitié du plat de spaghettis aux boulettes.

– Scratch n'a encore pratiquement rien mangé ce soir, mais il dit que ça va.

Zoé sortit un carnet où elle nota quelque chose que Logan ne put déchiffrer. On aurait dit une ligne de triangles et de gribouillis au milieu d'une page complète de triangles et de gribouillis.

– Salut, m'man, fit Blue en tirant la chaise voisine.

Mélissa leva enfin le nez de son papier et se pencha pour déposer un baiser sur son crâne. Puis elle se figea en voyant Logan.

– Bon sang, mais ce n'est pas Keiko !

– Ah, oui ? fit Blue, l'air faussement surpris. Pourtant ça y ressemble. Hé, toi ! Qu'est-ce que tu fais là ?

– Ce n'est pas drôle, Blue, affirma sa mère tandis que Logan ravalait bien vite son rire. Tu connais la règle : pas d'invités à la maison.

Son regard tomba alors sur le mammouth couché au pied de la table et elle écarquilla les yeux. Elle fit une grimace paniquée en donnant de petits coups de tête, du genre : « Le mammouth est juste là ! Il risque de le voir ! »

– C'est bon, maman, la rassura Blue. C'est Logan. Logan, je te présente ma mère. Il est au courant pour la Ménagerie. Il nous aide à retrouver les griffons.

– Quoi ?

Mélissa se releva comme un diable à ressort.

– Mais… et les formulaires ? La clause de

confidentialité ? La demande d'autorisation exceptionnelle d'accès pour une personne étrangère à la structure ? L'enquête de moralité ?

Elle lissa nerveusement ses cheveux parfaitement coiffés.

– Nous avons déjà assez de problèmes avec la SPAM. S'ils le trouvent ici dimanche…

– Détends-toi, maman. Il nous a déjà aidés à récupérer trois petits griffons, l'informa son fils.

– Enfin, je n'ai…, commença l'intéressé, mais Zoé lui flanqua un coup de pied sous la table.

Mélissa se rassit, l'air un peu moins paniqué.

– Déjà trois ? C'est prometteur.

Elle se servit de la salade et entreprit d'y repêcher la moindre rondelle de concombre de la pointe de sa fourchette pour les mettre dans une petite assiette. Logan remarqua que Blue avait fait de même.

– Désolée, Logan, s'excusa Mme Kahn, mais pendant le dîner, nous allons devoir passer en revue notre liste de réparations à faire avant la contre-visite de la SPAM.

Le garçon s'aperçut alors que tout le monde avait un calepin à côté de son assiette, à part Blue et lui.

– On a beaucoup à faire d'ici dimanche, reconnut M. Kahn en se massant les tempes exactement comme le faisait Zoé. Par pitié, dites-moi que quelqu'un a réparé la caméra de sécurité du nid du roc.

Comme un silence accueillit sa demande, il soupira :

– Je le ferai après dîner.

Logan allait prendre son verre de thé glacé quand un bol de fromage râpé surgit sous son nez.

– La sauce est encore meilleure avec ça, affirma Blue. Essaie, je t'assure.

– D'accord.

Tandis qu'il parsemait son assiette de fromage, il remarqua que Zoé les regardait bizarrement, Blue et lui.

– La SPAM a l'air de vous terrifier, dit-il.

– Oh, oui ! s'écria Blue. Ils ont tout un tas de règles, surtout pour nous, les sirènes.

– Les règles sont là pour assurer la protection des créatures fantastiques *et* des humains, leur rappela Mélissa.

– Mais tout de même, ils chipotent, affirma la mère de Zoé en agitant son carnet. Ils sont très durs avec nous alors que le jackalope est en pleine forme.

– Ch'est comme l'enclos pour le dragon chinois qu'on n'a chamais eu, renchérit Matthew, la bouche pleine. Cha fait seulement quelques mois qu'on l'attend. Je ne vois pas pourquoi on devrait déjà reconvertir cet espace en autre chose.

– La SPAM ne nous porte pas dans son cœur, affirma Zoé d'un ton abattu.

Mélissa secoua la tête.

– Et s'ils apprennent que les petits griffons se sont échappés, ils nous feront fermer sans aucune hésitation.

Elle prit une boulette de viande qu'elle coupa en tout petits morceaux dans sa salade.

Fermer la Ménagerie ? Alors qu'il venait juste de la

découvrir ? Le cœur de Logan se serra. Il n'imaginait pas reprendre sa vie ordinaire maintenant qu'il savait que les griffons, les licornes et les dragons existaient pour de vrai.

– C'est ce qui s'est passé en Amazonie, non ? demanda Zoé à Mélissa.

Son père lui lança un regard noir.

– Oh, oui.

Mélissa avala un minuscule bout de tomate.

– C'était affreux. L'un des dragons est devenu fou et a tué plusieurs personnes. Il ne suffit parfois que d'une seule créature mal embouchée pour tout gâcher. Ils ont fermé la structure entière. Je n'ose même pas imaginer tous les formulaires qu'ils ont dû remplir !

– Et que sont devenus les autres animaux ? demanda Zoé.

– Qui veut du dessert ? proposa son père en se levant. Du crumble à la poire ?

– Eh bien, évidemment, ils en ont euthanasié la moitié, poursuivit Mélissa, concentrée sur sa salade. Ceux qui étaient trop compliqués à déplacer. Dans ce genre d'affaire, ils ne sauvent que les espèces les plus rares. Ici, par exemple, ça vaudrait la peine de conserver le phénix, l'oie et le kraken, mais sans doute pas les griffons ni les dragons.

Logan la dévisagea, atterré. Elle avait bien dit « euthanasié » ?

Intriguée par le silence soudain autour de la table, Mélissa leva enfin la tête, l'air surpris.

Zoé laissa tomber ses couverts avec fracas.

– Alors c'est vrai, papa ! Et tu ne me l'as pas dit !

– On ne voulait pas t'inquiéter davantage, déclara sa mère en lançant un regard plein de reproches à Mélissa.

– Eh bien, peut-être que vous devriez davantage vous inquiéter, vous ! Je ne savais pas que les animaux risquaient l'euthanasie ! On devrait être dehors en train de chercher ces griffons à l'heure qu'il est !

Elle avait l'air au bord des larmes.

Logan avait une grosse boule dans la gorge en pensant aux petits griffons – Squorp, Flurp, et Clink… –, comment pouvait-on leur vouloir le moindre mal ?

Il prit son verre de thé glacé et le porta à sa bouche.

Mais, soudain, on lui arracha des mains. Le thé se répandit sur son pantalon et aspergea le mammouth. Moumoute leva la tête, surpris, tandis que Logan sautait sur ses pieds en hurlant.

– Blue, mais qu'est-ce que c'est que ce comportement ? s'indigna sa mère.

Logan dévisagea sans comprendre le garçon qui pointait un doigt accusateur sur Zoé.

– Je sais ce que tu veux faire, affirma Blue. Et je ne suis pas d'accord.

Il regarda Logan dans les yeux.

– Désolé, mon vieux, mais Zoé voulait effacer tes souvenirs.

Chapitre 19

– Zoé ! s'écria sa mère.

– Blue !

Mélissa posa sa fourchette et dévisagea son fils, sourcils froncés.

– On ne parle pas de ça devant les étrangers.

Les pensées se bousculaient dans la tête de Logan. Il se sentait complètement perdu, trahi et aussi très très mouillé.

– Tu plaisantes, pas vrai ? fit-il en se tournant vers Blue. C'est impossible, hein ? Effacer mes souvenirs… comme dans *Men in Black* ?

– Oui, un peu. Mais en utilisant de l'encre de kraken à la place de la technologie extraterrestre.

– BLUE !

Mélissa se leva.

– Ça suffit ! File dans ta chambre immédiatement !

– D'accord, mais Logan vient avec moi, répliqua le garçon. Viens, je vais te prêter un jean sec.

Il se leva en lançant à Zoé un regard de défi.

Elle enfouit son visage dans ses mains.

– C'est bon, Mélissa, intervint M. Kahn. Mais toi, Zoé… c'est très grave !

Logan ne savait pas comment réagir. Il suivit Blue jusqu'au grand escalier de l'entrée. Ses baskets couinaient à chaque pas et son jean lui collait aux jambes.

– Cet endroit en a après mes vêtements, décidément, essaya-t-il de blaguer.

– Un conseil : ne bois rien d'autre que de l'eau tant que tu es ici. Si quelqu'un met de l'encre de kraken dedans tu t'en rendras compte, car elle deviendra violette.

Il s'interrompit avant de résumer :

– Donc… ne bois pas d'eau violette.

Il avait pris la petite assiette pleine de concombres repêchés dans la salade.

– Mais… pourquoi Zoé me ferait-elle ça ? s'étonna Logan.

Il s'arrêta en haut des marches, les poings serrés. La colère le submergeait. Il n'avait pas trahi leur confiance, il les avait aidés, au contraire. Il avait ramené Squorp au lieu de le garder pour lui. Il avait donné le bracelet de sa mère à Clink pour la calmer.

– Parce qu'on fait ça à chaque fois, expliqua Blue. C'est le règlement de la Ménagerie. Mais pour toi… je pense que c'est différent.

Il écarta une mèche de cheveux de ses yeux et vérifia l'un des petits écrans vidéo insérés dans le mur, là où, dans toute autre maison, on accroche habituellement les photos de famille. Logan distingua une grosse masse sombre dont s'échappaient de petites bulles. Sous l'écran, l'étiquette indiquait : « Système de surveillance du kraken ».

Blue hocha la tête d'un air satisfait, ouvrit la porte voisine et fit signe à Logan de le suivre.

Sa chambre était tout à fait ordinaire… et, en même temps, on reconnaissait le style inimitable de Blue. Les murs étaient turquoise pâle et le tapis vert foncé, à poils longs, comme des algues. Un mobile avec des poissons en verre multicolore pendait du plafond. Au-dessus du lit était accroché un poster de Michael Phelps, le célèbre nageur, en pleine action, soulevant des gerbes d'eau. Et sur le mur d'en face, il y avait un panneau de liège couvert de photos d'animaux marins que Blue avait dû prendre lui-même et des affiches de la Grande Barrière de corail ou de l'île de Madagascar.

Même l'écran de veille de l'ordinateur, sur le bureau, était sur le même thème : un hippocampe y flottait paisiblement au milieu des bulles. *Les Sorcières de Salem* était posé au milieu d'un tas de bouquins sur Thomas Jefferson. Et dans un petit cadre, il aperçut une photo de Mélissa avec un homme immense, aux cheveux verts, sur une plage. Logan avait eu du mal à la reconnaître, car elle avait les cheveux lâchés et le sourire aux lèvres. L'homme aux cheveux verts tenait par la main un petit garçon tout blond.

Blue posa les concombres près d'un grand aquarium plongé dans la pénombre. Avant qu'il l'allume, Logan aperçut une petite patte verte palmée collée contre la vitre, attirée par les concombres.

– Bon, n'aie pas peur, c'est juste un kappa, OK ? le prévint Blue.

– Un quoi ?

Le néon éclaira l'aquarium. Entre les longues algues ondoyantes apparut un visage… qui sourit malicieusement en voyant Logan sursauter.

La créature faisait la taille d'un bébé de un an, pas trop dodu, et était couverte d'écailles vertes. Son corps semblait visqueux, un peu comme celui d'une grenouille, mais avec une carapace de tortue sur le dos. Et sa petite tête de singe était munie d'un bec, un bec muni de dents pointues. Une sorte de cratère s'ouvrait au sommet de son crâne. Il tapota contre la vitre en fixant les concombres avec envie.

– Ne t'approche pas trop, conseilla Blue. Les kappas mangent les enfants mais, à choisir, ils préfèrent les concombres.

– Ce… cette bestiole me mangerait ? fit Logan, fasciné. Mais elle est minuscule.

– Oui, mais le kappa est plus costaud qu'il n'en a l'air, répondit Blue. S'il te propose un bras de fer, refuse – conseil d'ami.

Il glissa deux tranches de concombre par une fente sur le dessus de l'aquarium. Le kappa les saisit entre ses pattes palmées et n'en fit qu'une bouchée.

– Bien sûr, tu ne le comprendrais pas s'il s'adressait à toi, car il parle seulement japonais. Keiko discute avec lui de temps en temps, mais je suis sûr qu'elle ne fait que l'énerver.

Il introduisit encore quelques tranches de concombre dans la fente, puis alla fouiller dans son armoire.

Le kappa resta à dévisager Logan de ses yeux sombres et espiègles.

– Tu disais que c'était dans le règlement de la Ménagerie d'effacer les souvenirs des gens, reprit Logan. Tous ceux qui passent ici ? Vous faites ça tout le temps ?

– On n'a pas beaucoup de visiteurs, nuança Blue. Alors ce n'est pas très fréquent, mais chaque fois qu'un étranger pénètre dans la Ménagerie, oui.

Il lui jeta le jean qu'il avait tiré de son armoire.

– Tiens, essaie ça.

– Sans rien leur dire ? s'étonna Logan en ôtant ses baskets. Vous leur volez leurs souvenirs sans les prévenir ?

Ça lui donnait la chair de poule de penser qu'on pouvait ainsi jouer avec sa mémoire ! Aurait-il oublié l'existence de son père… ou de sa mère ?

Blue redonna un peu de concombre au kappa.

– Ils ne repartent pas complètement amnésiques, attention ! L'encre de kraken n'efface que les souvenirs des rencontres surnaturelles. Plus tu as vu de créatures fantastiques, plus tu en as besoin. Comme tu n'as passé qu'une seule journée ici, quelques gouttes auraient suffi. Tu te serais réveillé demain matin, un peu cotonneux, comme si tu avais dormi tout l'après-midi. Tu te serais rappelé être allé à la bibli, mais sans bien savoir pourquoi et, surtout, tu aurais tout oublié des bébés griffons et de la Ménagerie.

– Et le bracelet de ma mère, explosa Logan, Zoé me l'aurait rendu ? Ou m'aurait-elle laissé croire que je l'avais perdu je ne sais où ?

Blue repoussa sa mèche blonde et lui lança un regard penaud.

– Je n'en sais rien. Écoute, je déteste ce règlement, mais c'est pour protéger la Ménagerie.

– Mais pas de moi ! protesta Logan. Je veux vous aider. Je n'en parlerai à personne.

– Je te crois, fit une voix dans leur dos.

Les deux garçons se retournèrent d'un bond. Zoé se tenait sur le seuil, bras croisés et tête basse. Elle devait être là depuis un moment.

Logan lui lança un regard noir.

– Je veux dire, j'ai envie de te croire, reprit-elle. Mais on a déjà tellement de problèmes. Je voulais juste… Tu comprends ?

– Non, c'est pas cool, répliqua Logan en s'asseyant sur le lit de Blue.

Le pire c'était que… en fait, si, il comprenait. Il aurait fait n'importe quoi pour protéger les griffons et cet endroit. Cependant, dans son esprit, cela incluait

Zoé et Blue. Il pensait qu'ils commençaient à former une équipe… ou à être amis, quoi.

Sauf qu'une amie n'aurait jamais touché à sa mémoire.

– Je suis désolée, dit-elle en se massant les tempes. Papa est hors de lui. Il dit qu'on a besoin de toi. Je sais qu'il a raison mais… ma sœur m'a fait peur. La dernière fois qu'on a laissé un étranger aller et venir dans la Ménagerie… on pensait qu'on pouvait lui faire confiance, mais en réalité, on s'était complètement trompés sur son compte et ça nous a causé beaucoup, beaucoup de soucis.

– Je te propose un truc, fit Blue. Et si Logan restait dormir ? Comme ça, il pourrait nous aider à récupérer les autres petits griffons demain, et on garderait un œil sur lui pour être sûrs qu'il ne mette pas tout ce qu'il a vu ici sur Internet à peine rentré chez lui.

Il lança une rondelle de concombre à Logan.

– Qu'est-ce que t'en dis ? Le samedi, c'est Zoé qui prépare le petit déj'.

Logan attrapa le concombre et le relança à Zoé. Elle l'esquiva et il alla s'écraser mollement contre le mur du couloir.

– Oui mais… comment être sûr que vous ne me ferez pas un lavage de cerveau pendant que je dormirai ? objecta Logan.

– C'est impossible, répliqua Zoé, agacée.

– Mmm… pas très rassurant, commenta-t-il.

– Tu as ma parole, intervint Blue.

Il traversa la pièce et lui tendit la main.

– Parole d'homme-poisson. Je ne laisserai personne effacer ta mémoire à moins que tu représentes un réel danger pour la Ménagerie.

Logan regarda Zoé, qui acquiesça, toujours tête baissée, repoussant le tapis du bout du pied.

– Ça marche ! fit-il en serrant la main de Blue.

Il était sûr que son père serait d'accord. Et, bien que la trahison de Zoé lui ait laissé un goût amer, il avait tout de même envie de rester. De voir les dragons. De traîner avec Blue.

Et surtout, il voulait les aider à sauver Squorp et ses frères et sœurs.

Chapitre 20

– AAAAAAH !

Un hurlement strident réveilla Logan le lendemain matin. Il jeta un coup d'œil vers la fenêtre : il faisait toujours nuit.

– Qui a laissé traîner une tranche de CONCOMBRE en plein milieu du couloir ? brailla une voix. Exprès pour qu'on marche dessus. C'est RÉPUGNANT !

– Oh, non, souffla Blue, fais semblant de dormir.

Logan tira le sac de couchage par-dessus sa tête alors que la porte de la chambre s'ouvrait à la volée.

– Je sais que c'est toi, monsieur Fish ! décréta Keiko en lançant le concombre sur Blue.

Logan ne l'avait pas vue la veille au soir, mais il savait qu'elle savait qu'il était là. Sauf qu'elle l'ignorait délibérément.

– Désolé, marmonna Blue d'une voix ensommeillée.

Keiko grogna en claquant la porte derrière elle.

– On ferait peut-être bien de se lever, suggéra Logan. On pourrait avancer sur la liste des réparations ou partir à la chasse aux griffons.

D'après le réveil de Blue, il n'était même pas sept heures, ce qui était affreusement tôt pour un samedi, mais Logan n'avait pas bien dormi et ne tenait pas en place.

– *Mmmmpf*, marmonna Blue en cachant sa tête sous son oreiller.

Logan sortit de son duvet, enfila le jean et le sweat qu'il lui avait prêtés et se faufila dans le couloir. Keiko avait disparu, mais il entendait la douche couler dans la salle de bains. Visiblement, il n'y avait personne d'autre debout, toutes les chambres semblaient plongées dans l'obscurité.

Ils avaient travaillé tard sur la liste de la SPAM. Matthew et Mme Kahn n'étaient même pas encore revenus quand les garçons étaient allés se coucher. Zoé avait dû aller se laver et nourrir un certain mapinguari – ce qui était vraisemblablement dans ses attributions –, tandis que Logan avait passé la soirée à aider Blue à clouer un nouveau toit sur l'énorme niche des chiens de l'enfer, juste à côté de la maison. Les quatre bêtes les avaient regardés faire, avec leurs yeux rouges étincelants et leurs langues pendantes.

Logan se dirigea vers l'escalier en jetant un coup d'œil aux écrans au passage. Il vit l'enclos des griffons où Squorp et Flurp dormaient étalés sur le dos de leur mère. Elle avait beau remuer, cherchant une position plus confortable, ils se blottissaient encore plus contre elle. Riff était étendu devant le portail, comme pour monter la garde.

Clink se tenait à l'entrée de la grotte, l'air féroce, prête à donner un coup de bec à la moindre feuille qui oserait tomber près d'elle. Logan sourit. Il se demandait si elle était restée éveillée toute la nuit à garder son bracelet et si elle avait l'intention de fermer l'œil un jour…

Il trouva ses chaussettes et ses baskets dans le sèche-linge de la cuisine et les enfila. Cap'taine Moumoute n'était pas dans le salon, mais il avait entendu des ronflements monstrueux s'échapper de la chambre de Zoé ; il supposa donc que le mammouth dormait avec elle. Il contourna les gros coussins pour ouvrir la porte-fenêtre donnant sur la Ménagerie.

Dehors il faisait frais, le ciel matinal était un peu brumeux et voilé. Logan se frotta les yeux et descendit vers le lac. Cléopâtre et Charlemagne étaient au bord de l'eau, en train de boire. Ils levèrent la tête pour le regarder, leurs cornes brillant d'un éclat argenté dans la pâle lueur de l'aube.

Logan avait retenu la leçon de la veille et s'inclina bien bas. Les licornes échangèrent un regard ravi, puis lui adressèrent un signe de tête princier.

Il suivit le sentier jusqu'à l'enclos des griffons et contempla un instant le portail. Facile à déverrouiller de l'extérieur… mais qui avait bien pu faire ça ?

Il avait bien envie d'y entrer, mais préféra ne causer aucun incident pouvant conduire à un « effaçage » en règle de sa mémoire. Il fit donc le tour de l'enclos et trouva un rocher où il se percha, accoudé à la clôture.

Clink tourna instantanément la tête vers lui et le fixa d'un regard noir. Quand elle le reconnut, elle battit de la queue.

– Ton trésor est en sécurité, petit humain, assura-t-elle. Ne t'inquiète pas.

– Je sais ! répondit Logan en levant le pouce.

« Petit humain ! » Il n'était pourtant pas petit pour son âge… même s'il avait dû rouler le bas du jean de Blue – ce qui était assez vexant.

– *Pssst !* fit Logan à voix basse pour ne pas réveiller Nira ou Riff. Squorp !

Le griffonnet doré s'étira paresseusement en plantant ses griffes dans le dos de sa mère. Elle gigota, déploya ses ailes… et l'envoya rouler par terre. Squorp s'assit, surpris. Il avait les plumes en bataille et le poil tout ébouriffé. Logan lui fit signe.

– Logan !

Squorp s'ébroua comme un chiot et courut jusqu'à la clôture.

– Tu m'as manqué !

Il sautilla sur place en battant des ailes pour que le garçon puisse lui caresser la tête.

– Tu m'as apporté de la vache ?

– Non, désolé, p'tit pote, pas de vache. Mais tu m'as drôlement manqué aussi.

– *Oh, ATTENDS!*

Squorp arrêta de sauter et le toisa d'un air grognon.

– *Squorp est fâché après toi.*

– Fâché ? Pourquoi ? Désolé, je n'ai pas pu t'apporter à manger mais la prochaine fois…

– *Pas pour la vache!*

Il fouetta l'air de sa queue. Et tendit son bec pointu vers Clink.

– *D'abord, Logan a ramené CHEFTAINE RÂLEUSE. Ça, c'est pas malin! On s'amuse beaucoup mieux sans elle. ET PUIS...*

Il marqua une pause dramatique, le poitrail gonflé d'indignation.

– *ET PUIS Logan a donné son trésor À CLINK et PAS À SQUORP!*

Le griffon fit claquer son bec, furieux.

– *Et Squorp, ALORS? Où il est le TRÉSOR DE SQUORP?*

– Je te demande pardon.

Logan se pencha par-dessus la clôture, mais le griffon recula, levant le menton d'un air outragé.

– Je vais te trouver un trésor, d'accord ? Un super beau trésor, promis.

– *Gruumpf!*

– Surtout si tu m'aides à retrouver les autres petits, renchérit Logan. Tu peux me parler d'eux ?

Squorp hésita. Il aurait voulu rester fâché… et, en même temps, il ne pouvait pas résister à l'envie de parler de ses frères et sœurs.

– Tu serais un héros, Squorp, insista Logan.

Il se rappela les plumes qu'il avait aperçues sur le perron de la poste.

– Il y en a un marron foncé, c'est ça ?

Squorp éternua violemment, et toutes ses plumes se gonflèrent.

– C'est Clonk ! Pff. Clonk aimerait être chef à la place de Clink. Il la copie tout le temps.

– Tu sais par où il est allé quand vous vous êtes séparés ?

Squorp secoua la tête.

– Il a essayé de suivre Clink mais elle l'a mordu. Pauvre Clonk. Pas très cool. Pas comme Squorp.

– C'est vrai que tu es cool, confirma Logan. Et les deux autres ? Ils sont comment ? Ils ont choisi leurs noms ?

– Non, pas encore. Petite sœur grise, très futée. Trop futée. Toujours en train de réfléchir au lieu de jouer ou de manger. Pas normal.

– Quel genre de trésor pourrait lui plaire ?

– Un truc secret... Le secret le mieux gardé de la ville.

Logan se caressa pensivement le front. Où pourrait-on trouver un trésor secret dans une petite ville comme Xanadu ?

– Et le dernier ?

– Frère roux. Super drôle sauf à l'heure de manger.

Il déploya ses ailes de toute leur envergure.

– Toujours affamé ! Il prend tout pour lui. Il veut pas partager ! Il aime encore plus la vache que Squorp.

Le griffonnet lui jeta un regard mauvais.

– Logan a pas intérêt à lui donner la vache de SQUORP !

– Ne t'en fais pas, répondit le garçon en souriant, je vais t'apporter plein de steaks. Merci, merci, merci, tu m'as beaucoup aidé.

Squorp lissa ses plumes du bout d'une griffe.

– Squorp très très utile.

– Oui, tu es formidable.

– Squorp FORMIDABLE.

– Si tu repenses à un détail qui pourrait m'aider, tu me le dis, d'accord ? Je repasserai plus tard dans la journée. Mais j'ai intérêt à retourner à la maison avant qu'ils s'aperçoivent de mon absence.

– Salut, Logan ! Reviens vite ! Avec du trésor et de la vache !

Squorp battit des ailes et se rua sur sa mère, l'air affamé.

« Oups, pensa Logan. Pauvre Nira. »

Il sauta vite de son rocher pour ne pas être la première personne que la griffonne ensommeillée apercevrait en ouvrant les yeux. Elle ne serait sans doute pas ravie qu'il ait réveillé Squorp aussi tôt.

Tandis qu'il retournait vers le lac, il se produisit quelque chose de bizarre. C'était difficile à décrire : Logan eut l'impression qu'une grande ombre passait au-dessus de sa tête, accompagnée d'un courant d'air chaud. Mais lorsqu'il leva la tête, il ne vit que le ciel gris.

Il entendit Pelly criailler dans la volière et des

grondements sourds s'échappèrent des grottes dans la montagne – il supposa que les dragons étaient en train de se réveiller. Il avait bien envie d'aller les voir tout de suite, de profiter de l'occasion, avant qu'on efface sa mémoire. Mais ce n'était sûrement pas une bonne idée d'aller se balader dans l'habitat des dragons sans y avoir été invité.

Il leva la tête vers la maison et vit de la lumière à l'étage. Quelqu'un était réveillé. Il était temps de rentrer.

Mais lorsqu'il baissa à nouveau les yeux, il aperçut une créature, non loin de lui, sur le rivage – une créature qu'il n'avait pas vue auparavant.

Un cheval à la robe gris foncé et à la crinière trempée. Il le regardait avec ses grands yeux doux, l'air de dire : « Je te comprends. Tu es l'ami que j'attends depuis toujours. »

– Waouh, souffla Logan.

Il avait l'impression que le cheval l'appelait. Il s'approcha prudemment, la main tendue. L'animal poussa un petit hennissement.

Il s'agissait sans doute d'un cheval ordinaire qui tenait compagnie aux licornes – comme les oiseaux de la volière – ou que les Kahn montaient quand ils n'avaient pas envie de prendre une voiturette de golf.

Le cheval baissa la tête et nicha son nez au creux de la paume de Logan. Ses naseaux étaient doux comme du velours, mais un peu humides.

– Tu t'es baigné ? demanda-t-il à voix basse.

Le cheval croisa son regard comme s'il comprenait ce qu'il disait. Une bouffée de joie gonfla la poitrine du garçon. Il avait vraiment un bon contact avec les créatures de la Ménagerie, il arrivait à tisser un lien avec elles comme avec ses animaux de compagnie. Zoé ne pourrait pas le rejeter quand elle constaterait qu'il avait toute sa place ici.

Le cheval s'approcha comme s'il proposait à Logan de monter sur son dos. Il se tourna vers lui pour lui adresser un nouveau regard pénétrant.

– Vraiment ? Tu veux que je monte sur ton dos ?

Le cheval laissa échapper un petit reniflement joyeux et secoua sa crinière.

Logan ne put résister. Il voulait peut-être lui montrer quelque chose d'important. Et justement, il y avait un rocher à ses pieds, qui lui permettrait de monter sans problème.

– D'accord. C'est le moment de laisser sortir le cow-boy qui est en moi ! s'exclama-t-il.

Il s'agrippa à la crinière et passa sa jambe par-dessus la croupe de l'animal.

Dès qu'il posa ses fesses sur son dos, un grondement de tonnerre résonna à ses oreilles, comme s'il se retrouvait en pleine tempête. Et le cheval sauta dans le lac d'un seul bond puissant.

Logan hurla, terrifié, mais bientôt l'eau le submergea, pénétra dans sa bouche, l'empêchant de respirer. Il lâcha la crinière du cheval et essaya de le repousser pour remonter à la surface.

Sauf qu'il était collé au dos de sa monture.

Une force surnaturelle le maintenait en place tandis que l'animal s'enfonçait de plus en plus profond. Loin de la surface, de l'air.

Logan était en train de se noyer.

Chapitre 21

Zoé heurta le sol de sa chambre avec un bruit sourd. Une trompe poilue lui tapotait le visage avec insistance.

– Ouille ! protesta-t-elle en repoussant Cap'taine Moumoute. Quoi ? Qu'est-ce qui se passe ?

Elle frotta sa hanche endolorie. Le mammouth ne l'avait jamais tirée du lit ainsi. D'habitude, il se contentait de la prendre par l'épaule pour la secouer doucement jusqu'à ce qu'elle se lève pour le faire sortir.

Mais cette fois, Cap'taine Moumoute la mit debout de force et la poussa jusqu'à la porte.

– OK, OK, j'arrive.

Elle glissa ses pieds dans ses tongs et le suivit dans l'escalier en se frottant les yeux.

L'horloge de la cuisine indiquait 7 h 22.

Zoé bâilla.

– Pourquoi tu me fais ça, Cap'taine ?

Le mammouth la lâcha, se rua dans le salon, puis revint ventre à terre dans la cuisine et retourna dans le salon, comme un chiot surexcité.

Zoé le suivit, encore tout ensommeillée. Elle ouvrit la porte-fenêtre et Cap'taine Moumoute s'élança sur la pelouse au galop.

Zoé plissa les yeux. Le soleil levant l'éblouissait. Elle avait du mal à distinguer, mais il lui semblait que quelque chose s'agitait sur le rivage.

« Oh, c'est le kelpie », pensa-t-elle en reconnaissant le cheval aquatique gris foncé.

Mais alors l'animal se déplaça et Zoé aperçut Logan juste à côté. *En train de monter sur son dos*.

– LOGAAAN ! hurla-t-elle.

Trop tard. Le kelpie sauta dans le lac et plongea aussitôt sous l'eau, entraînant le garçon avec lui.

Zoé courut jusqu'au rivage tout en appelant à l'aide.

Plusieurs sirènes sortirent la tête de l'eau, intriguées.

– Faites quelque chose ! cria Zoé. Le kelpie a emporté Logan ! Aidez-le !

Les sirènes firent signe qu'elles ne l'entendaient pas, qu'elles ne comprenaient rien à ce qu'elle disait.

Posté au bord du lac, Cap'taine Moumoute barrit frénétiquement. Il avait beau avoir une peur panique de l'eau, il semblait prêt à sauter dedans. Il ne manquait plus que ça. Maintenant, Zoé allait devoir sauver un mammouth de la noyade !

– Moumoute, va chercher Blue ! ordonna-t-elle en le poussant vers la maison.

Sans même enlever ses tongs, elle entra dans l'eau et plongea à l'endroit où le kelpie avait disparu.

Si la peur ne l'avait pas déjà réveillée, l'eau glacée aurait achevé de le faire. Elle distingua la silhouette du cheval aquatique dans la pénombre. Il s'enfonçait avec Logan qui se débattait désespérément sur son dos. Zoé était une bonne nageuse, grâce à des années d'entraînement avec Blue, elle n'eut donc aucun mal à les rattraper.

Mais elle ignorait comme séparer un kelpie de sa victime. Elle n'avait pas reçu de formation à ce sujet puisque c'était les sirènes qui étaient censées surveiller cette créature. Elle prit la main de Logan, qui s'agrippa à elle comme à une bouée de sauvetage. Zoé posa les pieds contre le flanc du kelpie pour prendre appui, passa les bras autour du torse de Logan et tira, tira, tira de toutes ses forces…

Mais rien n'y fit. Une fois que le kelpie avait emporté sa proie sous l'eau, la magie la retenait, et c'était fichu.

« Pas dans ma ménagerie ! » pensa Zoé.

Elle lui flanqua un grand coup de pied, mais le cheval ne réagit même pas. Elle commençait à manquer d'air et ils s'enfonçaient toujours plus profondément. Gardant un bras autour de Logan, elle saisit la crinière du kelpie de l'autre et tira de toutes ses forces.

Le cheval aquatique secoua la tête, agacé. Zoé tira à nouveau et le kelpie rua pour se débarrasser d'elle.

« Je ne te laisserai pas tranquille tant que tu n'auras pas lâché Logan », pensa-t-elle, furieuse. Elle jeta un coup d'œil au garçon qui dérivait, à demi inconscient. « Reste en vie ! Que je ne me noie pas pour rien ! »

Quelque chose effleura son dos. Elle sursauta et faillit lâcher Logan. Les sirènes venaient-elles enfin à la rescousse ?

Un long tentacule violet se faufila juste devant elle et saisit le kelpie par l'encolure. Le cheval aquatique se figea. Un second tentacule se glissa de l'autre côté et s'enroula autour de la taille de Logan.

« Le kraken ! »

Zoé était au bord de l'évanouissement.

« Le kraken est réveillé ! »

Ils pensaient tous qu'il avait commencé à hiberner voilà un mois.

Zoé n'osait pas bouger ni se retourner. D'autres tentacules se frayaient un passage entre elle, le kelpie et Logan. Ils étaient à la fois caoutchouteux et rugueux, comme de la peau de requin, et garnis de petites ventouses qui se collaient à ses bras. Elle se cramponnait tant qu'elle pouvait à la main de Logan, mais le manque d'oxygène commençait à lui faire tourner la tête. Peut-être même que tout cela n'était qu'une hallucination.

Le kraken enroula un tentacule autour de l'encolure du kelpie et se mit à serrer.

Un nuage de bulles s'échappa des naseaux du cheval. Il se mit à ruer et à se débattre en poussant des hennissements stridents qui résonnaient étrangement dans l'eau.

Le kraken serra plus fort.

Soudain, dans une violente ruade, le kelpie éjecta Logan de son dos. Le kraken repoussa alors le cheval aquatique et s'empressa de remonter à la surface en tenant les deux enfants dans ses tentacules.

En quelques secondes, ils traversèrent des trombes d'eau, puis Zoé émergea à la surface, toute tremblante. Elle inspira avidement une grosse bouffée d'air. Mais à côté d'elle, Logan avait les yeux fermés et le teint bleuâtre. Paniquée, elle lui secoua la main.

– Logan !

Le kraken les déposa délicatement sur le rivage avant de filer. Zoé eut à peine le temps de voir ses tentacules disparaître sous l'eau. Son père posa une serviette sur ses épaules et la serra fort dans ses bras. La main de Logan lui échappa. Elle voulut la reprendre, mais Blue, Matthew et sa mère étaient en train de tenter de le réanimer.

Cap'taine Moumoute poussa M. Kahn pour sécher Zoé avec sa trompe. Mélissa était là également, pieds nus, sur le rivage, en train d'invectiver le père de Blue.

– C'est ta faute ! hurlait-elle. Le kelpie est sous ta responsabilité.

– Et que faisait cet enfant humain à se balader dans la Ménagerie aux aurores ? répliqua Cobalt.

Il avait de l'eau jusqu'à la taille, et agitait furieusement les bras.

– Je n'étais même pas au courant.

– Si, et tu n'as rien fait ! insista Mélissa. Tu sais ce qui se passera s'il y a un mort ? Tu pourrais être envoyé n'importe où ! Ils ne se contenteraient pas de fermer la Ménagerie, ils feraient bien pire ! Tu as pensé à ça ?

Zoé était glacée, malgré son père qui la frictionnait avec les serviettes.

Elle préférait ne pas imaginer ce qu'il serait advenu de la Ménagerie si le kelpie avait noyé Logan.

Son père la souleva de terre et l'emporta vers la maison.

– Attends, papa, fit-elle en s'agrippant à son épaule. Comment va Logan ?

Comme s'il l'avait entendue, le garçon se mit à tousser. La mère de Zoé l'aida à se redresser et il recracha l'eau qu'il avait avalée sur le sable. Zoé posa la tête sur l'épaule de son père, soulagée. Cap'taine Moumoute lui tapota la tête avec sa trompe.

– Oh, mon vieux, fit Matthew en s'essuyant le front. Tu nous as flanqué une de ces frousses !

– On t'avait bien dit de ne pas t'approcher du kelpie ! cria Blue en le secouant par les épaules.

– C'est quoi… un… kelpie ? haleta Logan.

– Oh, misère !

Matthew secoua la tête.

– Zoé a peut-être raison. Il vaudrait mieux qu'il oublie cet endroit.

– Non, pitié !

Logan prit Blue par le bras en prenant une nouvelle inspiration entrecoupée.

– N'effacez pas mes souvenirs, s'il vous plaît ! J'ai discuté avec Squorp. Je crois savoir où trouver les autres petits griffons.

Il eut une nouvelle quinte de toux.

– On va te ramener à la maison pour commencer, décida la mère de Zoé.

Blue et Matthew l'aidèrent à se relever.

– Je peux marcher, papa, annonça Zoé.

Elle le serra fort dans ses bras avant qu'il la repose par terre et ils gravirent tous ensemble la colline à pas lents.

Mélissa resta sur le rivage pour poursuivre sa dispute avec Cobalt.

– Qu'est-ce qui s'est passé ? demanda Logan.

Moumoute se faufila près de lui pour que le garçon puisse s'appuyer contre son flanc laineux.

– J'étais en train de me noyer et soudain… je crois que j'ai vu… des pandas ?

Blue éclata de rire et Zoé devint écarlate

– Le pyjama de Zoé, expliqua Matthew en désignant sa sœur dont le pantalon était couvert de pandas en train de jouer au foot. C'est elle qui t'a sauvé.

– Je n'ai rien fait, se défendit-elle, mal à l'aise. Tu peux remercier Cap'taine Moumoute et le kraken. Surtout le kraken.

Elle avait les pieds glacés dans l'herbe trempée de rosée, mais elle ne voulait pas demander qu'on la porte.

– Le kraken est réveillé ? s'étonna sa mère. C'est bizarre.

– Merci, Zoé, dit Logan. J'ai été bête.

– Euh… ouais, confirma-t-elle.

– Mais on aurait dû mieux t'avertir, intervint Matthew. Les kelpies sont des sortes de chevaux aquatiques maléfiques. C'est sa technique : il se tient au bord de l'eau, tout beau, tout gentil, pour attirer un humain. Et dès que celui-ci monte sur son dos, le kelpie le noie… pour ensuite le dévorer, en général. Ce n'est pas ta faute si tu es tombé dans le panneau.

– J'ai cru…

Logan s'interrompit pour regarder ses pieds.

Zoé savait ce qu'il allait dire : « J'ai cru qu'il m'aimait bien. »

C'était aussi l'impression que le cheval aquatique lui donnait, sauf que, depuis ses quatre ans, elle savait qu'il ne fallait pas l'approcher. Blue lui avait raconté toutes les affreuses histoires qui circulaient chez les sirènes au sujet des pauvres victimes des kelpies.

– Maintenant, tu es au courant, le coupa-t-elle.

– Et les sirènes auraient dû venir à ton secours. Elles vont m'entendre ! affirma le père de Zoé. Je ne sais pas ce qu'elles ont en ce moment.

– Avec un peu de chance, Mélissa va passer la journée à hurler sur Cobalt, plaisanta Matthew. Et ils regretteront de ne pas être intervenus. Sans vouloir t'offenser, Blue.

Le garçon haussa les épaules.

– Du moment qu'ils ne se disputent pas à cause de moi…

La mère de Zoé ouvrit la porte-fenêtre et Cap'taine Moumoute poussa Zoé et Logan à l'intérieur.

Les orteils de Zoé s'enfoncèrent dans le tapis et la chaleur de la maison l'enveloppa.

– Allez, tournée de beignets à la cannelle pour le petit déjeuner, annonça son père. Je m'en occupe pendant que vous allez prendre une douche et vous changer. Et ensuite, on partira à la recherche des griffons. D'accord ?

Il ébouriffa les cheveux mouillés de sa fille.

– D'accord, acquiesça Zoé.

Elle aurait aimé être aussi optimiste que lui.

Car la journée n'avait pas franchement bien commencé.

Logan suivit Blue au premier étage. Arrivé sur le palier, il baissa les yeux vers elle. Leurs regards se croisèrent et il lui sourit.

Tout n'allait peut-être pas si mal, finalement.

Chapitre 22

Logan étudiait le plan de Xanadu étalé sur la table du salon. Zoé avait insisté pour qu'il prenne sa douche en premier. Elle était donc encore en haut pendant qu'il dégustait des beignets à la cannelle et un bon chocolat chaud en compagnie de Blue. Ses vêtements étaient à nouveau passés au sèche-linge, mais ils étaient raides et inconfortables. Il s'efforçait d'avoir l'air aussi détendu que Blue, alors qu'il tremblait encore à l'intérieur.

– Je comprends, maintenant, dit-il.

– Quoi ? s'étonna Blue.

– Pourquoi Zoé a toujours un look un peu négligé. J'avais remarqué ça au collège, je pensais que c'était juste parce qu'elle s'en moquait. Mais je suis ici depuis moins de vingt-quatre heures et mes vêtements ont été incendiés par un phénix, écrabouillés par un mammouth, grignotés par de petits griffons et trempés d'encre de kraken. C'est un miracle qu'elle ait encore quelque chose à se mettre sur le dos pour aller en cours.

– Ouais, mais elle s'en moque un peu aussi, confirma Blue.

Il s'assit dans un des gros fauteuils en cuir avec sa tasse de chocolat entre les mains.

– Mais je vois ce que tu veux dire. Et puis, il faut voir le boulot que Zoé abat ici. Un vrai robot à faire les corvées, jamais fatiguée.

– Et toi, tu n'es pas obligé de participer ? s'étonna Logan.

– Pas vraiment, avoua Blue d'un ton un peu penaud. Je suis… Enfin, il y a une sorte d'accord avec mon père.

– C'était lui, dans le lac ?

Il avait reconnu l'homme aux cheveux verts de la photo.

– Ouais, marmonna-t-il, le nez dans sa tasse. C'estplusoumoinsleroi.

Logan pivota pour lui faire face. Blue se cacha derrière sa mèche pour éviter de croiser son regard.

– Attends… Tu viens de dire que ton père était… le roi ?

– Exact ! confirma Matthew en arrivant de la cuisine.

Il prit quatre beignets dans le plat sur la table.

– Le roi des sirènes… tout du moins de la colonie qui vit dans le lac. Ce qui fait de Blue un prince, logique.

Le garçon grimaça.

– C'est bon… Seulement, mon père ne supporte pas de me voir faire des corvées. Je suis censé l'aider pour les affaires des sirènes, mais il ne me laisse pas non plus trop m'impliquer.

– La vie est dure ! plaisanta Logan.

– Bah, faut pas oublier que cha mère, ch'est Mélicha, intervint Matthew, la bouche pleine.

– Hé ! protesta l'intéressé. Arrête !

– Je dis juste qu'il est peut-être dispensé de corvées, mais il doit toujours avoir la meilleure note, surtout en maths, sinon sa mère flippe. Et ça, c'est pas très cool, affirma Matthew. Pas vrai, Blue ?

Il haussa les épaules.

– Ça va.

M. Kahn entra alors dans la pièce en se frottant les mains.

– Bien, Logan. Voyons ton instinct de traqueur à l'œuvre.

Matthew lui lança un regard à la fois surpris et jaloux, mais son père ne le remarqua pas.

– Alors, à ton avis, par où devrait-on commencer à chercher nos petits griffons ?

Il se pencha sur le plan de la ville.

Logan s'assit à côté de lui. Il appréciait que M. Kahn le traite comme un adulte. Ça compensait l'impression d'avoir été un vrai crétin avec le kelpie.

– Voilà où j'en suis, dit-il en prenant un carnet et un stylo. Le mâle roux adore manger, je parie donc que c'est lui qui a vidé les réserves de la cafèt' du collège.

– Bien vu, confirma Zoé en arrivant sur le seuil.

En col roulé bleu marine et jean, elle était en train de se sécher les cheveux avec une serviette blanche. Pour une fois, elle était toute propre et nette.

Quand elle s'assit à côté de lui, Logan s'aperçut qu'elle avait de petits griffons en argent aux oreilles.

– Cool ! J'adore tes boucles !

Elle les effleura du bout des doigts.

– C'est pour nous porter chance !

Il lui passa le plat de beignets et elle en prit un.

M. Kahn hochait la tête en regardant le plan.

– On va donc faire le tour des endroits où il aurait pu trouver à manger… Bonne idée.

– Peut-être la pizzeria, suggéra Logan en pointant du doigt le restaurant en face de la bibliothèque. J'ai remarqué qu'elle était fermée hier soir, c'est bizarre.

– Et les deux autres ? demanda Zoé.

– Je n'ai pas encore de piste pour la femelle grise, avoua Logan. Squorp m'a dit qu'elle aimait les secrets et qu'elle était très intelligente. Ce qui ne nous aide pas beaucoup. Mais l'autre mâle, le marron, s'appelle Clonk. Et il est jaloux de Clink. Donc, à mon avis, il la suit.

– Ah ! Je le comprends ! s'exclama Matthew. Une sœur aînée qui joue les chefs ! Zoé et moi, on connaît ça. Mais par chance, Zoé, elle a un super grand frère !

Il tapota le planning de corvées affiché sur la porte.

– Par exemple, j'ai fait ta tournée de volière hier soir, alors tu pourras me remplacer aujourd'hui pendant que je partirai chercher les griffons avec papa et maman.

Zoé leva les yeux au ciel.

– OK, je vais ajouter ça sur ma liste.

Elle sortit son calepin et ajouta une ligne de triangles et de gribouillis sur une page déjà bien remplie. Logan comprit alors qu'il devait s'agir d'une sorte de code. Chaque ligne débutait par un petit carré, parfois coché, mais la plupart du temps vide.

Elle marmonnait entre ses dents tout en écrivant :

– Nourrir les salamandres, demander une couverture supplémentaire à Face-de-Lune pour Pelly, vérifier les extincteurs comme chaque samedi, faire brouter Cap'taine autour de l'enclos des griffons pour éviter que l'herbe soit trop haute, passer voir Scratch et vérifier que son manque d'appétit ne cache pas une maladie…

– Non, Zoé, intervint son père, aujourd'hui, tu te consacres entièrement à la recherche des griffons.

– Quoi ? s'étonna Matthew. Zoé vient avec nous ?

– Non, toi, tu ne vas nulle part, rectifia M. Kahn. Tu dois faire les mises à jour des logiciels demandées par la SPAM.

Son fils croisa les bras.

– Mais c'est moi qui suis une formation de traqueur. C'est moi qui devrais rechercher les griffons.

– Tu es aussi le seul à savoir se débrouiller sur cet

ordinateur, voilà pourquoi je te demande de t'occuper des mises à jour depuis le début de la semaine. Je ne sais pas ce que tu avais de plus urgent à faire, mais maintenant il faut les installer. Donc tu restes ici.

– Je pense que ma formation…

– La formation, ce n'est pas tout, affirma M. Kahn en adressant un clin d'œil à Logan, l'instinct compte aussi énormément.

Matthew fronça les sourcils.

– Et qui va se charger des corvées habituelles ?

– Keiko va vous remplacer, Zoé et toi.

Matthew laissa échapper un petit soupir étranglé tandis que Zoé haussait les sourcils.

– Ah, oui ? Vraiment ? De quelle Keiko veux-tu parler ? Sûrement pas de celle qu'on connaît…

– Je vais y veiller, décréta son père d'un ton ferme. Je dois avoir une petite conversation avec Cobalt au sujet de la grille et du kelpie. Zoé, je veux que Logan, Blue et toi, vous partiez immédiatement à la recherche de Clonk. Suivez l'instinct de Logan… et faites marcher vos cervelles. Ta mère et moi, nous nous lancerons à la poursuite du griffonnet roux dès que possible. Matthew, si tu as fini avec l'ordi d'ici là, tu pourras nous accompagner.

Il sourit à Logan.

– On commencera par la pizzeria.

Matthew fila dans le bureau de Mélissa avec un reniflement vexé, sans même se retourner. Logan se sentait un peu coupable, même s'il n'y était pour rien. Il espérait que Matthew ne lui en voudrait pas.

Il consulta son portable pendant que Blue et Zoé allaient chercher leurs vélos, mais il n'avait pas de messages de son père – il pensait sûrement que Logan dormait encore, vu qu'on était samedi. Il lui envoya un texto :

Je vais faire un tour à vélo avec Blue.
À plus tard.

Une minute après, son téléphone vibra :

Super. Amuse-toi bien.

Ils s'arrêtèrent juste après avoir franchi le portail de la Ménagerie et Logan vit Zoé jeter un coup d'œil vers le manoir des Sterling, au bout de la route. Puis elle se tourna vers lui.

– On a vu des plumes marron devant le bureau de poste hier, l'informa-t-elle. Mais Matthew y est passé pendant qu'on était en cours et il n'a rien trouvé.

– Sûrement parce qu'à la poste, il y a un perron avec de grandes marches et des colonnes, Clonk a dû trouver que ça ressemblait à la banque où Clink avait filé… Allons y jeter un coup d'œil quand même.

La poste et le collège se trouvaient en plein centre, à mi-chemin entre la Ménagerie et chez Logan. Évidemment, le samedi, le collège était désert. Il paraissait carrément abandonné, comme dans un film d'horreur.

À la grande déception de Logan, la poste n'était pas encore ouverte. Il désigna la pancarte sur la porte.

– Ouvert de dix heures à midi. Bon sang, je devrais peut-être travailler là, plus tard !

– Les plumes ont disparu, constata Zoé en observant les marches.

– Sûrement emportées par le vent, affirma Blue.

Logan jeta un coup d'œil en face et vit un scooter pénétrer sur le parking du collège. Instinctivement, il prit ses amis par le bras et les attira derrière les colonnes.

– Vous avez vu ? chuchota-t-il.

C'était encore la documentaliste – Mlle Sameera. Elle gara sa Vespa blanche, en descendit et scruta les environs, en agitant distraitement quelque chose.

Soudain, Zoé étouffa un cri.

– Regardez ! souffla-t-elle.

La documentaliste avait une grande plume marron entre les mains.

Chapitre 23

Mlle Sameera gravit le perron du collège à petits pas sautillants. Elle portait une jupe longue violette bordée de clochettes et un haut imprimé d'énormes tournesols jaunes.

« Pas vraiment un look de dangereux criminel », pensa Logan.

– Qu'est-ce qu'on fait ? murmura Zoé tandis que la documentaliste s'engouffrait à l'intérieur du bâtiment. Vous croyez qu'elle sait quelque chose ?

– Eh bien... elle a un comportement un peu suspect ces derniers temps, affirma Logan.

Il leur rapporta la discussion qu'il avait eue avec elle dans le couloir de la cafétéria. Et leur parla des livres sur les créatures fantastiques qu'elle avait empruntés à la bibliothèque...

– Oh ! Et moi qui la trouvais sympa, marmonna Blue.

– Elle est sympa, affirma Zoé, le front plissé d'inquiétude. Mais on ferait mieux de la suivre.

Ils dévalèrent le perron du bureau de poste et traversèrent la rue, puis contournèrent le bâtiment principal du collège pour rejoindre le CDI, qui était sur l'arrière.

Logan s'accroupit sous l'une des grandes baies vitrées et jeta un coup d'œil à l'intérieur, puis se baissa à nouveau. Mlle Sameera était à son bureau, en train de pianoter sur son ordinateur.

– Si ça se trouve, elle ne mijote rien de bizarre, elle est juste venue travailler un peu, murmura-t-il.

Un portable se mit à vibrer.

– Allô ? fit la documentaliste. Oh, monsieur Claverhill, merci de me rappeler si vite. J'avais vu juste au sujet de Xanadu.

Elle se tut un instant avant de reprendre d'une voix peinée :

– Non, je sais bien que vous ne me rembourserez pas mon voyage quoi qu'il en soit. Mais écoutez-moi. Cette ville grouille de créatures fantastiques.

Comme Zoé poussait un cri, Blue lui plaqua la main sur la bouche.

– Je ne sais pas encore, disait la documentaliste. Mais j'en ai déjà vu deux. Des petits griffons. Je suis sérieuse ! Oui, j'en suis sûre.

Elle marqua un temps d'arrêt.

– Ce n'est pas du tout pareil. Je ne… Bon, écoutez, j'en ai suivi un marron à la trace hier, je l'ai aperçu au bureau de poste mais je l'ai perdu dans le parc. Et tôt ce matin, j'en ai repéré un gris sur les hauteurs de la ville, dans le quartier chic où sont les plus belles propriétés.

Zoé en avait les larmes aux yeux. Logan lui prit la main et la serra dans la sienne.

– Monsieur, fit Mlle Sameera d'un ton glacial, je pense savoir différencier un coyote d'un griffon.

Elle se tut avant de reprendre :

– Eh bien, tant pis pour vous si vous ne me croyez pas. J'ai suivi un traqueur jusqu'ici et j'avais raison. Vous me croirez peut-être quand je reviendrai au QG à dos de licorne !

Ils l'entendirent jeter rageusement son portable sur son bureau.

– Ils vont voir ce qu'ils vont voir, murmura-t-elle en pianotant sur son clavier.

– On y va, souffla Logan.

Ils retournèrent prendre leurs vélos, en rasant les murs pour ne pas se faire repérer.

– Et si elle a pris des photos ? explosa Zoé dès qu'ils furent hors de portée de voix. Et si elle vient de poster des images des petits griffons sur Internet ? Et si la SPAM les voit ? Et si les exterminateurs sont déjà à leurs trousses ?

– Si elle avait pris des photos, elle les aurait envoyées au type qu'elle avait au téléphone, fit remarquer Logan.

– Et elle a horreur d'Internet. L'autre fois, pour mon exposé, je suis allé sur Wikipédia, et elle m'a fait la leçon « blablabla il ne faut pas se fier aux infos qu'on trouve en ligne blablabla ».

– On devrait prévenir papa ! dit Zoé en se tordant les mains. Non ?

– Non, trancha Blue. La priorité, c'est de retrouver les petits griffons avant elle. Ça, c'est le plus urgent.

– Elle a parlé du parc ! s'écria Logan en attachant son casque de vélo. Au moins, on a une piste !

Ils filèrent à travers la ville.

– Et si elle est au courant de l'existence de la Ménagerie ? gémit Zoé lorsqu'ils s'arrêtèrent au premier feu rouge. Et si c'est elle qui s'est introduite à l'intérieur pour ouvrir l'enclos des griffons ?

– L'alarme anti-intrusion se serait déclenchée, fit valoir Blue.

– Et elle en saurait beaucoup plus sur les deux petits griffons, renchérit Logan.

– Peut-être qu'elle ne voulait pas en dire plus à l'homme qu'elle avait au téléphone, hasarda Zoé. Elle a quand même parlé des licornes.

Cette fois, Logan ne savait plus quoi répliquer pour la rassurer.

Le parc n'était pas très grand, avec une partie clôturée où on pouvait lâcher les chiens sans laisse d'un côté, et plusieurs bancs en bois à l'ombre des grands arbres. La plupart des commerces de Xanadu étaient regroupés tout autour : une librairie, un dépôt-vente, un magasin de jouets, la pharmacie, une boutique de bonbons, un snack-bar et une animalerie.

Blue et Zoé dénichèrent de longs bâtons pour fouiller les buissons. Logan grimpa sur le socle de la statue trônant au milieu du parc afin de scruter les environs.

S'il était un petit griffon en cavale, où irait-il ?

Il s'imagina dans la peau de Clonk, rejeté par sa sœur alors qu'il voulait la suivre partout. Où serait-il allé pour prouver qu'il était tout aussi capable qu'elle de trouver un trésor ?

Son regard s'arrêta alors sur l'une des vitrines et il sourit.

– Zoé ! cria-t-il en sautant à bas de la statue. Je vais jeter un œil là-bas.

Il désigna le magasin de jouets.

Toute la vitrine était décorée sur le thème des pirates : vaisseau en Lego, chapeaux, capes, bandeau, perroquets en peluche perchés dans des arbres en plastique. Et surtout un coffre au trésor débordant de pièces et de bijoux en toc.

– Je t'accompagne ! lança Zoé. Vu que tu as toujours raison.

– C'est juste une idée comme ça, se justifia Logan.

Il ne précisa pas que c'était la première fois qu'il se sentait doué pour quelque chose depuis fort, fort longtemps. Il avait bien trop peur de se tromper, surtout après sa mésaventure kelpiesque.

Laissant Blue continuer à explorer le parc, ils traversèrent la rue jusqu'au magasin de jouets. Juste sous leur nez, une main retourna une petite pancarte pour indiquer « OUVERT ». Logan regarda l'heure. Il était neuf heures. De grandes affiches proposaient une réduction de moins dix pour cent sur tout le magasin à quiconque viendrait déguisé en pirate.

Un carillon retentit lorsque Zoé poussa la porte.

« Jackpot », pensa Logan.

Le magasin était plein à craquer de jouets, empilés les uns sur les autres du sol au plafond. Tout au fond, un arbre énorme abritait dans ses branches tant de peluches qu'il ressemblait à un volcan poilu rose et violet. Un train électrique faisait le tour de la boutique en tchoutchoutant sur ses rails suspendus à une vingtaine de centimètres du plafond. L'un des coins du magasin était envahi de costumes de Halloween, avec un mur entier couvert de masques grimaçants. Des jeux de société s'entassaient sur les rayons. Hochets, camions, voitures et tambourins jonchaient le tapis « Sesame Street » où les enfants pouvaient jouer pendant que leurs parents faisaient leurs emplettes.

Un petit animal de la taille d'un chiot n'aurait eu aucun mal à se cacher là-dedans.

Derrière le comptoir, un papy en fauteuil roulant leva la tête et leur sourit, un chapeau de pirate crânement posé sur sa tête chauve.

– Vous voulez un costume, les enfants ? Vous feriez tous les deux de formidables pirates, mille sabords !

– Euh… non merci. On cherche un cadeau… pour ma sœur, improvisa Zoé.

Logan était content qu'elle n'ait pas répliqué qu'ils

étaient trop grands pour faire la tournée de Halloween. Il ne voulait pas vexer ce vieux pirate.

– Surtout, n'hésitez pas à me demander de l'aide, répondit-il, toujours souriant. Je suis de bon conseil.

Logan contourna Zoé et jeta un coup d'œil au rayon déguisements. Sur leur portant, les robes et les capes frôlaient le sol, un petit griffon aurait fort bien pu s'y cacher. Mais il n'y avait rien ni en dessous ni derrière.

Pendant que Zoé scrutait la vitrine en s'efforçant de ne pas tout faire tomber, Logan décida d'examiner l'arbre. Il y avait des peluches absolument partout, dans les moindres coins et recoins. Il vérifia les branches une à une, déplaçant les flamants roses à l'air hautain et les singes suspendus par la queue. Rien.

Il s'approcha plus près pour fouiller dans la montagne de bestioles. Il y avait des ours polaires de toutes les tailles. Pareil pour les pandas. Pas beaucoup d'oiseaux en revanche, à part des pingouins. Et il lui sembla distinguer un gros aigle tout au fond.

Un aigle qui clignait des yeux.

Chapitre 24

Vérifiant que le propriétaire du magasin ne la regardait pas, Zoé plongea les mains dans le coffre au trésor et fit couler les pièces d'or entre ses doigts. Il pouvait bien y avoir un petit griffon enfoui sous le butin…

– Hé, Zoé ! s'écria Logan. Viens voir, j'ai trouvé un truc qui plairait à Keiko.

L'espace d'un instant, elle crut qu'il était sérieux et se demanda pourquoi diable elle ferait un cadeau à Keiko. Puis elle se retourna et le vit faire des grimaces en désignant la montagne de peluches.

« Ça y est, il a trouvé le griffon, pensa-t-elle. Il est encore plus doué que Matthew. »

Mais elle n'était pas jalouse, pas du tout.

Elle le rejoignit d'un air détaché et repéra la tête du griffon qui émergeait d'une mer de chiots ébouriffés et de tigres adorables.

– C'est bon, fit Logan à voix basse pour rassurer le griffon.

Celui-ci cligna des yeux.

– Il dit qu'il est le plus grand pirate du monde et qu'il ne partira pas sans son trésor, rapporta Logan. Quel trésor, Clonk ?

Le griffonnet se décala légèrement sur le côté. Sous ses pattes, ils aperçurent un tas de billets de Monopoly et de pièces d'or.

– Il dit qu'il aurait pu en avoir encore plus si le pirate derrière le comptoir ne passait pas ses journées à surveiller son coffre. Je suppose qu'il a dormi pendant que le magasin était fermé.

– Il dort beaucoup, confirma Zoé.

Le griffon claqua du bec dans sa direction.

– Il veut savoir si ses frères et sœurs ont trouvé un aussi beau trésor, expliqua Logan. Clonk, je t'assure que personne n'a déniché un tel trésor. Tes frères et sœurs vont être super impressionnés quand tu leur raconteras tes aventures en rentrant à la maison.

Le griffon gonfla les plumes de son jabot, tout fier.

– Comment va-t-on le faire sortir d'ici ? demanda Logan.

Il s'interrompit.

– Oui, oui, avec ton magnifique trésor, précisa-t-il à l'adresse du griffon.

Zoé jeta un coup d'œil autour d'elle. Elle avait l'écharpe porte-bébé dans son sac, mais c'était plus pratique la nuit. Ils risquaient de se faire remarquer s'ils traversaient Xanadu ainsi en plein jour.

Ses yeux tombèrent alors sur un tas d'accessoires de princesse. Elle aperçut un sac à dos rose, dégoulinant de sequins et de paillettes.

– Je sens que je vais le regretter, dit-elle en s'en saisissant.

C'était juste, mais Clonk était un des plus petits des griffons, pas plus gros qu'un chiot.

– Essaie de détourner son attention, ordonna Zoé en désignant le vieil homme du menton.

– Je vais payer ton trésor pour qu'on puisse l'emporter, Clonk, expliqua Logan.

Après un silence, il ajouta :

– Je sais, les pirates n'ont pas besoin d'acheter leur trésor, mais quand même, tu ne voudrais pas dépouiller un collègue, pas vrai ? fit-il en désignant le papy. Que fais-tu du légendaire code d'honneur des pirates, Clonk ?

Le griffon se redressa fièrement puis s'écarta pour que Logan puisse ramasser les pièces d'or. Zoé dénicha une petite bourse en cuir et Logan porta le tout à la caisse.

Profitant de ce que le propriétaire du magasin était occupé avec lui, Zoé ouvrit le sac à dos et aida Clonk à se cacher dedans. Il eut beau claquer du bec, ronchonner, rajuster plusieurs fois ses ailes et sa queue, elle finit par réussir à remonter la fermeture Éclair et porta l'éblouissant sac à dos à la caisse.

– Joli ! s'exclama le vieil homme qui rendit la monnaie à Logan sans cesser de sourire. Si votre sœur ne peut pas se déguiser en pirate, elle fera une très jolie princesse. Excellent choix !

Zoé tenait le sac bien serré tandis qu'il cherchait l'étiquette. Elle ne voulait pas qu'il le prenne et s'aperçoive qu'il pesait une tonne. Elle avait l'impression d'être une voleuse jusqu'à ce qu'il lui annonce le prix.

– Quarante dollars, chuchota-t-elle à Logan en le hissant sur son épaule. C'est du vol caractérisé.

Elle espérait que ses parents allaient la rembourser, car ça faisait un gros trou dans son argent de poche.

– Mais tu es si jolie avec ce sac, si étincelante…, la taquina-t-il. D'une beauté carrément aveuglante.

Il lui tint la porte en mimant une profonde révérence.

– Merci, très cher ! répondit-elle d'un ton princier.

En quittant la boutique, elle percuta Jasmine Sterling, qui sortait de la pharmacie avec son frère, Jonathan.

Évidemment. Il fallait qu'elle la croise avec ce truc sur le dos…

Jasmine repéra instantanément le sac à paillettes. Elle haussa tellement les sourcils qu'ils faillirent s'envoler de son front.

Quand elles avaient six ans, Zoé et Jasmine faisaient au moins une soirée « princesse » par mois. Toujours chez Jasmine, forcément, car elle était allergique au poil de chat. C'était le prétexte idéal pour qu'elle ne puisse jamais venir chez Zoé. Mais ça ne les dérangeait ni l'une ni l'autre. Jasmine avait une chambre immense et des jouets géniaux, y compris tous les accessoires de princesse possibles et imaginables.

Zoé dormait toujours mieux chez Jasmine que n'importe où sur la planète, avec sa meilleure amie blottie contre elle, et pas de corvées à faire le matin, pas de créatures fantastiques qui hurlaient ou caquetaient sous sa fenêtre. Elle se revoyait encore, bien au chaud dans le sac de couchage rose de Jasmine, à rêver d'échanger sa vie avec la sienne.

– Qu'est-ce… qu'est-ce… ?

Jasmine aperçut alors Logan qui se tenait juste derrière Zoé.

Elle avait l'air au bord de la crise d'apoplexie, ne sachant de quoi rire en premier.

– Salut, Zoé, lança alors Jonathan.

Il avait encore grandi depuis la cérémonie de remise des diplômes en juin dernier. Ses cheveux d'un noir de jais avaient poussé, et sa grande mèche lui tombait dans les yeux. Il avait toujours le piercing qu'ils s'étaient fait faire à Noël Ruby et lui, mais lui avait choisi un diamant. Il avait également toujours cet air un peu perdu depuis que Ruby avait commencé à effacer ses souvenirs.

– Comment va ta sœur ? demanda-t-il en prenant le sachet de pharmacie des mains de Jasmine pour le ranger dans sa sacoche.

– Très bien, fit-elle, mal à l'aise.

Elle savait qu'il avait tout oublié de sa relation avec Ruby – elle était trop entremêlée avec les secrets de la Ménagerie qu'ils avaient supprimés. Mais selon ses parents, il devait toujours éprouver une certaine attirance pour Ruby, c'est pourquoi ils faisaient en sorte qu'ils ne se retrouvent jamais ensemble.

Jasmine demanda abruptement à Logan :

– T'es qui, toi ?

– T'es sérieuse ? Il est dans notre classe, Jasmine ! lui apprit Zoé.

Elle se doutait que Jasmine voulait simplement lui faire sentir qu'il n'était personne parce qu'un garçon qui était ami avec Zoé ne pouvait pas être digne d'intérêt à ses yeux.

– Logan Wilde, annonça-t-il en lui tendant la main.

Jasmine la regarda comme s'il s'agissait d'un piranha à l'agonie.

– Bon, ben… à plus, marmonna Zoé en la contournant.

– Oh, là là ! Un rendez-vous en amoureux avec ton prince charmant ? fit Jasmine, qui avait enfin retrouvé son délicieux sens de l'humour.

Zoé se sentit rougir. Elle jeta un coup d'œil à Jonathan, mais il avait le regard vide et ne pourrait lui être d'aucun secours.

Contre toute attente, Logan lui passa le bras autour des épaules.

– Oh, comment tu as deviné ? répliqua-t-il. Désolé, il faut qu'on file !

La mâchoire de Jasmine manqua se décrocher. Logan prit Zoé par la main et l'entraîna vers le parc. Ils ne s'arrêtèrent qu'une fois dans l'aire réservée aux chiens, où un vieux pékinois trottinait lentement d'un poteau à l'autre tandis qu'un énorme danois essayait vainement de jouer avec lui.

Zoé ôta sa main de celle de Logan.

– Qu'est-ce qui t'a pris ?

– Désolé. Je voulais juste la distraire pour éviter qu'elle remarque que le sac à dos gigotait. Clonk ! Tiens-toi tranquille !

Zoé sentit une furieuse agitation à travers le tissu et un bec pointu lui rentra dans le dos.

– Ouille ! protesta-t-elle.

Elle posa le sac par terre pour se prendre la tête entre les mains.

– Bon… de toute façon, pour faire courir des rumeurs sur notre compte, il faudrait d'abord qu'elle daigne prononcer mon nom.

Logan la dévisagea sans comprendre.

– Qu'est-ce que ça peut te faire ? Tu n'as rien en commun avec cette fille.

– C'était ma meilleure amie jusqu'à l'an dernier. Mais… elle ne m'a pratiquement pas adressé la parole depuis que son frère et ma sœur ont rompu parce que… ça s'est mal fini entre eux.

– C'est pas très sympa…

Logan se pencha par-dessus la clôture pour que le danois puisse lui renifler la main. Il lui lécha les doigts et Logan le grattouilla derrière les oreilles. « À croire que tous les animaux de la planète tombent instantanément amoureux de ce type, pensa Zoé. Mis à part le kelpie, évidemment. »

– C'est à cause de Jonathan qu'on ne laisse plus un étranger quitter la Ménagerie sans avoir effacé ses souvenirs, soupira Zoé. Ruby était sûre qu'il était digne de confiance. Ils sont sortis ensemble pendant presque un an, et il connaissait tous les secrets de la Ménagerie. Si on lui avait fait boire un peu d'encre de kraken tous les soirs, il aurait oublié les créatures, mais se serait rappelé Ruby. Mais quand on s'est aperçus de ce qu'il mijotait, on a dû lui administrer une dose massive, si bien que ça a fait disparaître toute leur histoire de sa mémoire.

Logan contemplait le danois, passant la main dans son poil épais.

– Et du coup… il se souvient de quoi ?

– On ne sait pas trop…

Zoé se tordit les mains.

– Ruby a dû en donner un peu à ses parents aussi, au cas où il leur aurait parlé de la Ménagerie.

– Et à Jasmine ?

Elle soupira.

– Je savais qu'elle n'était au courant de rien, mais ils m'ont obligée à lui en faire boire quand même.

Elle prit une profonde inspiration. C'était un des pires souvenirs de sa vie.

– Mais j'avais raison… il n'y avait aucun élément surnaturel à effacer.

C'était donc encore pire, parce que Jasmine se rappelait parfaitement leur amitié et ne comprenait absolument pas pourquoi Zoé l'avait laissée tomber du jour au lendemain.

– Pourquoi vous n'avez pas pu rester amies ? s'étonna Logan.

– Trop risqué.

Zoé jeta un coup d'œil vers le magasin mais Jasmine était partie.

– Ils ont tous peur que le moindre contact avec moi puisse raviver les souvenirs des Sterling. Tu sais, la potion d'oubli, c'est efficace jusqu'à un certain point. Par exemple, si j'allais passer la nuit chez Jasmine et que je discutais un peu trop longtemps avec Jonathan, il pourrait avoir des flash-back. On doit donc éviter les Sterling autant que possible désormais.

– Oh…

Logan réfléchit un instant.

– Bah… quand même, c'est pas cool.

Zoé était d'accord. Ruby répétait sans arrêt que le sacrifice de sa sœur n'était rien comparé au sien. Mais sept ans d'amitié, ça comptait autant qu'un an « d'amour fou et sincère », surtout avec un sale traître comme Jonathan.

Lorsque Blue surgit de derrière un arbre, le pékinois faillit avoir une crise cardiaque.

Les deux chiens se mirent à aboyer furieusement après lui tandis qu'il rejoignait Zoé et Logan.

– Alors ? demanda-t-il.

Il trébucha sur le sac à dos à paillettes qui poussa un *couarc !* indigné.

– Mission accomplie, l'informa Zoé en désignant le sac du bout du pied. Sauf que je n'ai pas vraiment envie de me balader en ville avec ça sur le dos.

– Je m'en charge, annonça Blue sans hésiter une seule seconde.

Il mit le sac sur ses épaules.

– Pendant que je ramène ce petit gars à la maison, vous partez à la recherche du prochain ?

– D'accord, mais est-ce que je peux passer chez moi ? demanda Logan. Pour nourrir mes animaux et me changer ?

– OK, je vous retrouve plus tard.

Blue sauta sur son vélo et fila, pas du tout gêné d'avoir un sac rose et à paillettes sur le dos.

Logan le regarda s'éloigner avec l'air de penser : « J'arriverai jamais à être aussi cool. »

Zoé trouvait ça vraiment idiot, car un garçon qui osait tenir tête à Jasmine Sterling ou avait essayé d'éteindre un phénix en feu n'avait rien à envier à personne question coolitude.

– Allez, le petit roux maintenant ! lança-t-elle.

– Celui qui adore manger, confirma Logan. Il devrait être assez facile à retrouver. Je parie que ce sera le plus simple !

Chapitre 25

Six heures plus tard, Logan se laissa tomber sur un banc devant le glacier pour masser ses jambes endolories.

– C'est pas vrai ! pesta-t-il. Pourquoi y a-t-il tant de trucs à manger dans cette ville ?

– Tu veux dire, pourquoi y *avait*-il, corrigea Zoé.

Elle sortit son portable pour envoyer un texto à ses parents.

Logan compta sur ses doigts les endroits que le griffon avait dévastés :

– La cafèt' du collège, la pizzeria, le magasin de bonbons, la benne à ordures derrière le supermarché, la benne à ordures derrière le snack-bar, toutes les boîtes de pâtée pour chat de l'animalerie, mais pas une seule de pâtée pour chien. On a de la chance qu'il n'ait pas essayé d'ouvrir les cages des hamsters. Les congélateurs du resto mexicain et du resto chinois.

Tous les Oreo de la supérette… et puis plus rien. Il est peut-être enfin rassasié.

– Ce n'est pas un griffon, c'est un vrai trou noir, gémit Zoé.

Son téléphone vibra.

– OK, papa et maman sont au Buffalo Grill, mais tout a l'air normal. Et Blue est coincé avec ses parents en pleine crise. Je suppose que les sirènes n'ont pas encore fait toutes les réparations sous-marines exigées par la SPAM.

Elle soupira.

– Je me dis que je devrais être en train de les aider. Je suis plus douée en plongée que Matthew.

– Mais tu te rends utile ici, affirma Logan. Le plus important, c'est de retrouver les griffonnets, non ?

– Oui, si on les retrouve…

– Bon, réfléchissons. Ce petit griffon est rapide, discret et il s'est fixé une mission complètement différente des autres.

– Ouais ! Mission dévorer-toute-la-planète-avant-qu'on-l'arrête, acquiesça Zoé.

Logan se releva et se mit à faire les cent pas sur le trottoir. Il n'était pas encore passé chez lui et rêvait d'enfiler un T-shirt propre et frais. Ils ne s'étaient même pas arrêtés pour manger, si tant est que le petit griffon ait laissé quelque chose de comestible dans cette ville.

Un peu plus loin dans la rue, le soleil se réverbérait dans les baies vitrées de la bibliothèque.

– Hé ! s'exclama-t-il. Sur le panneau d'affichage de la bibli, on a vu un truc à propos des disparitions de moutons… Tu crois que le griffon a pu les dévorer aussi ?

Zoé repoussa ses cheveux en arrière et fit tourner sa boucle d'oreille, pensive.

– Ça m'étonnerait. Même après avoir mangé tout ça, il est toujours plus petit qu'un mouton. Et ils n'ont pas appris à chasser. En plus, l'affiche doit être là depuis un moment, les éleveurs se plaignent sans arrêt…

– OK…

Logan s'arrêta et se balança d'avant en arrière.

– Bien… Qu'est-ce que ce petit griffon aime le plus ? Il a un plat préféré ?

Il se gratta le bras.

– Tiens, si on y réfléchissait en allant chez moi en même temps ? proposa-t-il.

Zoé hocha la tête et ils reprirent leurs vélos. La fraîcheur du matin s'était dissipée. Il faisait vraiment chaud pour une fin octobre. Logan la mena jusque chez lui en coupant par le parking du supermarché. En passant devant, il jeta un nouveau coup d'œil à la benne à ordures. Les sacs-poubelle étaient empilés, disposés comme un nid : le petit griffon devait avoir dormi là-dedans, et il n'allait pas sentir la rose quand ils le retrouveraient.

Logan se sentit un peu mal à l'aise lorsqu'il ouvrit la porte de chez lui et fit entrer Zoé. Pendant les recherches, il n'avait même pas réalisé qu'il traînait tout seul avec une fille. Mais maintenant, elle était chez lui. Zoé Kahn en personne. Jamais il n'aurait imaginé ramener une fille chez lui, et surtout pas elle.

Il jeta un coup d'œil circulaire au salon et regretta de ne pas avoir passé un coup d'aspirateur la dernière fois que son père le lui avait demandé. La moquette beige était parsemée de miettes ! Sa cannette de soda était encore sur la table basse. Et perché sur le gros fauteuil en cuir marron, Persépoil le fixait d'un air de reproche : « Tu ne vas pas me dire qu'un petit griffon a pris ma place dans ta vie, quand même ! »

– Désolé, Persé, fit-il en tendant la main pour le caresser.

Mais le chat détourna la tête et battit furieusement de la queue.

– J'en ai pour une minute, dit Logan à Zoé.

Il prit les granulés pour rongeur qu'il avait achetés à l'animalerie et fila dans sa chambre. Il ferma la porte derrière lui avant de nourrir M. et Mme Quenotte. Ils avaient l'air bien plus détendus sans un griffon qui les fixait de l'autre côté de la vitre. Logan ramassa les vêtements qui jonchaient le sol pour les jeter dans le panier à linge. Alors qu'il fouillait dans sa commode, Zoé se mit à lui parler à travers la porte :

– Les griffons aiment tous le poisson. Et comme on en a plein dans le lac, ils en mangent souvent. Hum… Une fois, Matthew leur a donné du chocolat. Ça les a rendus dingues. C'était un vrai rodéo dans leur enclos.

Sa voix s'éloigna comme si elle était partie explorer le salon.

Logan prit un T-shirt orange avec un bulldog, le renifla et le jeta également au sale.

« Il doit bien y avoir un truc propre dans le coin, quand même. »

Il trouva finalement un polo rayé jaune et gris, changea son pantalon beige contre un jean, et enfila par-dessus un sweat à capuche gris zippé.

– On a fait un barbecue pour toute la Ménagerie au 4-Juillet, se remémora Zoé.

Elle devait être dans la cuisine, maintenant.

– Les petits griffons avaient un mois à l'époque, ils ont eu un steak haché chacun. Ils ont adoré…

Elle se tut subitement.

– Zoé ?

Elle ne répondit pas.

« Oh oh », paniqua Logan.

Qu'avait-elle découvert ? Y avait-il des trucs qui pouvaient lui faire honte dans la cuisine ?

Il mit des chaussettes propres et une autre paire de baskets, jeta une pincée de paillettes dans le bocal de Warrior et s'empressa de la rejoindre.

Zoé était plantée devant le frigo et fixait la porte.

– Quoi ? Tu as eu une idée ? Un truc qui pourrait attirer le griffon ?

– Hum… oui, un steak haché. OK. Il faut que j'appelle mon père. Ne bouge pas.

Logan la regarda filer dans le jardin, stupéfait. Qu'est-ce qui lui prenait ?

Il contempla la porte du frigo, couverte de magnets

de Chicago, de vieilles photos, d'invitations à des événements pour le travail de son père, un calendrier, une notice pour le recyclage des ordures, et deux menus de trucs à emporter.

Rien d'extraordinaire.

À moins qu'elle ait remarqué l'en-tête du département Faune et Flore sur les courriers de son père. Logan se passa la main sur le front, inquiet. Oui, le service de son père souhaiterait sûrement être au courant de la présence de griffons et de dragons dans le coin. Mais Zoé devait savoir qu'il ne mentionnerait jamais au grand jamais la Ménagerie devant son père.

Peut-être qu'elle lui en voulait de ne pas avoir dit quel boulot il faisait. Au point d'effacer ses souvenirs ? Était-elle convaincue qu'il menaçait l'existence de la Ménagerie désormais ? Et Blue, qu'en penserait-il ?

Logan prit deux bouteilles en plastique qu'il remplit d'eau pour être sûr dc ce qu'il avait à boire, au cas où. Il laissa également un petit mot à son père. Et comme Zoé n'était toujours pas revenue, il prépara des sandwichs beurre de cacahuète-confiture de myrtilles. Il emballa dans du papier aluminium des bâtonnets de carotte et deux cookies flocons d'avoine-raisins secs. Ils avaient ainsi un pique-nique prêt à emporter pour poursuivre leurs recherches.

Il jeta un coup d'œil inquiet vers la porte. Elle en mettait un temps !

« Concentre-toi sur les griffons. Si tu te rends

utile, ils te feront confiance et ils te garderont sous le coude. »

– Des steaks hachés, murmura-t-il.

Squorp avait mangé une bonne partie de leurs réserves de viande hachée, mais il en trouva au fond du congélateur et la passa au micro-ondes. Il en fit deux steaks qu'il cuisit à la poêle, puis il mit le reste dans une glacière avec quelques tranches de fromage et une bouteille de ketchup. Il ajouta une bouteille de coulis de chocolat au cas où, puis rangea quelques autres affaires dans son sac à dos.

Il était en train de le fermer quand Zoé poussa la porte d'entrée. Elle avait l'air contrariée.

– Qu'est-ce qui se passe ? s'inquiéta-t-il. Ça va ?

Elle acquiesça mais faisait la même tête que vendredi matin quand elle lui avait raconté qu'elle avait perdu son chien. Logan se demanda si c'était le moment de parler du travail de son père… sauf que si jamais ce n'était pas ça, le problème, il n'avait pas vraiment envie que ça le devienne.

– J'ai fait des sandwichs, annonça-t-il en lui tendant le sien. Et j'ai eu une idée pour les steaks.

– OK, comme tu voudras. Mais on y va.

Logan hésita.

« Elle attend peut-être qu'on ait trouvé un autre griffon pour me parler », pensa-t-il.

– Bye bye, Persé ! lança-t-il en traversant le salon. Je te promets que tu es toujours mon chat préféré.

– *RRRAAOW !* grogna l'intéressé.

Une fois dehors, Logan se figea devant son vélo avec ses deux steaks grillés à la main, enveloppés dans une serviette en papier.

– Qu'y a-t-il ? demanda Zoé.

– Je voulais traverser la ville avec ça pour l'attirer jusqu'au grand parc, tu sais, Teddy-Roosevelt… mais je ne vois pas comment attacher les steaks à mon vélo.

Zoé plaqua la main sur sa bouche pour ne pas éclater de rire.

– Voyons voir…

Finalement, Logan retourna chercher du fil dentaire à l'intérieur, et avec, ils attachèrent l'un des steaks au porte-bagages à l'arrière de son vélo. C'était dégoûtant, car malgré la serviette en papier, le jus de viande dégoulinait partout.

– Mon pauvre vélo ! soupira-t-il.

– J'espère juste ne pas croiser Jasmine, cette fois-ci, renchérit Zoé. Parce que, là, j'ai atteint le summum du look trop chelou.

Comme elle n'avait pas de porte-bagages, ils avaient attaché le steak à son guidon, comme un feu avant sanguinolent.

Logan pouffa.

– Bon, je pars d'un côté et toi de l'autre, en espérant que le griffon rapplique, par l'odeur alléché.

– On se retrouve au parc, dit Zoé en poussant son vélo dans l'allée.

Elle hésita un instant avant de s'engager sur la

route, se retourna comme si elle voulait lui dire quelque chose, puis se ravisa et fila.

Dès qu'il faisait beau, quand le père de Logan ne travaillait pas le week-end, il l'emmenait au parc Teddy-Roosevelt, juste à la sortie de la ville. Il y avait des sentiers de randonnée, des étangs pour pêcher, mais surtout une grande aire de pique-nique avec des tables et des barbecues.

Logan y arriva un peu avant Zoé et choisit un barbecue non loin des arbres.

Quand elle le rejoignit, il fit remarquer :

– En principe, il faut une autorisation pour allumer un feu…

Il s'interrompit en réalisant que ça faisait vraiment gars du département Faune et Flore comme remarque.

– On est presque en novembre, répliqua-t-elle. Il n'y a personne. Je vais prévenir mes parents de nous retrouver ici.

Logan tira un sac de charbon de son sac à dos et le vida sous la grille. Il allait y mettre le feu quand une famille sortit des bois. Il cacha vite la boîte d'allumettes dans son dos.

Les parents étaient accompagnés de trois garçons et de deux petites filles. Il reconnut un élève du collège – Marco Jimenez, capitaine de l'équipe de foot et clown en chef de la classe, l'un des autres garçons de couleur.

Marco les regarda en plissant les yeux tandis que

sa famille montait en voiture. Effectivement, ça devait paraître bizarre de le voir tout seul avec Zoé en train de faire un barbecue à cette époque de l'année. Il sourit et lui fit signe, espérant paraître moins suspect.

À sa grande surprise, Marco lui répondit. Quelques minutes plus tard, quand ils furent partis, Logan put enfin craquer son allumette.

– Tout le monde arrive, annonça Zoé en rangeant son portable.

Il n'était même pas sûr qu'elle ait remarqué la présence de Marco.

– J'espère que le griffon roux va rappliquer aussi quand il sentira la bonne odeur…

Il posa un premier steak cru sur la grille. Pendant qu'il cuisait, ils s'assirent à table pour manger leurs sandwichs. Zoé lui lançait de petits coups d'œil, comme si elle avait un truc à lui dire mais, dès qu'il croisait son regard, elle tournait la tête.

– Tu sais quoi ? Tu devrais te cacher, suggéra-t-il. Moi, il ne me connaît pas, mais s'il te voit, il va se douter que c'est un piège.

« Et puis, comme ça, on ne restera pas plantés là face à face sans savoir quoi se dire. »

Zoé passa la main dans ses cheveux et acquiesça.

– OK, bonne idée.

Elle jeta ses restes à la poubelle, puis alla à vélo jusqu'aux toilettes, à côté du parking.

Le premier steak était carbonisé. Logan le jeta et

le remplaça par l'autre. Il ajouta une tranche de fromage, pour faire bonne mesure.

Rien ne se produisit pendant ce qui lui sembla une éternité. Il grignota quelques bâtonnets de carotte, puis regarda l'heure. Son plan n'avait pas l'air de fonctionner…

Puis, soudain, il ressentit comme un picotement dans la nuque. Il savait ce que ça signifiait.

Quelqu'un l'épiait.

Chapitre 26

Logan tendit le cou, l'air de rien, scrutant la lisière des bois du coin de l'œil. Il lui fallut un moment pour repérer, à quelques mètres de là, cachés parmi les feuilles orangées d'un grand chêne, deux yeux noirs qui fixaient le barbecue fumant.

En sifflotant, le garçon ajouta de la viande sur le gril. Comme il avait oublié de prendre des assiettes, il glissa le steak cuit sur le papier d'emballage de son sandwich.

– Miam ! fit-il à haute voix. Je vais le laisser refroidir une minute.

Il posa la viande au bout de la table, côté forêt, puis se pencha pour prendre une bouteille d'eau dans son sac.

Quand il se releva, le steak avait disparu.

« Waouh, pensa-t-il. Super rapide ! »

Il avait espéré prendre le griffon sur le fait, mais

celui-ci avait dû faire l'aller-retour à la vitesse de l'éclair.

– Oh, fit-il tout haut, j'ai déjà mangé mon steak ? Ça alors, je ne m'en souviens pas. C'est trop bizarre !

Les nouveaux steaks n'étaient pas encore cuits, mais le griffon s'en moquait sûrement. Il en déposa un autre sur le papier d'emballage et jeta un regard dans la direction où Zoé avait filé. Qu'est-ce qu'il était censé faire, maintenant ?

– *SQUUOORP !*

Logan sursauta. Le bruit ne venait pas des bois mais de beaucoup plus près. Il scruta les environs, puis s'accroupit.

Le petit griffon s'était caché sous une table de pique-nique à quelques mètres de là.

Son poil et ses plumes étaient d'un roux cuivré, tirant sur l'orangé au bout des ailes. Il était tout tassé sous la table, car il devait être plus grand que Squorp et Clonk – pas aussi grand que Clink, mais beaucoup plus dodu.

Il n'aurait certainement pas tenu dans un sac à dos. Il avait des miettes de nourriture dans les plumes du jabot et sur ses grosses pattes de lion.

Il dévisageait Logan d'un air grave.

– Oh, salut ! lança le garçon. Tu aimes les steaks ? J'en ai d'autres si tu veux.

Le griffon ouvrit de grands yeux suppliants comme s'il n'avait pas mangé depuis des semaines.

– Avec du fromage ? proposa Logan.

– *Frroooomaggge !* acquiesça-t-il en claquant du bec.

Quand Logan lui tendit le steak, le petit griffon s'extirpa de sous la table. Il s'approcha, les yeux rivés sur le bout de viande tant convoité, mais s'arrêta à quelques mètres, hésitant.

– Tu as choisi ton nom ? le questionna Logan.

Il s'assit dans l'herbe et prit une tranche de fromage pour lui.

Le griffon gourmand secoua la tête.

– On pourrait t'appeler…

Logan passa en revue les noms de ses frères et sœurs : Clink, Clonk, Squorp, Flurp…

– Voyons… Que dirais-tu de Miam ?

– *Miam ?* répéta pensivement le griffon. *Miam. Miam faim. Miam aime manger. Miam veut viande. Miam miam miam. Ouais, ça me va bien.*

Il agita sa queue dans l'herbe et adressa à Logan un sourire d'aigle.

– *MIAM ! Beaucoup mieux que Bouboule.*

– Super ! déclara Logan.

Pauvre Zoé, elle n'était vraiment pas douée pour les noms.

– Voilà un steak pour toi, Miam.

Le petit griffon tendit le cou et lui prit la viande des mains. Il recula de quelques pas et l'avala tout rond.

– Alors, Miam, ta famille te manque ?

Le griffon émit un reniflement méprisant.

– *Pas du tout.*

Il déploya théâtralement ses ailes.

– *Pas besoin de partager ici ! C'est le bonheur !*

– D'accord…

Bon, cette technique n'allait donc pas fonctionner.

– Qu'est-ce que tu as préféré dans tout ce que tu as mangé aujourd'hui ?

– *Les steaks… Non, la pizza. Non, les beignets congelés. Non, les Oreo. Attends ! Non, le chat en boîte.*

– Ne me dis pas que tu as mangé de la pâtée pour chat ! s'étonna Logan.

Miam pencha la tête sur le côté.

– *Des boîtes avec un chat dessiné dessus ?*

– Beurk, Miam ! C'est de la nourriture *pour* les chats. Mais de toute façon, il ne faut pas manger les chats, c'est un peu tes cousins.

Persépoil avait assez de problèmes comme ça sans devoir éviter les becs et les griffes des petits griffons quand il sortait la nuit.

Miam se rapprocha.

– *Mmm… Encore steak ?*

Logan se leva pour ôter les derniers steaks du gril. Il les posa sur la table à côté de lui et tendit la main. Miam plaça délicatement sa patte dans sa paume et autorisa Logan à l'aider à monter sur la table.

– Tu sais, reprit le garçon, j'ai entendu dire qu'ils prévoyaient de faire une soirée barbecue tous les vendredis à la Ménagerie.

Le griffon releva brusquement la tête pour le dévisager d'un œil soupçonneux.

– *Tu viens de la Ménagerie ?*

– Prends encore un peu de fromage, l'encouragea Logan en ôtant la tranche du petit sachet plastique.

Miam la saisit au vol avant de retourner à ses steaks.

– Écoute, Miam, je me doute que tu t'amuses vraiment bien, mais si tu continues à manger comme ça, tu ne pourras jamais voler. Alors qu'à la Ménagerie, ils savent te nourrir et prendre soin de toi. Ici, c'est dangereux.

– *Bah*, marmonna-t-il, *Miam se débrouille bien. Miam trouve plein à manger. Miam très bien tout seul ! Miam PLUS JAMAIS FAIM !*

Quelque chose siffla dans les airs au-dessus de sa tête et vint heurter la table de pique-nique.

Logan et Miam baissèrent les yeux. Le garçon mit un instant à comprendre qu'il s'agissait d'une fléchette tranquillisante.

Hélas, le griffon le comprit avant lui.

– *TRAHISON !* hurla-t-il. *Délicieux steaks pour me PIÉGER !*

Il sauta lourdement de la table de pique-nique tandis que Logan bondissait sur ses pieds.

Les parents de Zoé surgirent des bois d'un côté ; Matthew et Blue apparurent de l'autre. À part ce dernier, ils étaient tous armés de fusils à fléchette.

– *VILAIN !* cria Miam, en galopant en zigzag.

Malgré son embonpoint, il était étonnamment rapide. Il esquiva Blue qui, en se jetant sur lui, se retrouva le nez dans l'herbe. M. Kahn tira à nouveau sur le griffon, mais Miam évita la fléchette. Il fonça vers les bois en essayant de contourner les parents de Zoé.

Sa mère pressa alors un bouton sur son poignet et un gigantesque filet se déploya dans les airs. L'espace d'un instant, Logan crut bien qu'il allait retomber sur Miam, mais le griffon roula à terre et s'échappa. Il bondit sur ses pattes juste sous le nez du père de Zoé et obliqua vers le parking.

Logan se lança à sa poursuite.

– Miam ! Attends ! On te donnera des steaks ! On te donnera tout ce que tu veux.

– Nooon ! hurla Miam, en renversant un barbecue d'un revers d'aile. Miam a horreur de partager. Tout le manger pour moi moi moi !

Zoé fit alors irruption sur le parking, jaillissant des toilettes pour foncer sur lui. Miam freina des quatre pattes.

– C'est moi ! lui cria-t-elle. Tu te souviens ? Je t'ai donné des Jelly Belly !

– Aussi donné aux autres ! Pas assez de Jelly Belly pour Miam !

Prenant de nouveau la direction des bois, il battait des ailes tout en courant pour tenter de prendre son envol. Sa queue faucha une poubelle au passage. Il laissait de grosses empreintes de pattes de lion dans la terre. Logan imaginait déjà son père les examiner en fronçant les sourcils le lendemain.

Il retourna à la table de pique-nique sortir la bouteille de coulis au chocolat.

– Miam ! Regarde ! Du chocolat ! Je te donne la bouteille rien que pour toi si tu reviens gentiment.

– Miam peut avoir tout le chocolat qu'il veut ! brailla-t-il en évitant la mère de Zoé pour s'engouffrer entre les arbres. MIAM EST LIIIIII...

Plop ! Une fléchette tranquillisante se planta dans sa cuisse.

Miam trébucha, fit une galipette et s'écroula en vrac par terre juste à l'orée des bois.

– Beau tir, Matthew, le félicita son père.

Le garçon leva son fusil et s'inclina comme un chef d'orchestre.

Logan courut rejoindre le petit griffon et s'agenouilla auprès de lui. Les yeux clos, il était étalé de tout son long, ses grosses pattes écartées, comme une carpette.

– Désolé, Miam, chuchota Logan en posant une main sur sa tête. Je ne voulais pas te piéger ; c'est pour ton bien, je t'assure.

Le père de Zoé approcha la camionnette et, tous ensemble, ils installèrent le griffon dans la cage réparée, à l'arrière.

Logan glissa la bouteille de coulis au chocolat entre les pattes avant de Miam – ce qui fit bien rire Matthew et Blue !

– Il n'a vraiment pas besoin d'un supplément de calories, fit Matthew d'un ton de reproche.

– Il sera grognon quand il se réveillera dans son enclos. Mais, au moins, il aura un trésor rien que pour lui, expliqua Logan.

– L'espace d'une nanoseconde, le temps qu'il vide la bouteille, objecta Blue.

– On se retrouve à la maison, annonça M. Kahn en fermant les portes de la camionnette. Zoé, pas la peine de me regarder comme ça.

Elle baissa les yeux et fourra les mains dans ses poches.

« Ils se sont donc disputés… peut-être à mon sujet ? » se demanda Logan.

Et si c'était le cas, Zoé était-elle pour ou contre lui ?

Chapitre 27

Ils durent se mettre à cinq pour traîner la cage de Miam du garage jusqu'à l'enclos des griffons.

– Miam ? répéta Zoé, incrédule. T'es sérieux, Logan ? C'est le premier nom qui t'est passé par la tête ?

– Ça lui va bien, affirma-t-il. Désolé si ce n'est pas aussi mignon que Bouboule.

Comme Matthew pouffait, Zoé les fusilla tous les deux du regard.

– MON FILS CHÉRI ! hurla Riff en rappliquant au galop lorsqu'il les vit arriver. *Oh, NON ! Qu'est-ce qu'il a ? Quel terrible sort s'est abattu sur lui en ce monde périlleux ?*

– Eh bien, pour commencer, il a dévoré toutes les réserves de nourriture de la ville, expliqua Zoé.

– Et on a dû l'endormir pour le ramener ici, enchaîna Matthew. Il se réveillera en pleine forme demain matin.

Il ouvrit la cage et Blue l'aida à déposer le griffon par terre.

Riff leur tournait autour, battant des ailes dans un tourbillon de feuilles mortes.

– *Je vais le veiller jusqu'à son réveil !*

Il s'assit juste à côté, les yeux rivés sur son petit.

– Juste pour vous prévenir, il risque de ne pas être très content de se retrouver là, précisa Logan. Et il s'appelle Miam. Squorp, tu n'as pas intérêt à lui voler son coulis au chocolat.

Le griffon aux plumes dorées recula, l'air innocent.

– Moi ? Squorp ne ferait jamais ça !

Il fixa Logan en plissant les yeux.

– *Mmm... Trésor pour Clink.*

Il tourna la tête vers sa sœur qui était couchée à l'entrée de la grotte, le bracelet en or entre les pattes.

– Butin de pirate pour Clonk. Chocolat pour Miam. Et ZÉRO RIEN NADA pour Squorp !

– Je m'en occupe, lui promit Logan. Mais en attendant, tiens.

Il s'accroupit pour lui donner le reste de la viande hachée.

– Vache ! Vache ! Vaaache !

Squorp esquissa une petite danse de joie autour de Logan et nicha son bec au creux de sa paume en signe de reconnaissance.

– Oh ! s'exclama Nira en sortant de la grotte.

Flurp et Clonk étaient perchés sur son dos, cramponnés à ses ailes blanc neige.

– Merveilleux. Un autre de mes charmants petits est de retour.

– Squorp ! s'exclama Flurp. Nouveau jeu ! On dirait que maman est un arbre ; le premier à grimper sur sa tête a gagné !

– Non ! protesta Clonk. On dirait que la queue de maman est un serpent et le premier à l'attraper pour le tuer a gagné.

– Meilleure idée ! renchérit Squorp. On dirait que la queue de maman est un monstre de l'espace, alors on se cache derrière les rochers et on l'attaque et on lui grimpe sur la tête et on décolle parce qu'on est des extraterrestres !

– OUUUAAIS ! hurlèrent Flurp et Clonk.

Nira ferma lentement les yeux d'un air théâtral.

– Il ne nous en manque plus qu'une, dit le père de Zoé en lui tapotant le flanc. Ne t'inquiète pas, Nira, nous allons bientôt la retrouver.

– Formidable, dit-elle. J'ai vraiment hâte. Avec seulement cinq petits, j'ai beaucoup trop de temps pour moi.

Logan lui adressa un sourire compatissant tandis que M. Kahn fermait le portail. Riff montait toujours la garde auprès de Miam pendant que les quatre autres petits poussaient et tiraient leur mère pour qu'elle se lance à leur poursuite.

– Alors, des idées pour la dernière petite, les enfants ? demanda Mme Kahn.

Logan, Zoé et Blue se consultèrent du regard. Ils n'avaient encore parlé à personne de la conversation téléphonique qu'ils avaient surprise au CDI du collège. Logan se demandait si Zoé devait prévenir ses parents maintenant ou si elle l'avait déjà fait – et si c'était, peut-être, la raison de leur dispute.

C'est alors qu'un cri perçant monta des alentours du lac, suivi par le bruit d'un objet qui percute violemment du bois. Ils se retournèrent tous d'un seul mouvement.

– Les licornes ! s'écria Matthew en fonçant vers l'écurie.

Logan et les autres l'imitèrent.

« C'est peut-être la petite griffonne, pensa Logan, plein d'espoir. Si ça se trouve, elle est revenue en douce et s'est cachée là-bas. »

Mais ce n'était pas la griffonnette.

C'était Keiko.

Plantée au milieu de l'écurie, elle bombardait Cléopâtre de pommes et de jurons en japonais (c'est du moins ce que supposa Logan).

L'une de ses nattes était défaite et elle avait les joues striées de terre.

– Arrête, Keiko ! ordonna Mme Kahn en lui prenant le bras. Qu'est-ce qui te prend ?

– Regarde ce qu'elle m'a fait ! cria-t-elle en se libérant de son emprise.

Elle désigna un énorme accroc sur la manche de sa chemise et une toute petite égratignure en dessous.

– Cette chemise coûte soixante-quinze dollars ! Tu ne sais pas à qui tu as affaire, jument !

« Soixante-quinze dollars ? » Logan n'en croyait pas ses oreilles.

– Au contraire, répliqua Cléopâtre, je t'ai vue venir et tu ne me fais absolument pas peur.

– On verra ce que tu en diras quand je reviendrai en pleine nuit pour te BOUFFER ! menaça Keiko.

– Il faudrait d'abord que tu m'attrapes, fit valoir la licorne en agitant sa crinière.

– Mais qu'est-ce que tu fabriques ici, Keiko ? demanda Zoé.

– Je faisais tes corvées ! s'indigna-t-elle. J'essayais de brosser ces stupides bourriques albinos ! dit-elle en désignant l'étrille gisant dans la paille, près des sabots de Cléopâtre.

– Je ne vois vraiment pas ce que tu as pu faire de mal, remarqua sèchement Charlemagne dans l'autre box. C'est exactement l'attitude que les membres de la famille royale attendent de leurs domestiques.

– Je ne suis *pas* votre domestique ! protesta Keiko.

Et elle lança rageusement une nouvelle pomme contre le mur.

– Et je ne remettrai plus les pieds ici.

Sur ces mots, elle sortit de l'écurie en claquant la porte.

– Eh bien, mission accomplie, commenta Charlemagne avec une satisfaction palpable.

Cléopâtre toisa le reste du groupe. Lorsque ses yeux se posèrent sur Logan, ce dernier s'empressa de faire la révérence et elle lui adressa un signe de tête approbateur.

– Celui-ci peut rester pour me panser. Tous les autres peuvent disposer, déclara-t-elle.

Zoé haussa les sourcils.

– Euh... tu as déjà pansé une licorne ?

– Mon oncle maboul m'a offert un Petit Poney quand j'avais cinq ans. Mon expérience se réduit à ça. Cléopâtre, Zoé pourrait-elle rester afin de me donner des conseils ? Je ne voudrais pas risquer de mal m'y prendre.

La licorne renifla.

– Eh bien... oui, je suppose. Seulement pour cette fois. Et à condition qu'elle ne m'adresse pas la parole.

– Je crois que je peux y arriver, marmonna Zoé.

– Je vais voir si Face-de-Lune a fini de réparer le mur d'enceinte, annonça son père en lui tapotant la tête. Merci d'être intervenu, Logan.

Zoé esquiva sa main et lui lança un regard noir, mais il partit sans même réagir. Sa femme et son fils lui emboîtèrent le pas, mais Logan était ravi de voir Blue se percher sur une meule de foin pour leur tenir compagnie.

– Mes parents se sont disputés toute la journée, expliqua-t-il en bâillant. Ma mère a dit que tout était de la faute de mon père, qu'il aurait dû réparer la grille au niveau du mur d'enceinte. Mon père a répondu qu'il n'y avait pas de problème quand ils ont fait leur ronde le jeudi, sinon les sirènes l'auraient vu. Elle a répliqué que les sirènes passaient plus de temps à se brosser les cheveux qu'à faire leur boulot. Il a affirmé que c'était sûrement les griffons qui avaient écarté les barreaux…

– D'après Squorp, ce n'est pas le cas, affirma Logan.

– Il doit se tromper, sinon comment se fait-il que la grille soit dans cet état ? fit Blue en haussant les épaules.

Zoé entra dans le box avec Logan, prit l'étrille et lui montra comment la passer en petits cercles sur le flanc de la licorne.

– C'est si triste, une véritable tragédie, commenta Charlemagne.

Il passa la tête par-dessus la porte de son box pour regarder Logan.

– Ces petits griffons vont tous nous manquer.

– Hé, on en a déjà récupéré cinq, l'informa Zoé. Et on va retrouver la dernière ce soir. Ou demain, avant que les agents arrivent, j'en suis convaincue.

Charlemagne tapa du sabot.

– Déjà cinq de retour dans leur enclos ?

– N'oublie pas que tu t'adresses à une jeune domestique, lui rappela Cléopâtre.

– Oh, oui, c'est vrai.

Charlemagne donna un coup de tête et rentra dans son box en reniflant.

– Cléo, quand vas-tu enfin nous dire ce qu'on a fait de mal ?

– C'est une telle évidence que tu devrais avoir honte de poser la question, riposta la licorne.

Logan la contourna avec précaution pour passer l'étrille sur son autre flanc.

– Et cette dernière petite griffonne, lança-t-il pour changer de sujet, comment pourrait-on la décrire ? Quel genre de trésor lui plairait ?

Zoé secoua la tête.

– Aucune idée. Elle est très discrète. Attentive aux autres. Et futée. Matthew lui a déjà appris à jouer aux échecs.

Elle s'interrompit, tournicotant une mèche de cheveux autour de son doigt.

– Je n'arrête pas d'y penser… Je suis sûre d'avoir fermé le portail. Alors quelqu'un l'a forcément ouvert. Mais qui et pourquoi ? Et si quelqu'un voulait voler un petit griffon ? C'est peut-être ce qui lui est arrivé…

– Comme la fameuse traqueuse, intervint Blue, adossé au mur, les mains derrière la tête. Celle qui s'est enfuie avec le dragon chinois au lieu de l'amener ici.

– On n'est pas sûrs que ça se soit passé comme ça, tempéra Zoé en se penchant pour ramasser un cure-pied.

Blue haussa les épaules.

– C'est normal que les créatures fantastiques attirent les convoitises. Même des animaux sans pouvoirs se vendent une fortune au marché noir.

Cléopâtre souffla par les naseaux, l'air sceptique.

– Celui qui achète un griffon risque de vite le regretter. Enfin… non que je me soucie de vos problèmes.

– Donc, si on trouve qui les a laissés sortir, ça pourrait nous mener à la dernière, hasarda Zoé.

– En fait, j'ai bien ma petite idée à ce sujet, intervint Logan. Mais si j'ai vu juste, ça ne nous aidera pas à la retrouver.

– Et c'est quoi, ton idée, monsieur l'expert ès griffons ? demanda Zoé.

Il hésita. Ça paraissait idiot maintenant qu'il était sur le point de le dire mais… et s'il avait raison ?

– Je crois…, commença-t-il lentement, je crois que c'est Nira qui a laissé sortir ses propres petits.

Chapitre 28

– Ouh là ! Notre grand spécialiste en griffonologie perd les pédales ! s'écria Zoé.

Elle se percha sur la meule de foin, à côté de Blue, et s'adossa au mur. Elle était complètement à plat. Trop fatiguée même pour vraiment se moquer de la théorie délirante de Logan.

– Non, je suis sérieux, insista ce dernier. Vous n'entendez pas les petits dans vos têtes, vous ne savez pas comment ils sont, ils n'arrêtent pas… Ils sont tout le temps sur elle, ça doit être épuisant. C'est la foire dans cet enclos, et elle fait quatre-vingt-dix pour cent du boulot alors que Riff s'agite en croyant l'aider, mais il en rajoute, en fait. Et si elle les avait laissés sortir pour pouvoir souffler un peu ?

– Mais les petits l'auraient vue faire, dans ce cas, non ? objecta Blue.

– Peut-être qu'elle est sortie de l'enclos pendant

leur sommeil, a déverrouillé le portail puis attendu qu'ils le découvrent par eux-mêmes, suggéra Logan. Avec Riff, ils peuvent franchir la clôture d'un coup d'aile, non ?

– Oui, c'est juste pour les petits, enfin, en principe. C'est pour ça qu'on les a installés là.

Zoé donna un coup de pied dans le foin.

– C'est vrai que Nira est fatiguée et irritable ces derniers temps, mais quel genre de mère mettrait ses propres petits en danger comme ça ?

Logan se retourna pour peigner la crinière de Cléopâtre.

– Elle pensait peut-être qu'ils resteraient à l'intérieur de la Ménagerie. Ou pas… Tout le monde n'a pas l'instinct maternel, conclut-il d'un ton éteint.

– Logan…, fit Zoé.

– Hé, je sais ! la coupa Blue en se redressant subitement. On a un moyen de savoir si la coupable est bien Nira.

Il se tourna vers Zoé.

– La vidéosurveillance.

– Il y a des enregistrements ?

Logan passa la tête sous l'encolure de Cléopâtre pour leur lancer un regard désabusé.

– On aurait peut-être pu commencer par là !

– Non, objecta Zoé, les caméras sont à l'intérieur de l'enclos, on ne voit pas le portail de l'extérieur. Mais tu as raison, on peut vérifier ce que Nira a fait de sa nuit.

– Allons-y !

Logan sortit du box et s'inclina.

– Puis-je disposer, Cléopâtre ?

La licorne fit danser sa crinière en susurrant :

– Je suppose.

Ils foncèrent aussitôt vers la maison, Zoé en tête. Ils pénétrèrent dans le bureau de Mélissa, qui donnait sur le salon.

La photo de classe de sixième de Blue était accrochée au mur, dans un cadre en argent, mais à part ça, il n'y avait pas la moindre fantaisie. Tout était noir et blanc, carré, propre, net et bien rangé. Zoé remarqua avec envie que la plupart des lignes de sa liste étaient rayées. Elle avait beau essayer d'imiter Mélissa, elle était toujours débordée, et pas aussi bien organisée.

Dans un coin de la pièce, un écran permettait de visionner les enregistrements de vidéosurveillance. Zoé chercha ceux de l'enclos des griffons.

– On voit les agents de la SPAM, dit-elle en faisant défiler en avance rapide la journée du dimanche.

Logan se pencha au-dessus de son épaule, sourcils froncés.

– Attends, mets sur pause.

Il dévisagea les deux agents et secoua la tête.

– Non, laisse tomber.

– Qu'est-ce qu'il y a ? demanda Blue.

– Ce type me dit quelque chose, expliqua-t-il en le montrant du doigt, mais je n'arrive pas à savoir où j'aurais pu le voir.

Zoé, mal à l'aise, remit en avance rapide.

– Alors… jeudi. Me voilà en train de brosser les petits.

On la voyait lire un chapitre de *Harry Potter* à Flurp, et souhaiter bonne nuit à chacun avant de partir.

Aussitôt après, les six petits se jetaient sur Nira, qui était en train de somnoler sous les arbres. Les vingt-quatre pattes bondissant sur son dos comme sur un trampoline la réveillaient en sursaut. Elle essayait de se redresser, bâillant et clignant des yeux, mais deux petits la renversaient et commençaient à se battre entre ses ailes. Pendant ce temps, les quatre autres se lançaient dans une course folle, pourchassant sa queue ou se perchant sur son crâne.

– Waouh, siffla Blue en fixant l'écran, les bras croisés. Ça a l'air épuisant.

– Vous voyez ? fit Logan. Pauvre Nira.

Il saisit le mug de Mélissa – un cadeau de son fils clironnant « je préfère les cow-boys aux sirènes » – et l'examina distraitement.

Zoé appuya son menton dans sa paume. Comment avait-elle pu rater ça ? Et comment Logan avait-il pu le remarquer en deux secondes ? Il faut dire que, dès qu'elle pénétrait dans l'enclos, les petits griffons se ruaient sur elle pour voir si elle apportait des bonbons ou un jouet, si bien qu'elle ne les avait jamais vus s'acharner sur leur mère de cette manière.

– Et où est Riff pendant ce temps-là ? demanda Logan.

Blue désigna un coin de l'écran.

Le père griffon, perché sur une branche au-dessus de la mêlée, dormait paisiblement.

– Bon… Quand on aura retrouvé la dernière, on va devoir tenir un conseil de famille chez les griffons.

– Il faudrait en parler à Clink, suggéra Logan en montrant du doigt la plus grande de la portée. Si elle apprend à jouer avec son père et à laisser un peu d'air à sa mère, les autres l'imiteront.

Zoé passa le reste de la soirée en avance rapide. Quand Nira leur donnait le bain, elle se retrouvait complètement trempée. Quand elle les faisait dîner, elle devait les séparer toutes les cinq secondes parce qu'ils se battaient pour avoir la plus grosse ou la meilleure part. Ils finissaient par s'endormir, un à un, alors qu'il faisait déjà nuit depuis des heures. Le dernier debout était Squorp qui n'arrêtait pas de se relever pour aller embêter sa mère.

Enfin, on voyait Nira à l'entrée de la grotte, contemplant ses petits blottis les uns contre les autres en un gros tas de plumes et de poils. Elle attendait cinq minutes pour vérifier qu'ils étaient tous bien endormis, puis elle reculait lentement, sans un bruit, et s'installait sur un lit de feuilles mortes. En soupirant, elle se couchait et fermait les yeux.

Quelques minutes plus tard, Riff se réveillait, bâillait, s'étirait et sautait à terre, soulevant un nuage de poussière. Il considérait sa femme endormie, puis s'avançait vers les petits assoupis.

Nira rouvrait aussitôt les yeux et l'attrapait par la queue pour le retenir. Avant qu'il puisse protester, elle le plaquait au sol et lui fermait le bec de ses deux pattes.

Riff prenait l'air outragé et, quand elle le relâchait, il s'éloignait en grommelant. Nira le surveillait du coin de l'œil un instant, puis finalement se rendormait.

Et c'était tout.

Ils parcoururent la nuit en avance rapide. Nira dormait comme une souche puis, après avoir arpenté l'enclos, le torse bombé, tel un vaillant garde, Riff se recouchait également. Vers deux heures du matin, Clink relevait soudain la tête et se faufilait jusqu'au portail.

– Regardez ! chuchota Zoé. Elle a dû entendre quelqu'un l'ouvrir.

– Alors ce n'est pas Nira, finalement, dit Blue.

– Il faut croire que non, murmura Logan. Et ce n'est pas de la faute de Zoé non plus.

Celle-ci dut se retenir de lui sauter au cou.

Clink contemplait ses parents endormis, puis le portail. De quelques coups de bec bien placés, elle réveillait ses frères et sœurs. Elle agitait les ailes et les pattes comme si elle leur faisait un grand discours – sans doute pour vanter tous les trésors qu'ils allaient trouver à l'extérieur, supposa Zoé.

Les petits la suivaient en titubant jusqu'au portail, qui s'ouvrit sans résister quand elle le poussa. Ils lui emboîtaient le pas, sortaient de l'enclos, s'enfonçant un à un dans la nuit.

Logan se pencha à nouveau au-dessus de l'épaule de Zoé.

– Attends... retourne en arrière. Qu'est-ce qu'elle fabrique ?

Il montrait du doigt la plus petite de la portée, celle qui manquait toujours à l'appel. Elle semblait traîner en arrière, encore dans l'enclos.

Zoé rembobina et repassa la scène.

Tandis que les autres griffons suivaient Clink, la plus petite jetait un regard furtif aux alentours, puis creusait un trou au pied des rochers. Elle y glissait un petit objet, le recouvrait de terre et piétinait l'ensemble. Puis elle filait hors de l'enclos rejoindre ses frères et sœurs qui n'avaient rien vu.

– C'était quoi, ça ? marmonna Zoé entre ses dents.

Elle effleura l'écran du bout des doigts.

– Qu'est-ce que tu as enterré, petite griffonne ?

– On dirait qu'elle voulait mettre son trésor en sécurité, fit valoir Blue.

– Ce qui veut dire qu'elle avait l'intention de revenir, souligna Logan.

Il fit tourner le mug entre ses doigts.

– C'est bon signe, non ?

– J'espère, soupira Zoé. Il faudrait qu'on retrouve ce qu'elle a enterré. Ça nous donnerait peut-être un indice...

Elle écarta la chaise à roulettes du bureau et se

leva. La vue des agents de la SPAM avait réveillé ses angoisses. Ils avaient à peine vingt-quatre heures devant eux avant leur retour. À midi demain, la Ménagerie pouvait fermer à jamais. Pire encore, s'ils ne retrouvaient pas la dernière petite griffonne, la SPAM pourrait décider de la tuer.

– Où allez-vous comme ça ? demanda sa mère alors qu'ils retraversaient le salon.

En la voyant mettre le couvert, Zoé eut envie de hurler. Comment ses parents pouvaient-ils songer un seul instant à se mettre à table ? Pourquoi n'étaient-ils pas en pleine panique ? Jamais ils ne s'affolaient, jamais, mais cette fois pourtant, ça semblait inévitable.

– On est sur une piste, répondit-elle en refermant la porte derrière elle.

Blue arriva le premier à l'enclos des griffons et ouvrit le portail alors que Zoé et Logan le rejoignaient en courant. Squorp passa la tête par-dessus l'aile de sa mère. Zoé devina ce qu'il pensait sans même que Logan ne le lui dise :

– VACHE ?

– Salut à toi aussi, répondit Logan en souriant.

Ils s'accroupirent près du rocher qu'ils avaient vu dans la vidéo.

En quelques secondes, tous les petits à l'exception de Clink les rejoignirent pour se percher sur les rochers ou passer la tête entre les genoux du garçon.

– Ils aimeraient savoir ce qu'on fabrique.

– Waouh, merci de m'en informer, dit Zoé en repoussant le bec curieux de Clonk. Je n'aurais jamais deviné. Ouille, Flurp, tu es trop grande pour t'asseoir sur mon épaule, maintenant.

La griffonne gris foncé se blottit sous son bras à la place.

Ils repérèrent le carré de terre fraîchement retournée par sa sœur. Quand Logan commença à creuser, Squorp sauta à bas de son rocher et manqua lui déchiqueter la main avec ses griffes.

– OK, fit le garçon en reculant. Vas-y.

Squorp dégagea l'objet en quelques coups de pattes. Lorsqu'il s'écarta, ils virent tous un truc violet dans la terre.

– Oh non, c'est pas vrai !

Zoé se pencha pour le prendre délicatement. Même s'ils étaient tout sales, elle reconnut au premier coup d'œil les fils rose, violet et jaune.

C'était le bracelet d'amitié que Jasmine lui avait fabriqué deux ans auparavant. Zoé ne l'avait jamais enlevé, enfin avant leur « rupture ». Et même depuis, elle le portait parfois à la maison, loin du regard de son amie.

Il avait disparu quelques semaines plus tôt. Zoé se rappelait l'avoir mis un jour où Jasmine lui manquait plus que d'habitude. Puis l'avoir enlevé pour donner le bain aux griffons. La petite avait dû le subtiliser à ce moment-là, pendant que Zoé se débattait avec ses frères et sœurs.

…orta la main à son poignet nu, prise d'un hor-…ressentiment.

…Les garçons, je crois que je sais où elle est.

Elle prit une profonde inspiration avant de regarder Blue dans les yeux.

– Je pense qu'elle est allée chez les Sterling.

Chapitre 29

Logan ne comprenait pas pourquoi Zoé faisait une telle tête... à croire que l'apocalypse venait de s'abattre sur la Ménagerie. Elle contemplait le bracelet brésilien comme s'il s'agissait d'une bombe sur le point d'exploser.

– Et alors... c'est ennuyeux ? hasarda Logan.

– C'est terrible, soupira-t-elle. Tu imagines, s'ils la trouvent ? De tous les habitants de Xanadu, les Sterling!

– Qu'est-ce qu'elle irait faire là-bas? demanda Blue.

Zoé étala le bracelet sur sa paume.

– J'avoue que, quand je racontais des histoires aux petits griffons, il m'est arrivé de parler de Jasmine et de sa maison : les passages secrets, les trésors cachés et tous leurs trucs cool... Je pensais que ça les intéresserait, c'est tout. Je n'avais jamais imaginé que l'un d'eux irait réellement là-bas.

– Et c'est si grave que ça ? Si les Sterling la voient, vous n'avez qu'à effacer à nouveau leur mémoire, non ? demanda Logan.

– Oui, mais ce n'est pas vraiment bon de boire trop d'encre de kraken. De plus, voir un griffon pourrait réactiver toutes sortes de souvenirs. Et puis, nous ignorons ce que Jonathan avait l'intention de faire avec le jackalope qu'il a essayé de voler, va savoir ce qu'il pourrait fabriquer avec un griffon…

– Waouh, siffla Logan. Sérieux? Il a vraiment volé un… OK, je n'ai aucune idée de ce qu'est un jackalope.

– Un genre de lapin avec des bois de chevreuil, dit Blue. C'est la créature fantastique officielle du Wyoming.

Logan cligna des yeux.

– Tu rigoles ? Ça existe ? Comme la fleur emblématique de l'État, l'oiseau emblématique de l'État… la créature fantastique emblématique de l'État ?

– Ça dépend des États, affirma Blue, impassible.

Logan n'arrivait pas à savoir s'il plaisantait.

– Quoi qu'il en soit, Matthew l'a surpris alors qu'il s'apprêtait à filer avec, et on a compris qu'on devait effacer sa mémoire, expliqua Zoé. On ne pouvait plus lui faire confiance. Ruby a piqué une de ces crises !

Elle frotta le bracelet entre ses doigts pour ôter la terre.

– Tu imagines s'il avait l'intention de le vendre ?

Et s'ils mettaient la petite griffonne sur eBay ? Il faut qu'on aille là-bas immédiatement.

Elle se leva, s'ébroua pour chasser les griffonnets comme des gouttes d'eau et se rua vers le portail.

Les garçons la suivirent en courant.

– Attends, on n'a même pas de plan ! protesta Logan.

Zoé ne répondit pas. Elle traversa le garage en coup de vent et était déjà presque arrivée au portail avant qu'ils aient attaché leurs casques.

– Ça ne va pas bien se passer, prédit Blue en prenant son vélo. Jasmine ne la laissera jamais entrer.

– Moi non plus, j'imagine, renchérit Logan. Mais au moins, sur nous trois, il y en a un qu'elle sera contente de voir.

Blue repoussa sa mèche en arrière.

– Qui ?

– Bah, toi, affirma Logan en enfourchant son vélo. Tu n'auras aucun problème à entrer chez les Sterling.

– Moi ? fit Blue, stupéfait. Et pourquoi ?

Logan soupira. Parfois, Blue était un peu lent à la comprenette.

– Tu n'as jamais remarqué que Jasmine avait un gros faible pour toi ?

– Aaaah !

Blue se boucha les oreilles.

– Logan, pourquoi tu m'as dit ça ?

Il se pencha sur le guidon et détala en pédalant comme un fou.

Logan le rattrapa peu après. De gros nuages noirs assombrissaient le coucher de soleil, et le tonnerre grondait au loin.

– Désolé. Elle ne te plaît pas ? s'étonna Logan.

– Même si c'était le cas, et je ne confirme pas, je n'ai le droit de sortir avec personne hors de la Ménagerie. Et surtout pas avec une humaine. De toute manière, je suis sûr que tu te trompes. Qu'est-ce qui te fait dire ça ?

– Regarde sur ton bureau lundi. Elle te prête un stylo presque chaque matin. Elle te parle plus qu'à aucun autre garçon de la classe. Elle passe son temps à te regarder et à faire tomber des trucs près de toi en espérant que vous vous penchiez tous les deux pour les ramasser. En plus, toutes les filles ne parlent que de ça – je ne sais pas si elles ne s'aperçoivent pas de ma présence ou si elles s'en moquent.

Blue tendit la main et scruta le ciel.

– Donc tu veux que je me serve des prétendus sentiments de Jasmine à mon égard pour pénétrer chez les Sterling et chercher la petite griffonne ? Ça, c'est mal.

– Mais c'est pour une bonne cause. La Ménagerie.

Blue soupira.

– On ferait bien de rattraper Zoé.

Ils trouvèrent son vélo abandonné contre un arbre, non loin de la propriété des Sterling. Ils laissèrent les leurs au même endroit et remontèrent la route, en restant à couvert des arbres.

– Oh oh, fit Blue en désignant du menton le grand mur blanc à l'arrière de leur jardin.

Les baskets de Zoé venaient de disparaître de l'autre côté.

– Bon… eh bien, il faut croire qu'on va entrer par effraction…

Il n'osait même pas imaginer… si ça tournait mal, qu'il était arrêté, qu'est-ce qu'il dirait à son père ? Un autre grondement de tonnerre ébranla le ciel, comme un géant approchant à pas lourds.

– Zoé avait l'habitude de s'introduire comme ça dans la maison quand Jasmine était punie, expliqua Blue.

Il s'agrippa à la branche la plus basse d'un arbre et se hissa dessus. Logan l'imita, puis ils progressèrent à travers les branchages tortueux et sautèrent sur le sommet du mur des Sterling.

De là-haut, ils apercevaient dans un coin le jardin zen avec son Bouddha souriant et sa fontaine à galets. Une somptueuse piscine éclairée occupait presque tout le reste du terrain. Devant la petite cabane blanche, sur les transats, gisait un gros croco gonflable ainsi qu'une serviette de bain noire.

« La piscine doit être chauffée s'ils se baignent encore en octobre », pensa Logan.

Un livre à la couverture noir et or, ouvert, était abandonné sur une autre chaise longue – il espérait que quelqu'un penserait à revenir le chercher avant que la pluie se mette à tomber.

Mais il n'y avait personne en vue – pas même Zoé.

Blue se laissa tomber sans bruit dans le jardin, suivi, un peu moins silencieusement, par Logan.

C'est quand ses baskets atterrirent dans l'herbe que celui-ci se rendit compte qu'il n'y avait aucun moyen de franchir le mur dans l'autre sens.

– Et comment on sort ? chuchota-t-il.

– Zoé n'a jamais trop su parce qu'à chaque fois elle se faisait prendre, et Mme Sterling la ramenait à la maison en la tirant par l'oreille.

Logan frissonna.

« J'espère vraiment que ça ne va pas nous arriver cette fois. »

Ils traversèrent le jardin sur la pointe des pieds, rasant les murs, jusqu'à la maison. Les hautes fenêtres, aux longs rideaux gris, donnaient sur une salle à manger très chic. Logan aperçut Jasmine, son frère Jonathan et leurs parents en train de dîner autour d'une table en bois de merisier ciré. Au-dessus de leurs têtes, un lustre jetait des éclats de lumière dans la pièce, se reflétant dans les miroirs, les vases et les chandeliers en argent.

– Par ici, siffla Zoé.

Elle était accroupie devant une porte vitrée qui donnait dans une pièce remplie de plantes, aux parois tout en verre. Zoé tourna la poignée avec précaution et ils s'introduisirent à l'intérieur pour se cacher derrière un énorme palmier. Logan savait que les élégantes fleurs violettes qu'il avait aperçues étaient des orchidées, mais il ne reconnaissait aucune des autres.

– Ils ont un jardin *dans* leur maison ? s'étonna-t-il.

– C'est une serre, chuchota Zoé. Eh oui ! Elle mène vraiment la vie de château.

– La griffonne est peut-être là, suggéra Blue, plein d'espoir.

Ils se séparèrent pour fouiller parmi les plantes. Logan regarda sous les tables, fourra sa tête dans les buissons les plus épais… mais aucune trace de la petite griffonne.

– Il faut qu'on entre dans la maison, décida Zoé en s'approchant de la porte vitrée qui donnait sur la cuisine. Sans faire de bruit, précisa-t-elle en l'entrouvrant délicatement.

Logan se faufila dans l'entrebâillement à la suite de Blue et de Zoé.

La cuisine était immense et rutilante, tout en bois de merisier et argent, comme la salle à manger, avec des plans de travail en marbre noir. Logan entendait le tintement des couverts et les voix étouffées provenant de la pièce voisine. Jonathan dit quelque chose qui fit rire les trois autres. Ils étaient beaucoup trop près et, pour la première fois du week-end, Logan regretta de ne pas être chez lui devant la télé avec Persépoil sur les genoux.

Zoé ouvrit un placard et poussa toutes les étagères d'un côté pour révéler un étroit escalier qui montait dans l'obscurité. Blue passa en tête, puis Logan et Zoé en dernier, qui remit les étagères en place et ferma la porte, si bien qu'ils se retrouvèrent dans le noir. Logan se figea, désorienté. Il sentit la main de Zoé dans son dos.

– Ne t'inquiète pas, si on se fait prendre, je dirai que tout est ma faute.

– Alors on va éviter de se faire prendre, murmura-t-il. Ça débouche où ?

– Dans la chambre de Jonathan, répondit-elle. Avec Jasmine, on les espionnait parfois, Ruby et lui… sauf quand ça devenait trop dégueu.

Elle le poussa légèrement pour qu'il continue à grimper.

Blue les attendait en haut de l'escalier, sur un petit palier. Zoé regarda par le judas, puis fit coulisser un panneau à leurs pieds. Ils durent marcher à quatre pattes. Logan sentait des formes biscornues sous ses paumes et ses genoux, et des tissus légers lui effleurer la tête. Quand Zoé ouvrit une autre porte, il comprit qu'il était dans un dressing qui faisait la moitié de sa propre chambre.

Ils émergèrent dans celle de Jonathan, où il ne faisait visiblement que passer pour dormir. Un sac de linge attendait près de la porte et une sacoche bourrée de livres était posée près du lit défait. Sur le bureau, un gros livre d'histoire de l'art était ouvert à la page sur l'Antiquité grecque à côté d'un ordinateur portable dont l'économiseur d'écran faisait tourner des photos en boucle : Jonathan et Jasmine dans la piscine, Jonathan sur un voilier, Jonathan à la tour Eiffel, Jonathan au ski, Jonathan et Jasmine qui jouaient au tennis, Jonathan avec une fille blonde sur fond de montagnes dorées sous un ciel bleu sans nuages.

Zoé prit Blue par le bras.

– C'est Ruby ! siffla-t-elle. Je croyais qu'elle avait effacé toutes leurs photos de couple !

– Elle a dû en oublier quelques-unes, fit-il avec un haussement d'épaules.

Zoé fit un pas vers l'ordinateur.

– Laisse tomber ! Le plus urgent, c'est de récupérer la petite griffonne.

Blue traversa la moquette blanche sur la pointe des pieds et risqua un œil dans le couloir. Logan entendait le vent souffler en violentes bourrasques dehors, secouant les arbres.

Ils sortirent sur une mezzanine surplombant l'entrée. Elle était bordée des deux côtés par une série de portes fermées. Une immense fenêtre ronde surmontait la porte d'entrée, et à l'arrière une porte vitrée donnait sur la piscine.

Des tas d'œuvres d'art décoraient la mezzanine, on se serait cru dans l'aile consacrée à l'art asiatique du musée de Chicago : dragons de pierre, hauts vases en porcelaine, bodhisattvas dorés et carillons en métal. Sur l'une des portes, à l'autre bout, on lisait « Jasmine » en lettres roses pailletées, avec en dessous un panneau « Défense d'entrer ».

– Je parie que la griffonne est là-dedans, chuchota Zoé en s'approchant de l'un des hauts vases.

Elle jeta un coup d'œil à l'intérieur puis soupira, déçue :

– Raté ! Elle est peut-être montée au grenier.

– Attends ! fit Logan.

Il avait repéré un coffre noir en bois laqué, près de la chambre de Jasmine. Posé sur un socle en bronze avec un verrou et des charnières également en bronze, il était orné de fleurs blanches et de colibris dorés.

Selon Logan, c'était la cachette idéale pour une petite griffonne. Il traversa la mezzanine en surveillant discrètement le rez-de-chaussée, puis s'accroupit près du coffre.

Quand il en souleva le couvercle, il se retrouva face à une paire d'yeux noirs brillants. La griffonne s'ébroua avec un petit cri déçu.

– Chut ! souffla Logan en posant un doigt sur ses lèvres. On est venus te sortir de là. Ne fais pas de bruit.

– Oh oui, merci !

Elle hocha la tête et étira ses ailes en frissonnant.

– J'aime pas cet endroit. Glacé et sinistre. Pas chaleureux et amusant comme avait dit Bébé-Stressé.

Elle faisait la taille du chat de Logan, pourtant elle paraissait un peu à l'étroit dans le coffre.

Le garçon se pencha pour la sortir délicatement et la prendre dans ses bras comme il avait vu Zoé le faire avec les autres petits.

Quand il se retourna, Zoé l'avait rejoint.

De l'autre côté de la mezzanine, Blue leva le pouce.

Logan sentit son pouls se calmer. Ils avaient retrouvé la petite griffonne. Maintenant, ils n'avaient plus qu'à filer et, bientôt, ils seraient en sécurité à la Ménagerie.

Mais il avait à peine fait un pas vers Blue qu'on sonna à la porte.

Chapitre 30

Le carillon résonna dans toute la maison, suivi par un crissement de chaises dans la salle à manger. Logan se figea, jetant à Zoé un regard désespéré. Depuis l'entrée, on voyait clairement toute la mezzanine. Ils ne pourraient jamais regagner la chambre de Jonathan sans se faire repérer !

Zoé le prit par le bras et l'entraîna dans la chambre de Jasmine tandis que Blue rentrait dans celle de son frère. Logan eut à peine le temps d'apercevoir les murs lavande, la moquette blanche, et le chevalet dans un coin, deux étagères remplies de livres, quelques posters de Monet et un tas de tigres en peluche sur le lit avant qu'elle le pousse dans le dressing. Il trébucha sur une paire de sandales roses à talons hauts et faillit faire tomber Zoé. La griffonne se cramponnait à lui avec ses griffes acérées. Ils se tapirent au fond du placard, derrière les manteaux qui sentaient le parfum fleuri de Jasmine, et attendirent dans le noir.

En bas, des voix d'homme se saluèrent.

– Si c'est pour M. Sterling, ils iront dans la bibliothèque et on pourra…

Zoé se tut en entendant la porte de la chambre s'ouvrir, puis se refermer violemment. Par la fente de la porte, ils virent Jasmine se jeter sur son lit. Sa mère lui cria quelque chose d'en bas, mais elle ne répondit pas.

Logan caressait la fourrure toute douce de la griffonne en s'efforçant de respirer calmement. Après leur rencontre en ville l'après-midi même, il n'osait même pas imaginer ce qu'elle dirait si elle les trouvait, Zoé et lui, dans son placard… et avec une petite griffonne en plus. À travers ses vêtements, il sentait son cœur battre aussi vite que le sien.

– Salut ! fit la voix de Jasmine.

Logan mit un instant à comprendre qu'elle était au téléphone.

– Tu fais quoi ?

Elle s'approcha de son bureau pour allumer sa tablette. La musique emplit la pièce.

Elle éternua alors trois fois d'affilée.

– C'est pas vrai, ces allergies, ça me rend folle depuis quelques jours !

La porte de sa chambre s'ouvrit brusquement, faisant sursauter les deux clandestins dans le dressing.

Une silhouette vêtue d'un tailleur argenté passa la tête dans l'entrebâillement.

– Jasmine, je t'ai entendue éternuer. Ça va ?

– MAAAAMAAAAAN ! hurla l'intéressée en lui jetant un tigre en peluche.

– C'est bon, c'est bon, je venais juste voir, bredouilla-t-elle en s'éclipsant à nouveau.

Jasmine se releva pour claquer la porte derrière elle.

– C'est trop relou, se plaignit-elle, mes parents sont convaincus que j'ai la tuberculose ou je ne sais quoi. Hé, dis… tu crois que Blue viendrait à ma soirée de Halloween si je l'invite ?

Elle se tut, tripotant une petite licorne en verre sur son bureau, puis poussa un soupir tragique.

– Je sais bien qu'il ne va jamais aux soirées. Bon… tu vas te déguiser en quoi ? Ne réponds pas en chat, c'est trop cliché.

Zoé se mordit les lèvres.

– On risque d'être coincés là un bout de temps, murmura-t-elle. Le seul sport d'endurance que Jasmine aime, c'est le téléphone.

Elle se pencha derrière Logan, qui sentit la paroi coulisser et s'aperçut qu'elle avait ouvert un autre passage secret.

– Viens…

Logan referma la cloison derrière lui avant de la suivre dans l'étroit escalier en colimaçon, la griffonne dans les bras. À mi-chemin, une minuscule lucarne donnait sur le jardin. Elle faisait à peine la largeur de la main, mais Logan vit la pluie tomber sur la piscine, la serviette de bain et le livre abandonné.

Zoé l'arrêta en bas des marches.

– Chut, souffla-t-elle, ça donne dans la bibliothèque.

Elle désigna un judas dans le mur, où Logan colla son œil.

Il mit un instant à comprendre que l'œilleton était caché dans une étagère, tout près d'un serre-livres en cristal figurant un dragon. Il n'apercevait qu'un petit coin de la pièce, dont les murs étaient couverts de livres du sol au plafond. Dans son champ de vision, il y avait également un grand bureau massif en acajou.

Il sursauta quand quelqu'un passa devant « son » étagère.

– Vous êtes sûr que vous ne voulez pas de café ? fit une voix grave.

– Non, merci, lui répondit-on. Je ne peux pas rester longtemps.

Logan eut l'impression que son cœur allait bondir hors de sa poitrine. Il se cramponna au bras de Zoé.

– C'est mon père ! souffla-t-il.

La scène où il se faisait prendre à rôder sur la propriété des Sterling monta de plusieurs crans dans le registre de l'horreur.

– J'apprécie que vous passiez si tard, reprit le père de Jasmine. Je sais que vous alliez rentrer chez vous, mais je voulais vous montrer ça.

Logan le vit brandir un rouleau de papier.

– Waouh, s'écria son propre père un instant plus tard, vous avez de grands projets, monsieur le maire.

– Je ne suis pas encore maire, tempéra-t-il d'un ton bonhomme. Mais, bien entendu, je voulais avoir l'aval de vos services avant de faire des promesses de campagne que je ne pourrais tenir.

– Je peux vous aiguiller pour la demande de permis, mais sans rien vous promettre, surtout qu'il vous faudra l'accord des propriétaires de ces terres.

– Elles m'appartiennent pour la majeure partie, affirma M. Sterling. Ne vous inquiétez pas.

– Très bien. Je vais vous fournir les formulaires dont vous avez besoin et vous indiquer la démarche à suivre, quelle commission interviendra, etc.

– Je vous remercie. Vous êtes arrivé récemment par ici, n'est-ce pas ? Je crois que ma fille est dans la même classe que votre fils.

– Oui, tout à fait.

La voix du père de Logan devint instantanément plus chaleureuse.

– D'ailleurs, c'est pour ça que je dois rentrer à la maison. Il m'attend. Ça vous ennuie si je lui passe un coup de fil ?

Logan porta la main à sa poche. Paniqué, il passa la petite griffonne à Zoé et sortit son portable. Il activa le mode silencieux une seconde avant qu'il se mette à vibrer. À la lueur de l'écran, il vit Zoé écarquiller les yeux.

– C'est bizarre, commenta son père, d'habitude, il répond à la première sonnerie.

Logan s'accroupit tant bien que mal dans l'espace réduit pour taper un texto :

Désolé. Je dîne chez les parents de Blue. Je peux dormir chez lui ?

La culpabilité lui rongeait le cœur. Mais que pouvait-il dire d'autre ?

« Désolé, je suis caché dans la bibliothèque, juste derrière toi, en mission de sauvetage d'un bébé griffon » ?

Il entendit le portable de son père vibrer à son tour. Puis celui-ci s'esclaffa :

– Bon, eh bien, finalement, je crois que je vais accepter ce café.

Logan le voyait taper sa réponse :

Pas de problème. Amuse-toi bien, fiston.

Logan passa le pouce sur l'écran en souriant avant de ranger son portable.

– Formidable ! s'exclama M. Sterling. Je vais pouvoir vous faire l'éloge de notre ville, tout en vous donnant quelques bonnes raisons de voter pour moi.

Ils entendirent Mme Sterling rire quelque part dans la pièce.

– J'ai bien peur que ce soit le prix à payer pour un café dans cette maison.

Zoé tapota l'épaule de Logan et lui montra l'escalier. Ils remontèrent jusqu'à la lucarne et s'assirent sur les marches, côte à côte, à contempler l'orage. Le Bouddha de pierre paraissait beaucoup plus effrayant lorsqu'il surgissait soudain dans la nuit, à la lueur d'un éclair.

– Bon, qu'est-ce qu'on fait, maintenant ? chuchota Logan.

– On attend que tout le monde dorme ? suggéra Zoé. Ils vont bien devoir sortir de la pièce à un moment ou à un autre.

Elle caressa la petite griffonne couchée sur ses genoux.

Une chanson de Katy Perry s'échappait de la chambre de Jasmine, rythmée par des pas sautillants.

– Tu es sûre qu'elle ne risque pas de descendre par là ? s'inquiéta-t-il.

À la faveur d'un éclair, il vit Zoé sourire.

– Non, elle est un peu claustrophobe. Là, je parie qu'elle est en train de danser. Elle fait ça quand ça ne va pas. Ça lui remonte le moral.

Elle soupira.

– Elle te manque, hein ?

– Ouais, répondit Zoé, qui ne voulait clairement pas s'étendre sur le sujet.

La petite griffonne vint s'asseoir sur les genoux de Logan pour regarder par la fenêtre.

– Ça va, toi ? lui demanda-t-il en la caressant.

– *Toujours cette sensation bizarre... L'impression que quelqu'un nous espionne. Qu'il nous traque...*

Logan frissonna.

Il avait aussi eu cette sensation à la bibliothèque de Xanadu. Et si le même espion rôdait dans les parages ?

Et si c'était un exterminateur ?

Il jeta un coup d'œil à Zoé, puis se ravisa et préféra se taire pour ne pas l'inquiéter.

Elle se massa la nuque.

– Qu'est-ce qu'il vient faire ici, ton père ?

– Aucune idée. Je ne sais pas trop ce qu'il fabrique à son boulot, surtout depuis qu'on est ici.

Était-ce le moment de lui avouer, pour son travail ?

Mais Zoé ne creusa pas la question. Elle regarda par la fenêtre, l'air las.

– Je ferais bien d'envoyer un texto à mes parents pour leur dire que ça va.

Elle tapa :

On rentre dès que possible.

– J'espère que Blue a pu sortir par où on est entrés, murmura-t-elle.

Logan regardait la pluie tomber sans discontinuer. Cette rencontre entre son père et M. Sterling lui évoqua l'agent de la SPAM qu'il avait vu sur l'enregistrement de vidéosurveillance. Celui qui lui était familier… Il se rappelait avoir entendu une conversation sérieuse, sûrement entre lui et son père. Cette mâchoire carrée, ces sourcils fins, cette bouche sévère…

Il y avait quelque chose qui lui échappait. Où avait-il bien pu le croiser ? Ce devait être ici, à Xanadu, ça ne pouvait pas être à Chicago…

Soudain, un frisson glacial le parcourut comme s'il était tombé dans un lac glacé.

– Oh, bon sang, je sais d'où je connais l'agent de la SPAM !

– Ah, oui ? Où ça ?

– Il est passé nous voir à Chicago. Zoé… il voulait savoir où était ma mère.

Chapitre 31

Zoé sentit Logan frissonner dans l'obscurité à ses côtés.

– Ça signifie que la SPAM était à la recherche de ma mère, n'est-ce pas ? Alors maman était au courant de l'existence de cet organisme ? Sinon pour quelle autre raison ce type la chercherait-il ?

Zoé se doutait que quelque chose dans ce genre allait forcément arriver. Dès qu'elle avait vu la photo sur le réfrigérateur de Logan, elle avait demandé à son père si elle pouvait lui dire la vérité, mais il n'avait pas voulu. Elle croisa les bras en se frottant pour se réchauffer, mal à l'aise.

Maintenant, son père n'était pas là, autant en profiter.

– Bon..., murmura-t-elle. Écoute... J'ai quelque chose à te dire. Mais ne panique pas.

Logan désigna de la main le recoin sombre où ils se trouvaient.

– Bah, l'endroit est mal choisi pour piquer ma crise. Ou alors, il faut que je le fasse en silence.

Elle sentait bien qu'il jouait les braves.

Zoé laissa échapper un profond soupir.

– Alors, en fait… on connaît ta mère.

Logan ne répondit rien. Il se prit la tête entre les mains. Zoé gigotait sur place sans savoir comment réagir.

– Explique, finit-il par murmurer.

– Je n'ai pas compris tout de suite, parce qu'elle ne porte pas le même nom de famille, c'est ça ? Je la connais sous le nom d'Abigail Hardy. Je ne savais pas qu'il s'agissait de ta mère jusqu'à ce que je voie sa photo sur ton frigo.

Logan émit un gémissement étouffé.

– Papa ne voulait pas qu'on te le dise tout de suite. Il a dit que si elle ne t'en avait jamais parlé, ce n'était pas à nous de le faire… Ou que si tu étais au courant et que tu nous mentais, il fallait qu'on sache ce que tu mijotais.

Quand elle tenta de lui prendre le bras, Logan s'écarta brusquement.

– J'étais convaincue que tu ne mentais pas. Que tu ne savais rien de ce que faisait ta mère. Je te jure.

– Et qu'est-ce qu'elle fait, alors ?

– C'est une traqueuse. L'une des meilleures. En

tout cas, jusqu'à ce qu'elle disparaisse avec le dragon chinois qu'elle devait nous livrer.

Un éclair illumina le visage stupéfait de Logan.

– C'est elle dont Blue parlait dans l'écurie. Il a dit qu'elle s'était enfuie avec… comme si elle l'avait volé.

– Désolée, Logan, fit Zoé, c'est ce que pensent la plupart des gens…

– Alors les agents de la SPAM aussi, sûrement, reprit-il. Quand le type est passé nous voir, il nous a posé des tas de questions, d'un ton accusateur, comme si elle avait volé un truc à son travail et qu'on était censés savoir où elle l'avait mis.

Il se passa la main sur le visage.

– Elle n'aurait jamais fait ça, Zoé. Elle nous a abandonnés, papa et moi, mais elle adore son travail et ce n'est pas une voleuse.

– Je suis d'accord, acquiesça-t-elle. Je ne pense pas qu'elle l'ait volé et je ne pense pas non plus qu'elle vous ait abandonnés. Je crois qu'il lui est arrivé quelque chose.

Logan se tourna vers la fenêtre. Les gouttes de pluie s'écrasaient contre la vitre, le tonnerre grondait comme si quelqu'un traînait un piano dans les nuages.

– Je ne sais pas si c'est plus rassurant…

– La dernière fois que tu as eu des nouvelles d'elle…

– On a reçu une carte postale, expliqua Logan, disant qu'elle avait eu une opportunité pour son boulot et qu'elle ne reviendrait jamais. C'était bien son écriture.

La griffonnette émit un petit bruit compatissant et enroula sa queue autour de son bras.

Zoé essaya de s'imaginer comment elle réagirait si sa mère disparaissait comme ça. Mme Kahn avait beau adorer la Ménagerie, elle aimait encore plus Zoé, Matthew et Ruby. Ses parents n'avaient jamais passé une seule nuit loin de leurs enfants ou de la Ménagerie.

– Je ne savais pas qu'Abigail avait fondé une famille, reprit-elle. Enfin, c'est normal, les traqueurs ne parlent pas beaucoup de leur vie privée, s'empressa-t-elle d'ajouter. Elle nous ramenait toujours de nouvelles créatures super cool, elle nous racontait comment elle les avait attrapées. Je la voyais comme une sorte d'Indiana Jones au féminin.

Pendant longtemps, Zoé avait rêvé d'être comme Abigail Hardy, avec peut-être un peu moins de dragons à maîtriser ou de queues de manticore à esquiver.

– Tu la connais sûrement mieux que moi. Je n'ai jamais entendu la moindre de ces histoires, avoua Logan.

Zoé contempla un instant sa silhouette qui se découpait sur fond d'orage.

– Je pourrais t'en raconter une, si tu veux, proposa-t-elle. Tu veux savoir comment Cap'taine Moumoute est arrivé chez nous ?

Logan s'adossa à la marche et déplia ses jambes, laissant la petite griffonne s'allonger sur ses genoux.

– C'est ma mère qui t'a amené ton mammouth ?

– Ouais, confirma Zoé. C'est sans doute pour ça qu'il était aussi content de te voir. À mon avis, ça a confirmé ton identité à mon père. Ça plus ton talent naturel de traqueur, bien entendu.

– Les licornes ont dû me reconnaître également, dit Logan en grattouillant la griffonnette sous le menton.

– Et Matthew aussi, sans doute. C'est une véritable encyclopédie de la traque : il sait tout, tout, tout sur ta mère. Enfin bref. Elle était partie en Sibérie, espérant trouver une compagne pour Face-de-Lune, quand elle est tombée sur ce laboratoire secret... qui pratiquait le clonage. Elle n'a pas hésité à s'y introduire pour découvrir ce qu'ils pouvaient bien cloner, là, au milieu de nulle part...

Zoé relatait l'épisode tel qu'elle l'avait entendu de la bouche d'Abigail, au dîner, avec un bébé mammouth sur les genoux qui aspirait ses spaghettis. La traqueuse était couverte de taches de sauce, mais elle s'en moquait. Elle avait dû traverser le cercle polaire en raquettes en traînant le petit mammouth derrière elle... et visiblement c'était l'un de ses meilleurs souvenirs avec la fois où elle avait dû descendre l'Amazone en canoë avec un basilic dans son sac à dos.

Puis Zoé raconta à Logan les aventures d'Abigail au Chili avec l'alicanto ; le voyage au Japon d'où elle avait ramené Keiko et le baku ; et les blagues qu'elle faisait aux sirènes qui bizarrement ne l'en appréciaient que davantage.

Zoé ne savait pas qui s'était endormi le premier mais, en tout cas, elle fut réveillée par la lumière pâle et dorée filtrant par la fenêtre. Elle ouvrit les yeux, toute raide et courbaturée, et s'aperçut qu'elle avait la tête sur l'épaule de Logan et une main sur la petite griffonne couchée sur ses genoux.

D'habitude, au réveil, sa première pensée était pour sa liste de tâches à accomplir… mais, aujourd'hui, elle se résumait à une seule et unique mission : ramener la dernière petite griffonne à la Ménagerie avant l'arrivée de la SPAM.

– Ouh là, gémit-elle.

Elle s'était relevée trop vite et une vive douleur lui vrilla le crâne. Elle plaqua ses poings sur ses tempes.

– Logan, réveille-toi ! Il faut qu'on sorte d'ici.

Elle le prit par l'épaule, mais il ne bougea pas. Elle dut le secouer pendant une bonne minute avant qu'il entrouvre les paupières. La griffonnette s'étira en bâillant.

– Elle dit qu'elle a faim, annonça Logan en bâillant également. Elle n'est pas très bavarde. Ah, d'accord… elle parle seulement quand elle a quelque chose d'important à dire, me précise-t-elle.

– Faut qu'on rentre à la maison.

Zoé sortit son portable de sa poche. Elle avait une

trentaine de messages de Blue et de ses parents qui se demandaient où elle était. Et il était presque sept heures du matin.

– Oh, non…

Elle envoya un texto à Blue :

Toujours coincés chez les Sterling. J'espère rentrer bientôt.

– Viens, souffla-t-elle.

Elle monta l'escalier sur la pointe des pieds et colla l'oreille contre la porte de la chambre de Jasmine, puis redescendit et fit de même contre celle qui donnait dans la bibliothèque. Silence des deux côtés. Elle savait que les Sterling allaient à la messe tous les dimanches, mais à quelle heure ? Étaient-ils déjà partis ? Ou bien encore au lit ?

Logan cacha la griffonnette sous son blouson et remonta la fermeture Éclair. Son petit bec sortit au niveau du col mais il le repoussa.

Zoé regarda par le judas un long moment puis chercha à tâtons le levier qui faisait pivoter l'étagère. Elle tourna sans bruit sur ses gonds et ils se retrouvèrent dans la bibliothèque.

Les filles n'avaient pas souvent eu l'occasion d'y entrer, si bien que, le cœur battant, Zoé referma le passage secret et jeta un regard alentour. Il n'y avait pas eu de grands changements à part les nouvelles affiches de campagne au mur et les prospectus sur le bureau. Elle se demanda si ses parents avaient prévu de voter pour M. Sterling.

– Il y a beaucoup de cuir, par ici, remarqua Logan. Et ça, c'est une vraie tête de lion ?

La petite griffonne poussa un cri indigné et se mit à gigoter sous son blouson.

– Ouille, gémit-il en la remettant en place. Attention avec tes griffes, Pensée.

Zoé s'arrêta sur le pas de la porte.

– Comment tu as dit ?

– Pensée. Elle m'a demandé de l'appeler comme ça.

Zoé ne put s'empêcher de sourire.

– C'est le nom que je lui ai donné !

Elle glissa une main sous le blouson de Logan pour caresser la tête de la griffonne.

– Je savais que tu étais la plus maligne de la portée.

Pensée frotta son bec contre sa main avec un pépiement ravi.

La double porte de la bibliothèque était en bois massif, toute capitonnée de cuir rouge foncé, avec des clous en cuivre étincelant. Zoé saisit l'énorme poignée et la tira vers elle. Elle l'entrouvrit juste assez pour voir le hall d'entrée de la maison.

Tout était silencieux. Avec le bourdonnement de la climatisation, le sol en marbre blanc et les statues silencieuses, on se serait cru dans un musée avant l'ouverture.

La porte d'entrée était juste là, à deux pas. Même si quelqu'un se réveillait au moment où ils l'ouvriraient, ils seraient déjà dans la rue, sur leurs vélos, avant que les Sterling aient eu le temps de mettre le nez dehors.

Mais soudain, Logan posa la main sur celle de Zoé pour l'arrêter. Il posa un doigt sur ses lèvres en désignant le plafond.

Ils entendirent une porte se refermer et des bruits de pas au niveau de la mezzanine. Vite, ils rentrèrent dans la bibliothèque. Zoé garda juste un œil dans l'entrebâillement de la porte.

Elle vit Jasmine descendre l'escalier avec ses chaussons élans violets. Elle portait un peignoir en soie lavande, mais en dessous, Zoé distingua le bas de pyjama à pandas joueurs de foot – elles s'étaient acheté le même. Jasmine se frotta les yeux et passa une main dans ses cheveux. Elle était beaucoup moins glamour au saut du lit qu'au collège.

C'était Zoé qui lui avait offert ses chaussons élans. Quand Ruby et elle avaient accompagné la famille Sterling au parc national de Grand Teton. Elle avait préféré ces chaussons en peluche à l'effigie de la bestiole vedette de la région plutôt qu'un T-shirt avec un mauvais jeu de mots sur le nom du parc.

Zoé colla son front contre la porte. Jasmine lui manquait tellement.

Son ancienne amie se rendit à la cuisine et en ressortit une minute plus tard avec un bol de céréales. Elle l'emporta dans le salon d'où s'échappèrent bientôt les échos d'une émission de télé.

– Elle se lève tôt, dis donc, chuchota Logan. Bon, on fait quoi, maintenant ? On court ?

Zoé secoua la tête.

– Le canapé est face à l'entrée, elle risque de nous voir. Le reste de la famille a dû partir à la messe sans elle.

Ils auraient pu remonter dans la chambre de Jasmine, puis redescendre par celle de Jonathan et passer par la serre. Mais ensuite, comment sortir du jardin ? Et si Jonathan était aussi resté à la maison ? Elle ne préférait pas le découvrir en débarquant dans sa chambre…

Logan soupira :

– Bon, eh bien, on devrait peut-être…

C'est alors que le portable de Zoé se mit à sonner.

Chapitre 32

Logan plongea derrière le bureau tandis que Zoé s'empressait de tirer le téléphone de sa poche. La sonnerie se tut… mais la télévision également.

– Papa ? fit la voix de Jasmine. Tu es encore là ?

Zoé se plaqua au sol derrière le bureau, à côté de Logan.

Ils entendirent Jasmine traverser le hall d'entrée de son pas traînant (forcément, avec ces gros chaussons).

– Papa ?

Logan serra la griffonnette contre sa poitrine en retenant sa respiration.

– Bon… tant pis, marmonna Jasmine.

Un instant plus tard, le brouhaha de la télé retentissait à nouveau.

Logan souffla.

– C'était qui ? demanda-t-il. Et surtout, pourquoi tu ne mets pas ton téléphone en mode silencieux pour ce genre de mission ?

– Bah… les textos sont sur vibreur et jamais personne ne m'appelle, fit Zoé, penaude, en consultant l'écran. Ah, Matthew évidemment, quel crétin !

Le portable signala l'arrivée d'un texto de Blue.

Ramène-toi vite fait. Les agents de la SPAM ont débarqué avec cinq heures d'avance.

– OK, murmura Zoé. Va falloir courir.

Logan avait un mauvais pressentiment.

– On ne ferait pas mieux d'appeler des renforts ?

Zoé secoua la tête.

– Papa et maman ne peuvent pas s'absenter maintenant que les agents de la SPAM sont là. Ils doivent passer en revue avec eux la liste de réparations… et les empêcher d'approcher de l'enclos des griffons tant qu'on n'est pas revenus avec la petite.

– Je ne parlais pas d'eux, mais de Blue, répondit Logan en tirant son téléphone de sa poche.

– Non, non !

Zoé voulut le lui prendre mais il l'esquiva.

– Cas de force majeure, c'est pour la Ménagerie.

Il tapa :

CODE BLUE ! RAPPLIQUE IMMÉDIATEMENT pour détourner l'attention de Jasmine pendant qu'on sort de là.

Pas question, répondit-il.

Fais-la juste monter au premier cinq minutes. Pour lui emprunter un livre ou je ne sais quoi, insista Logan.

– C'est affreux, murmura Zoé. J'aimerais pouvoir la prévenir pour qu'elle se change, au moins.
Il y eut un silence. Logan fixait l'écran de son téléphone. Pensée sortit la tête de son blouson et tenta de le lui prendre mais il le tenait hors de sa portée, guettant la réponse de Blue.

AAARRRRGGH !

– Waouh ! Je crois que tu as réussi à l'énerver ! s'étonna Zoé.

Quel héros ! ;-)

– Pauvre Blue, soupira Zoé. Et pauvre Jasmine.
– Ils vont être très contents de se voir, affirma Logan. Elle, surtout.
– Oui, mais pas qu'il la voie dans cet état ! Elle ne s'est même pas brossé les cheveux !
Si c'était le cas, alors cette fille avait un problème, pensa Logan. Elle lui semblait tout à fait présentable, brossée ou pas.
– Mets bien ton portable en silencieux et prépare-toi à décamper, annonça-t-il en s'approchant à nouveau de la porte de la bibliothèque.
Ils n'eurent pas longtemps à attendre avant qu'on

sonne à la porte. Malgré son manque d'enthousiasme évident, Blue avait fait sacrément vite.

Jasmine éteignit la télé et alla dans l'entrée en bâillant et en s'étirant. Logan la trouvait beaucoup plus jolie comme ça que quand elle était apprêtée pour le collège, sans les paillettes sur les paupières et le gloss poisseux sur les lèvres. Elle se hissa sur la pointe des pieds pour regarder par le judas. Étouffant un cri, elle se laissa retomber sur ses talons et contempla sa tenue. Vite, elle envoya les chaussons élans sous un meuble, passa la main dans ses cheveux et vérifia son haleine.

Zoé secoua la tête en murmurant :

– Oh, Jasmine !

Celle-ci fit gonfler ses cheveux puis ouvrit la porte, un sourire éblouissant aux lèvres.

– Salut, Jasmine, fit Blue.

C'était la première fois que Logan le voyait mal à l'aise.

Jasmine laissa échapper un petit cri de surprise et serra son peignoir contre elle.

– Oh, mon Dieu ! Blue ! Qu'est-ce que tu fais là aux aurores ?

– Euh oui, désolé… tu dormais ?

– Évidemment. Je fais la grasse matinée tous les week-ends. Le reste de la famille est à l'église. Mais ne t'en fais pas, c'est bon.

Elle sourit à nouveau.

– Désolé, répéta Blue en fixant ses baskets. Euh… j'ai oublié mon exemplaire des *Sorcières de Salem* au collège. Je voulais savoir si euh… tu pourrais me prêter le tien.

– À cette heure-ci ?

Il lui adressa un sourire charmeur.

– J'ai vraiment envie de savoir la fin.

Elle pencha la tête sur le côté, laissant ses longs cheveux bruns tomber sur son épaule.

– Blue ! Sérieux ! C'est pour ça que tu es là ?

– Euh… ouaip.

– Alors que tu aurais pu emprunter le bouquin à Zoé ? Et qu'on a lu la fin en classe vendredi ?

– Hum…

Il se balançait d'un pied sur l'autre, tout gêné.

– Ah, c'était la dernière scène ? Pourtant y a du suspense, non ?

– Blue, je sais pourquoi tu es là. C'est à cause de ma fête de Halloween la semaine prochaine, pas vrai ?

Il parut brusquement soulagé et s'empressa de confirmer :

– Oui, oui, c'est exactement ça.

– Laisse-moi deviner…

– Je t'en prie, dit-il.

– Tu veux venir à la soirée, mais tu n'as pas de déguisement.

– Hum… oui…

– Ne t'en fais pas, le rassura Jasmine en lui prenant le bras pour l'attirer à l'intérieur. On a des tonnes de vieux costumes. Je vais te trouver un truc sympa.

Elle l'entraîna dans l'escalier.

– On pourrait être assortis… Je sais qu'on a deux déguisements d'oiseau… Ou alors, je pourrais faire Kate Middleton et toi, le prince William. Qu'est-ce que t'en dis ?

Blue jeta un regard paniqué autour de lui avant de disparaître dans la chambre de Jasmine.

– Le pauvre, répéta Zoé.

Puis ils foncèrent jusqu'à la porte d'entrée et détalèrent à toutes jambes.

Logan inspira profondément tout en descendant les marches du perron. L'air du matin était frais et piquant après l'orage. Il y avait encore quelques nuages dans le ciel, bordés d'or par les rayons du soleil qui tentait de percer.

Ils avaient réussi. Ils avaient récupéré la dernière petite griffonne.

Maintenant, ils n'avaient plus qu'à la ramener à la Ménagerie avant que les agents de la SPAM s'aperçoivent de son absence.

Chapitre 33

Quand Logan s'arrêta pour reprendre son souffle, Zoé lui prit la petite griffonne et l'installa dans le panier de son vélo.

– On n'attend pas Blue ? demanda Logan en jetant un coup d'œil en arrière, vers la maison.

Zoé réfléchit, puis elle secoua la tête.

– Pas le temps. Si elle arrive à le déguiser en prince William, elle va sans doute le garder toute la journée.

Pensée rassura Logan :

– *Ça va aller pour Garçon-Poisson. La maison est sinistre mais la fille qui danse va bien s'occuper de lui.*

Elle déploya ses ailes pour sentir le vent dans ses plumes tandis que Zoé dévalait la pente.

« Heureusement que personne ne traîne dans les rues à cette heure », pensa Logan.

Ils pédalèrent comme des fous. Logan ruminait ce qui se passerait s'ils arrivaient trop tard. Cela aurait des conséquences terribles. La Ménagerie fermée. Zoé et Blue obligés de déménager. Et peut-être même les petits griffons euthanasiés.

Lorsqu'ils déboulèrent dans l'allée des Kahn, il repéra une voiture noire devant la maison. Vite, dans un dernier élan, ils s'engouffrèrent dans le garage et pilèrent.

– Tu crois que c'est trop tard ? s'inquiéta Logan tandis que Zoé prenait Pensée dans ses bras.

La porte de la cuisine s'ouvrit et Matthew les rejoignit.

– Enfin ! J'étais à deux doigts de filer chez les Sterling. Venez !

– Où en sont les agents de la SPAM ? voulut savoir sa sœur en prenant une veste posée sur une chaise de la cuisine pour cacher Pensée.

Matthew les poussa dehors par la porte-fenêtre en désignant le lac.

– Papa les a emmenés en bateau vérifier le système de filtration de l'eau, mais ils vont revenir d'une minute à l'autre. J'ai convaincu Keiko de remplacer la dernière griffonne en attendant, mais Nira et Riff n'étaient pas franchement enthousiastes, donc il faut y aller au plus vite.

– Tu veux dire que Keiko est… Mais elle… OK, tu m'expliqueras comment tu as fait plus tard, bafouilla Zoé.

Logan regardait tour à tour Matthew et sa sœur, sans comprendre. Comment Keiko pouvait-elle

« remplacer » la dernière griffonne ? Tout ce qu'il savait, c'est qu'elle n'avait franchement pas l'air douée avec les animaux et qu'elle avait horreur de ça, en plus. Il oublia un instant ses questions en voyant un bateau à moteur foncer vers le rivage...

– Hum... je crois bien que les voilà, annonça-t-il.

Zoé et Matthew tournèrent la tête d'un même mouvement.

– Vite ! cria Zoé.

Ils dévalèrent la colline jusqu'à l'enclos des griffons. Matthew s'empressa d'ouvrir le portail. Dès qu'ils pénétrèrent à l'intérieur, Logan fut submergé par leurs cris :

– C'est une HONTE ! Je n'ai jamais vu ça ! Mon aïeul en aurait perdu toutes ses plumes !

– Calme-toi, Riff !

Nira était allongée sur un gros rocher, avec ses petits qui jouaient à ses pieds, tandis que Riff faisait les cent pas devant eux, battant furieusement de la queue.

– Ça ne me plaît pas non plus, mais elle ne peut rien faire tant qu'on est là tous les deux. Et puis ça distrait les enfants.

– Trop marrant !

– T'as vu sa queue ?

– Supertouffue ! Génial !

– Joue avec nous, Danger-sur-pattes !

– On peut jouer à attraper ta queue en disant que c'est une bête de l'espace ?

Logan se figea, stupéfait. Il avait l'impression qu'il y avait six petits… Il les recompta – Clonk était en train de grimper sur Miam pour se rapprocher de Clink. La griffonne noire, elle, pourchassait un pinceau de poils roux avec Squorp et Flurp. Sauf que, normalement, Miam était le seul griffon roux de la portée, alors qui… ?

– Oh, mon Dieu ! s'écria Zoé d'une voix étranglée.

C'est alors que la bestiole rousse fit volte-face, pointant vers eux son long museau. Sous ses oreilles triangulaires, deux yeux noirs étincelants les fixaient.

C'était un renard. Un renard furieux. En les voyant, il plissa le museau et s'ébroua vigoureusement pour se débarrasser des petits griffons.

– Aïe ! hurlèrent-ils tous en chœur.

Le renard se mit alors à grandir, à changer de forme, passant d'un petit animal roux à une jeune fille furibonde.

Keiko.

Bouche bée, Logan la vit rejeter furieusement ses nattes en arrière, croisant les bras dans son kimono blanc.

– Je n'ai JAMAIS été aussi humiliée de toute ma vie. Cet épisode est classé absolument TOP SECRET. Je ne veux plus JAMAIS JAMAIS en entendre parler. Ça n'est JAMAIS arrivé. Compris ?

Keiko toisait Zoé, qui avait toujours la vraie petite griffonne dans les bras. Son sourire s'évanouit instantanément.

– Compris, acquiesça-t-elle.

Keiko se tourna vers Logan, qui ferma la bouche et hocha frénétiquement la tête. La jeune fille leur passa devant, le menton fièrement dressé, tandis que Matthew lui tenait le portail ouvert en s'inclinant.

– Elle… elle s'est transformée en renard ? bredouilla Logan.

– Oui, Logan.

– Keiko était… un renard…

– Pour être exact, c'est une kitsune, expliqua Zoé. Des créatures japonaises polymorphes.

– Jamais entendu parler.

– Ce sont des renards qui peuvent se transformer en humains à volonté…enfin, c'est un peu plus compliqué que ça, mais tu vois le genre.

– Waouh, siffla Logan. Je comprends mieux…

– Les agents auraient sûrement remarqué la supercherie, mais c'est la seule idée qui m'est venue à l'esprit, expliqua Matthew en haussant les épaules. Bon, je vais prévenir papa que c'est bon, ils peuvent venir.

Et sur ces mots, il fila.

– *Vous l'avez retrouvée !* claironna la voix de Riff dans leurs têtes. *Ma fille chérie ! Elle est saine et sauve !*

Zoé tendit Pensée à son père, qui frotta tendrement son bec contre le sien avant de la poser par terre et de lui tourner autour afin de l'examiner sous toutes les coutures. Son inspection fut cependant interrompue par l'irruption des cinq petits griffons surexcités.

– *T'étais passée où ?*

– Tu sens les vieux trucs. Tu as trouvé quoi ?

– Est-ce que c'est mieux que ça ? Je parie que non. Regarde, des pièces d'OOORRR ! Du véritable OR DE PIRATE !

– Tastrouvéquelquechosedemeilleurquelessteakshachés ? Tu m'as rapporté un truc à manger ?

– Tu m'as manqué !

Nira leva les yeux au ciel, mais tira Pensée des pattes de ses frères et sœurs. Elle la tâta et l'examina, puis la poussa de nouveau vers les autres, visiblement satisfaite que la plus petite de la portée soit indemne.

– Tout semble en ordre, déclara une voix de femme inconnue, de l'autre côté de la clôture.

– Jusque-là, tempéra une voix d'homme, plus grave.

« Sûrement les agents de la SPAM », supposa Logan avec un frisson d'angoisse.

Le point positif, c'était que tous les griffons étaient de retour dans leur enclos, sains et saufs… mais le souci, c'est que Logan était planté là, au beau milieu de la Ménagerie. Avec toute cette histoire, il avait complètement oublié ce petit détail. Et si les agents estimaient qu'il menaçait le secret de la Ménagerie ? S'ils le repéraient, comment réagiraient-ils… et quelles seraient les conséquences pour lui… et pour la Ménagerie ?

– Allons voir comment vont les griffons, proposa la femme.

Le portail de l'enclos s'entrouvrit.

Chapitre 34

Zoé passa rapidement en revue les petits griffons – ils étaient tous là, en train de jouer gaiement. Elle ignorait si les différentes tâches de la liste avaient été effectuées, mais en tout cas, ils avaient accompli la plus importante des missions.

– Zoé ! siffla Logan. Et moi ?

Il jetait des regards paniqués autour de lui.

– Il faut que je me cache.

Zoé avait cessé de s'inquiéter à son sujet depuis qu'elle avait appris qu'il était le fils d'une traqueuse. À ses yeux, ça lui donnait le droit d'être dans la Ménagerie autant qu'elle, mais elle n'était pas à cent pour cent sûre que la SPAM serait du même avis. Avant qu'elle ait pu répondre, il se rua à l'intérieur de la grotte.

Ravis, les six petits griffons se lancèrent à sa poursuite.

– Argh ! Non ! protesta le garçon tandis qu'ils se jetaient sur lui. Ce n'est pas un jeu. Fichez le camp !

M. Kahn passa alors la tête dans l'enclos et aperçut sa fille. Comme elle levait le pouce, il sourit et ouvrit le portail tout grand.

L'agent de la SPAM était juste derrière lui. Edmond Runcible aurait été parfaitement à sa place dans un laboratoire high-tech avec sa chemise blanche immaculée et son costume sans un pli, sur sa peau noire et lisse. Il tenait dans une main un stylo rouge vif et dans l'autre un calepin. Ses gestes étaient efficaces, précis, froids.

Sa collègue, Delia Dantes, sourit à Zoé. Elle avait à l'inverse des yeux gris pétillants derrière ses lunettes dorées, le visage rond, les cheveux bruns relevés en chignon d'où cascadaient quelques mèches folles. Elle semblait toujours en alerte, prête à rattraper quelqu'un qui tomberait d'un arbre. Son parfum à la vanille était un soupçon trop fort et ne parvenait pas à masquer l'odeur de pain brûlé que dégageait le duo d'agents. Zoé n'était jamais parvenue à savoir duquel des deux elle provenait, vu qu'ils étaient toujours ensemble.

– Tu joues avec les petits griffons, Zoé ? demanda l'agent Dantes. Bravo ! C'est excellent pour le développement de leur sociabilité.

Elle cocha quelque chose dans son carnet bleu.

– Entrez, entrez, fit Zoé, toute fière.

– LES ENFANTS ! Venez tout de suite pour l'inspection ! ordonna Nira.

Les agents arpentèrent l'enclos en examinant les six petits sous toutes les coutures.

Soulagée, Zoé jeta un coup d'œil à son père qui articula sans bruit :

– Où est Logan ?

Zoé désigna la grotte du menton.

– Agent Runcible, agent Dantes, j'aimerais vous présenter le nouveau membre de notre équipe dont je vous ai parlé.

M. Kahn entra dans la grotte et poussa Logan devant lui.

– Parfait, tu as bien nettoyé leur espace de repos, dit-il en lui tapant dans le dos.

Logan écarquilla les yeux, sans comprendre.

– Donc, voici Logan, poursuivit M. Kahn. Il travaille avec nous, maintenant.

– Il m'a l'air bien jeune, fit remarquer l'agent Runcible d'un ton réprobateur.

– Il est précoce, affirma le père de Zoé. Il fait preuve d'un instinct étonnant.

Le visage de Logan s'éclaira.

– Bien, fit l'agent Runcible en accrochant son stylo à son calepin. Je suis sûr que vous avez accompli les formalités nécessaires à son embauche. Je vérifierai les papiers avant de partir.

– Bien entendu. J'appelle Mélissa pour qu'elle sorte le dossier, dit M. Kahn en dégainant son talkie-walkie.

Il glissa à Zoé un regard penaud qui signifiait clairement : « Oh, là là, elle va me TUER ! » et s'éloigna.

Zoé vit Logan plisser les yeux en dévisageant l'agent Runcible, mais celui-ci ne parut pas le reconnaître. Elle se demanda si cela risquait de poser problème que sa mère soit la traqueuse disparue.

« Eh bien, de toute façon, tant pis. Il fait partie de l'équipe, maintenant », pensa-t-elle.

– Tu as le kit d'analyse des sols ? demanda l'agent Runcible à sa collègue.

L'agent Dantes acquiesça et ils allèrent prélever des échantillons au pied des poiriers. En passant devant Zoé, Delia lui adressa un sourire rassurant.

Zoé souffla enfin, soulagée. Elle ignorait comment ils avaient fait, mais la Ménagerie semblait hors de danger, tout allait bien se passer.

Son regard tomba alors sur Logan qui se tenait contre le mur, l'air un peu mal à l'aise.

En fait, elle savait comment ils avaient réussi, en réalité !

Elle le rejoignit.

– On a réussi ! Grâce à toi !

Logan lui sourit.

– Tu plaisantes ? Je ne serais arrivé à rien sans toi.

– Et tu sais quoi ? On va aussi retrouver ta mère, lui promit-elle.

Le sourire du garçon s'évanouit. Il mit ses mains dans ses poches en contemplant les petits griffons.

– Je ne saurais même pas où chercher.

– C'était pareil pour moi quand les griffons ont disparu, fit valoir Zoé. Et on a trouvé ensemble.

Logan hocha lentement la tête.

– Il y a quand même un truc qui me chiffonne… On ignore toujours qui a laissé sortir les griffons.

Elle haussa les épaules.

– J'ai peut-être laissé le portail ouvert par mégarde, murmura Zoé.

– Mais sur la vidéo, on voit que Clink entend quelque chose vers deux heures du matin. Et si c'était Mlle Sameera ?

– Ça m'étonnerait. Blue a raison. L'alarme anti-intrusion se serait déclenchée si elle était entrée. Mais on devrait tout de même creuser la question, découvrir ce qu'elle complote et à qui elle parlait au téléphone.

La gorge serrée, elle se rappela la conversation qu'ils avaient surprise. Quelques gouttes d'encre de kraken pourraient régler le problème… car qui sait ce qu'elle avait aperçu à part les petits griffons ?

Mais comment pourrait-elle se débrouiller pour faire boire la potion d'oubli à la documentaliste du collège ?

– Parfait, déclara l'agent Dantes en se plantant devant Zoé et Logan. Impressionnant, le travail que vous avez accompli dans cet enclos ! Comme s'il avait été conçu spécialement pour les griffons. J'ai du mal à croire qu'il abritait encore des licornes il y a à peine plus d'une semaine.

Logan, surpris, haussa les sourcils.

– C'est vrai ! confirma Zoé. Mais la SPAM tenait

à ce que nous ayons un espace clos pour accueillir les petits griffons. Nous avons donc construit une nouvelle écurie pour les licornes, et voilà, le tour est joué !

– C'est vous qui le dites, commenta l'agent Runcible d'un ton pincé. Delia, si on allait inspecter la volière avant de passer aux dragons ?

Les deux agents se dirigèrent vers le portail en comparant leurs notes, et M. Kahn s'empressa de les suivre.

– Oh, au fait, tu n'as pas encore vu les dragons ! s'écria Zoé. Je crois que tu l'as bien mérité.

Mais Logan semblait perdu dans ses pensées.

– Vous avez déménagé les licornes pour installer les griffons dans cet enclos, alors, c'est bien ça ? la questionna-t-il.

– Oui, exact. Il nous fallait un espace fermé afin de pouvoir les surveiller. Mais ça ne s'est pas exactement passé comme prévu…

Elle claqua des doigts.

– Mais oui ! C'est sûrement pour ça que les licornes nous en veulent ! Je n'ai jamais compris pourquoi elles avaient brusquement cessé de nous adresser la parole, il y a environ un mois, bien avant qu'on les déplace. Mais c'est à cette époque qu'on a commencé à construire l'écurie, elles ont dû deviner que c'était pour elles !

– Et vous ne leur avez pas demandé leur avis ni rien ?

– Non, mais elles n'arrêtent pas de se plaindre, quoi qu'on fasse, de toute façon.

Elle se rappelait quand elle était venue avec sa mère pour voir où installer les rochers pour les griffons. Cléopâtre et Charlemagne les avaient fixées d'un œil mauvais pendant qu'elles faisaient leurs repérages… et depuis les licornes ne leur avaient plus adressé un mot.

– Oh, bon sang, soupira-t-elle en se massant les tempes. J'aurais dû m'en douter !

Elle avait tellement l'habitude que les licornes soient de mauvaise humeur qu'elle n'avait même pas songé un seul instant que, cette fois-ci, elles avaient peut-être une vraie raison de bouder.

– J'irais même plus loin, renchérit Logan. Je pense que ce sont elles qui ont déverrouillé le portail pendant leur petit galop au clair de lune. Parce que si les griffonnets n'étaient plus là, elles pensaient récupérer leur enclos, non ?

– Mais… mais…, bafouilla Zoé, c'est affreusement égoïste… c'est carrément honteux…

Elle repensait à l'angoisse, aux ennuis que la disparition des griffons leur avait causés…

– … et typiquement licornesque, conclut-elle.

– Squorp ! cria Logan.

Le petit griffon rappliqua au trot en claquant du bec et lui sauta dans les bras.

– Salut, Squorp, dit-il en lui chatouillant les plumes du menton. Quand vous vous êtes échappés jeudi soir, est-ce que par hasard vous auriez vu les licornes traîner dans le coin ?

Le petit griffon acquiesça vigoureusement. Logan écouta un instant ce qu'il lui répondait par télépathie, puis leva les yeux au ciel.

– Il dit que Charlemagne leur a souhaité bonne chance pour trouver un trésor. Et que Cléopâtre leur a suggéré de nager dans le fossé.

– J'y crois pas ! pesta Zoé. Ces satanées licornes sont au foin sec et à l'eau jusqu'à nouvel ordre !

– Ou alors, tu peux essayer de leur accorder un traitement de faveur, suggéra Logan.

Zoé fronça le nez.

– Ce sont des licornes, quand même, lui rappela-t-il. Des *licornes*.

– D'odieuses licornes, marmonna Zoé.

Logan sourit au petit griffon.

– Tu nous as bien aidés, Squorp. Je t'ai apporté une récompense. Un trésor rien qu'à toi. Mais tu dois me promettre de le garder précieusement.

Squorp gonfla son jabot, tout fier. Il lissa ses plumes et contempla l'enclos de son regard perçant d'aigle.

– Je sais que tu vas bien le protéger, dit Logan en riant.

Il posa Squorp par terre et sortit son portefeuille. Il en tira une petite photo. Zoé eut juste le temps d'y apercevoir Logan et ses parents devant un musée avant que le griffon ne la serre contre son cœur. Il battit de la queue plusieurs fois en regardant Logan dans les yeux, puis fila dans la grotte.

– Tu leur donnes tous tes trésors ! s'étonna Zoé.

Logan haussa les épaules.

– Bah ! Être ici, dans la Ménagerie, ça vaut toutes les photos et tous les bracelets du monde.

– Je ne laisserai jamais personne effacer tes souvenirs. Jamais au grand jamais, je te le jure. Tu pourras travailler ici jusqu'à tes cent ans… à moins que tu te fasses dévorer par une manticore avant.

Logan sourit.

« Et on retrouvera ta mère », se promit Zoé.

– Il faudrait aussi donner quelque chose à Flurp et à Pensée. Un livre de *Harry Potter* et un casse-tête, peut-être.

C'est alors que tous les griffons se figèrent brusquement et tournèrent la tête vers le lac. Les deux amis échangèrent un regard perplexe.

– Qu'est-ce que… ? commença Logan, mais Zoé le fit taire.

Elle distinguait du vacarme au loin, des cris et des piaillements d'oiseaux. Ça devait venir de la volière.

– Oh, non… qu'est-ce qui se passe encore ?

Elle se rua hors de l'enclos. En se retournant, elle vit Logan verrouiller le portail derrière eux et lui adressa un sourire reconnaissant. Elle dévala la colline jusqu'au dôme blanc, sans se soucier des hautes herbes qui trempaient son jean.

Logan était juste derrière elle lorsqu'ils débouchèrent dans l'atmosphère surchauffée de la volière. Tous les oiseaux semblaient pris de panique : ils criaient, claquaient du bec, battaient frénétiquement des ailes. Zoé entendait même vociférer le roc géant, qui d'habitude était d'un calme imperturbable.

Elle se fraya un chemin à travers les lianes jusqu'au centre de la volière où se trouvait le nid de Pelly.

En approchant, elle remarqua des taches rouge sombre et des plumes blanches éparpillées sur la plateforme en bois. Sa gorge se serra. Que…

Logan la prit par le coude pour la retenir.

– Zoé, il ne vaut peut-être mieux pas…

– Il faut que j'en aie le cœur net, dit-elle en soulevant le dernier rideau de lianes.

Les agents de la SPAM et ses parents étaient tous là, en train de hurler. M. Kahn fit un pas vers sa fille, sans doute pour lui cacher les yeux, mais c'était trop tard.

Le sang dégoulinait du nid de Pelly, trempant la soie et le velours. Des plumes blanches volaient en tous sens, il y en avait même dans les branches des arbres au-dessus de leurs têtes.

Unc empreinte de patte palmée sanguinolente, voilà tout ce qui restait de Pelly.

Quelqu'un avait assassiné l'oie aux œufs d'or…

Camp Fierinstinct
Guide des créatures fantastiques

Brève introduction à l'usage des apprentis traqueurs

Félicitations, vous avez été admis au camp Fierinstinct – première étape de la formation de traqueur !

Maintenant, oubliez tout ce que vous croyez savoir au sujet des créatures fantastiques. La mission du traqueur ne consiste pas à chevaucher des licornes ni à câliner des griffonnets. C'est une mission périlleuse, réservée aux plus coriaces et aux plus déterminés. Il vous faudra de la persévérance, de sacrées ressources, du cran et un instinct hors du commun… ainsi que la maîtrise de toutes les techniques que vous allez apprendre au cours de cette formation pratique.

Pour commencer, découvrez la liste des créatures les plus remarquables que vous risquez de croiser sur cette terre. Et tout en lisant, réfléchissez bien, demandez-vous : « Est-ce vraiment la vie que je veux mener ? Suis-je prêt à affronter crocs venimeux, griffes acérées et encre de kraken ? »

Si c'est le cas, alors bienvenue au camp Fierinstinct !

Alicanto
Cet oiseau, originaire du Chili, est reconnaissable à ses ailes qui tintent et étincellent comme si elles étaient d'or et d'argent. Il se nourrit principalement de métal, avec une nette préférence pour les plus rares. En captivité, les alicantos sont bien souvent soumis à un régime de métaux de moindre valeur et peuvent même survivre en mangeant de la menue monnaie. Vous les trouverez le long des cours d'eau et en haute montagne, aux alentours des mines de métaux précieux. Vous les entendrez approcher grâce à leur bruit caractéristique semblable à une pluie de pièces. Le port de bouchons d'oreilles est recommandé.

Baku
Placide et dodue, cette créature nocturne ressemble à un tapir. Originaires du Japon, les bakus se nourrissent de rêves, et surtout de cauchemars. Ils vivent à proximité des humains et peuvent parfois être invoqués après un rêve particulièrement agité.

Basilic
Redoutable lézard géant, venimeux, au regard mortel. Ne pas sous-estimer la dangerosité de cette créature. Un miroir et des renforts sont indispensables pour sa capture. Le chant du coq l'endort mais seule une belette peut le tuer.

Bonnacon
Gigantesque taureau malfaisant aux cornes tournées vers l'arrière et à la crinière de cheval, projetant des bouses explosives. Ses déjections permettent de le pister aisément, mais l'approche doit se faire avec prudence. Pince-nez et extincteur de rigueur.

Caladrius
Oiseau d'un blanc pur de la taille d'une mouette. Capable de discerner le mensonge de la vérité.

Chien de l'enfer
Énorme chien noir à l'haleine sulfureuse et aux yeux rouges incandescents. Évitez le contact de leur bave qui peut être irritante pour les muqueuses ou les peaux éraflées.

Chimère
Hybride de lion, de chèvre et de serpent, d'une dangerosité extrême. Méfiez-vous, elle crache du feu.

Chupacabra
Avec sa tête de chien, son dos hérissé d'épines et son corps couvert d'écailles, il laisse une odeur de soufre dans son sillage. Le chupacabra hypnotise sa victime avec ses yeux rouges. Il se nourrit en principe de chèvres ou autre bétail, mais peut également s'attaquer aux humains.

Dragon chinois
Cousin du dragon occidental, il n'a pas d'ailes et ne crache pas de feu. Les dragons chinois grandissent et rapetissent à volonté, ils adorent l'eau.

Dragon occidental
Énorme créature cracheuse de feu, pourvue d'écailles, de griffes et d'immenses ailes. Les dragons choisissent généralement de plein gré la relative sécurité de la captivité, si bien qu'il n'est pas nécessaire de les traquer.

Griffon
Créature hybride possédant le corps, les pattes et la queue d'un lion avec les ailes et la tête d'un aigle. Méfiants envers les chevaux, ils aiment amasser et garder des trésors. Pour faciliter la traque, assurez-vous d'identifier le trésor que protège votre griffon.

Halcyon
Petit oiseau bleu au jabot blanc, à l'allure de martin-pêcheur, qui peut agir sur la météo.

Hippocampe
Créature aquatique à la tête et aux pattes avant de cheval mais à la queue de poisson.

Jackalope
Créature semblable à un lapin portant des bois de

cervidé, que l'on croise seulement dans le Wyoming. Méfiez-vous de sa capacité à imiter la voix humaine, qui peut prêter à confusion.

Kappa

Créature des eaux japonaise, à peau écailleuse, tête de singe et carapace de tortue. Il adore le concombre mais appréciera également de dévorer un enfant.

Kelpie

Cheval aquatique malfaisant qui rôde au bord des lacs, des mares et des rivières afin d'attirer sa victime dans l'eau pour la noyer et/ou la manger. Notre conseil : si vous voyez un cheval au bord d'un lac, laissez-le tranquille.

Kitsune

Originaire du Japon, le kitsune est à la base un renard, mais il peut également prendre une forme humaine ; il est donc du ressort de la SPROPH (Société de Protection des Para-Humains). Sa capture est délicate, car le kitsune adulte est souvent capable de lire dans les pensées, de voir l'avenir, de voler, de posséder les esprits ainsi que de créer des illusions de réalité. Un traqueur perspicace le détectera à son ombre, qui demeure celle d'un renard. Les chiens peuvent se révéler utiles pour le pister, car ils flairent la véritable nature du kitsune.

Kraken
Sans doute la plus monumentale des créatures fantastiques, le kraken est une sorte de calmar géant qui vit dans les profondeurs de l'océan. Son encre possède le pouvoir d'effacer tout souvenir d'un événement surnaturel de la mémoire des humains – compromettant irrémédiablement la carrière de traqueurs parmi les plus prometteurs. Seuls les professionnels ayant reçu une formation spécialisée en recherches abyssales sont aptes à partir à sa recherche.

Licorne
Gracieux équidé, généralement d'un blanc immaculé, présentant une corne au milieu du front. Attention : les licornes pouvant se montrer assez susceptibles, voire caractérielles, il est conseillé d'adopter un comportement extrêmement respectueux, et même obséquieux, en leur présence.

Lion-fourmi
Petit insecte possédant une tête de fourmi sur un corps de lion. Très agressif et territorial, il peut être amadoué à l'aide de nourriture (autres insectes, miettes, bouts de viande, etc.). Des bottes à semelles épaisses vous protégeront de sa piqûre douloureuse.

Loup-garou
Para-humain qui peut soit avoir hérité le gène de ses parents soit avoir été mordu par un loup-garou.

À la pleine lune, il se transforme involontairement en loup de minuit à l'aube. Le reste du temps, il peut choisir sa forme. Les loups-garous sont l'exemple le plus connu, mais il existe des créatures-garous de toutes tailles et de toutes espèces, de la souris-garou à la baleine-garou. Ces créatures sont sous la responsabilité de la SPROPH, mais il peut vous être demandé de les traquer pour leur compte.

Manticore
Créature dangereuse, et même mortelle, possédant un corps et des griffes de lion, une queue de scorpion et une tête d'homme munie de crocs acérés. Extrêmement agressive – approche formellement déconseillée !

Mapinguari
Sorte de paresseux géant vivant dans les profondeurs de la forêt amazonienne. Lent, mais attiré par la chair humaine, il dégage une puanteur extrême, qui suffit à le repérer aisément.

Oie aux œufs d'or
Cette oie d'apparence ordinaire – si ce n'est sa taille démesurée – cache un précieux secret : elle pond des œufs en or !

Pégase
Cheval ailé. La difficulté principale avec cette créature

réside dans le fait qu'aucune selle ordinaire ne peut être sanglée sur son dos à cause de ses ailes.

Phénix
Magnifique oiseau aux plumes écarlates, qui a une fâcheuse tendance à s'enflammer, se consumer, puis renaître de ses cendres. Il n'en existe actuellement qu'un seul spécimen au monde, à la Ménagerie du Wyoming.

Pyrosalamandre
Version fantastique de sa cousine, la salamandre commune, la pyrosalamandre est petite, rouge vif et se nourrit de feu. À manier avec précaution et à nourrir régulièrement.

Qilin
Parfois confondu avec la licorne, d'où son surnom de « licorne chinoise », il vit en Chine et au Japon. Il a un corps de cerf au dos couvert d'écailles et une unique corne au milieu du front, pointée vers l'arrière. Il détecte la culpabilité ou l'innocence des individus en sa présence. Sa traque se révèle extrêmement difficile, car il ne laisse aucune trace dans l'herbe. Prenez garde en le capturant car blesser un qilin porte malheur.

Roc
Gigantesque oiseau de proie aux plumes blanc et or, capable de soulever un éléphant dans ses puissantes

serres. On le trouve dans les régions montagneuses les plus reculées du monde.

Selkie

Hybride aquatique para-humain, le selkie a la forme d'un phoque dans l'eau, mais peut abandonner sa peau et prendre une apparence humaine pour venir sur terre. Nous vous demandons de ne pas capturer de « phoque au comportement suspect », car ces erreurs bien trop fréquentes encombrent les services de la SPROPH.

Sirène

Conforme à l'image que l'on s'en fait : humain (mâle ou femelle) à queue de poisson qui vit sous l'eau. Appartenant à la catégorie des « para-humains », les sirènes dépendent de la SPROPH.

Taniwha

Créature serpentine de Nouvelle-Zélande qui présente certaines similitudes avec le dragon, mais ne possède pas d'ailes et préfère vivre dans la mer. Sur terre, on la repère aux tunnels qu'elle creuse pour se déplacer.

Wendigo

Créature métamorphe et anthropophage, impitoyable chasseuse aux dents acérées et au corps squelettique. Il s'agit de l'une des rares créatures que les traqueurs sont invités à tuer dans la nature, car elle supporte mal la captivité et semble impossible à réhabiliter et à apprivoiser. Peuplant les régions froides, elle peut s'introduire dans les rêves de sa victime pour la chasser et la transformer en wendigo à son tour. Pour la tuer, la méthode consiste à faire fondre son cœur de glace.

Yawkyawk
Esprit des eaux originaire d'Australie se présentant souvent sous l'apparence d'une sirène mais pouvant prendre la forme d'un crocodile, d'un espadon, d'un serpent, d'une libellule ou d'un humain. Évitez de le contrarier car il a le pouvoir de déclencher des tempêtes.

Yéti
Aussi connu sous le nom de « bigfoot », « sasquatch » ou « Abominable homme des neiges », cette gigantesque créature est couverte de poils et vit sous les climats les plus froids. Attention, malgré sa silhouette humanoïde, il ne s'agit pas d'un para-humain, le yéti est donc du ressort de la SPAM et non de la SPROPH.

Zaratan
Tortue de la taille d'un îlot, qui se révèle pourtant étonnamment difficile à traquer.

Remerciements

Comme toute créature fantastique, un livre a besoin d'une véritable équipe pour l'élever et le nourrir – ce qui signifie que nous avons beaucoup de personnes à remercier. Erica Sussman, merci beaucoup pour ton enthousiasme, ta sagesse, ton humour et ton expertise dans le soin et l'alimentation des auteurs caractériels. Merci à Tyler Infinger, à Tara Weikum, à Erin Fitzsimmons, à Christina Colangelo et à l'ensemble de l'équipe de HarperCollins, qui a fourni à cette histoire une si belle mise en forme, à la virgule près, et qui maintenant s'applique à faire connaître *SOS Créatures fantastiques* à tous les lecteurs. Merci également à Steven Malk, un agent extraordinaire.

Ali Solomon, merci beaucoup pour ta patience, ton travail acharné, ton talent artistique et ta capacité à interpréter nos notes – sur la longueur du poil du yéti ou la forme de la volière – pour les transformer en somptueuses illustrations, au-delà de notre imagination [l'édition française ne reprend que la carte p. 6-7]. Un million de remerciements au Newton Writers Group – Karen, Ed, Laya, Joan, Kathryn, John, Elly et Mordena – pour sa patience, son perfectionnisme et sa perspicacité, et pour nous avoir indiqué comment faire en sorte que notre Wyoming ait davantage l'air du Wyoming ! Merci toujours à Dayna Lorentz d'être la plus talentueuse des lectrices et une merveilleuse amie.

À nos parents intrépides, qui nous ont élevées avec un esprit d'aventure, au milieu d'une véritable ménagerie – huit chiens, un chaton odieux, une famille de gerbilles cannibales, six porcelets et deux singes criards qui, heureusement, n'étaient que des visiteurs de passage. Et à tous les animaux de compagnie adorables et câlins que nous avons eus par la suite, et à tous ceux de nos parents, amis et collègues de travail dont les traits de caractère nous ont permis de donner une personnalité bien trempée aux créatures de la Ménagerie. (Non, non, nous ne sous-entendons pas que Maui et Miam ont quelques points communs… ni que Sunshine passe du griffon très sage au phénix mélodramatique…)

Merci enfin à nos adorables maris et enfants, qui nous ont patiemment laissées passer notre temps au téléphone alors que nous échafaudions des intrigues, discutions de la taille moyenne d'un mammouth de deux ans, sans jamais au grand jamais bien sûr déraper pour discuter de *The Amazing Course*. Kari aimerait également remercier Tui d'être une sœur fabuleuse, géniale et un partenaire d'écriture sans pareil. Travailler avec toi, ce n'est pas un travail, c'est le meilleur travail au monde. C'est à Tui, en tant que grande sœur autoritaire, que revient le dernier mot. Elle souhaite donc remercier Kari d'être LA sœur la plus fabuleuse et la plus géniale (sans compter formidable, compréhensive et abominablement patiente) dotée du cerveau le plus COOL de la planète. Pourrais-tu participer à l'écriture de tous mes livres, s'il te plaît ? ;-)

Tui T. et Kari Sutherland

Les auteurs

Tui T. Sutherland est la créatrice des Royaumes de Feu, un univers de fantasy original et merveilleux, qui renouvelle le genre.

Sa sœur, Kari Sutherland, est aussi sa meilleure amie. Elles ont grandi en Amérique du Sud dans une famille qui passait son temps à voyager et à déménager (elles ne sont sûres qu'à 80% que leurs parents ne sont pas des espions secrets). Kari vit désormais en Californie, tandis que Tui habite Boston, mais elles trouvent toujours une bonne raison pour se voir… comme écrire un livre ensemble !

Ouvrages de Tui T. Sutherland chez Gallimard Jeunesse

Les Royaumes de Feu

1 - La Prophétie

2 - La Princesse disparue

3 - Au cœur de la jungle

4 - L'Île au secret

5 - La Nuit-la-plus-Claire

Tui T. et Kari Sutherland

Les auteures

Tui T. Sutherland est la créatrice des *Royaumes de Feu*, un univers de fantasy original et merveilleux, qui renouvelle le genre.
Sa sœur, **Kari Sutherland**, est aussi sa meilleure amie. Elles ont grandi en Amérique du Sud, dans une famille qui passait son temps à voyager et à déménager (elles ne sont sûres qu'à 80 % que leurs parents ne sont pas des agents secrets). Kari vit désormais en Californie, tandis que Tui habite Boston, mais elles trouvent toujours une bonne raison pour se voir… comme écrire un livre ensemble !

Ouvrages de Tui T. Sutherland chez Gallimard Jeunesse

Les Royaumes de Feu

1 - La Prophétie
2 - La Princesse disparue
3 - Au cœur de la jungle
4 - L'Île au secret
5 - La Nuit-la-plus-Claire

6 - La Montagne de Jade
7 - Le Piège de glace
8 - La Mission de Péril
9 - Les Serres du Pouvoir
10 - La Tempête de sable
11 - Le Continent perdu
12 - Les Rebelles de Pantala
13 - Le Souffle du mal

Ouvrages de Tui T. et Kari Sutherland

SOS Créatures fantastiques

1 - Le Secret des petits griffons
2 - Le Procès du dragon
3 - Le Mystère du kraken

Découvrez d'autres
animaux pas comme les autres

dans la collection

FOLIO JUNIOR

JEFFERSON

Jean-Claude Mourlevat

n° 1902

Venu se faire rafraîchir la houpette au salon *Défini-Tif*, le hérisson Jefferson découvre l'horreur : M. Edgard, son coiffeur, gît sur le sol, assassiné. Aussitôt accusé du crime, Jefferson est contraint de se cacher, avec l'aide de son meilleur ami, le cochon Gilbert. Décidés à trouver les coupables, ils remontent une piste mystérieuse qui les entraîne au pays des êtres humains.

Le papier de cet ouvrage est composé de fibres naturelles,
renouvelables, recyclables et fabriquées à partir de bois
provenant de forêts gérées durablement.

Mise en pages : Maryline Gatepaille

Loi n° 49-956 du 16 juillet 1949
sur les publications destinées à la jeunesse
ISBN : 978-2-07-515819-0
Numéro d'édition : 379622
Dépôt légal : mai 2021

Imprimé en Espagne par Novoprint (Barcelone)